世界文学名著名译典藏

全译插图本

鼠疫·局外人

〔法〕阿尔贝·加缪◎著　刘红利　倪思洁◎译

LA PESTE-L'ÉTRANGER

长江出版传媒　长江文艺出版社

图书在版编目（ＣＩＰ）数据

鼠疫·局外人 / （法）阿尔贝·加缪著；刘红利，
倪思洁译. -- 武汉 ： 长江文艺出版社， 2018.5（2020.4 重印）
　　（世界文学名著名译典藏）
　　ISBN 978-7-5702-0308-6

　　Ⅰ．①鼠… Ⅱ．①阿… ②刘… ③倪… Ⅲ．①长篇小
说－法国－现代②中篇小说－法国－现代 Ⅳ.
①I565.45

中国版本图书馆 CIP 数据核字(2018)第 061972 号

责任编辑：钱梦洁　　　　　　　　　　责任校对：毛　娟
封面设计：格林图书　　　　　　　　　责任印制：邱　莉　　王光兴

出版：　长江出版传媒 ｜ 长江文艺出版社

地址：　武汉市雄楚大街 268 号　　　　邮编：430070
发行：长江文艺出版社
电话：027—87679360
http://www.cjlap.com
印刷：长沙鸿发印务实业有限公司

开本：880 毫米×1230 毫米　　1/32　　印张：9　　插页：4 页
版次：2018 年 5 月第 1 版　　　2020 年 4 月第 2 次印刷
字数：226 千字

定价：28.00 元

导读

　　阿尔贝·加缪，作为一位作家，他的创作如此丰富，除了长、短篇小说，还有大量戏剧以及散文随笔。1957年，加缪"作为一个艺术家和道德家，通过一个存在主义者对世界荒诞性的透视，形象地体现了现代人的道德良知，戏剧性地表现了自由、正义和死亡等有关人类存在的最基本的问题，"被授予诺贝尔文学奖。那一年他才四十四岁。作为一位哲学家，加缪的存在主义思想对后来的哲学和文学产生了深远的影响。虽然他本人多次否认隶属于哪个流派，然而加缪在一系列作品中所呈现出来的对生活积极应对的态度以及在异己与荒诞世界的坚持和反抗，都证明了他是20世纪当之无愧的思想家。

　　加缪是出生和成长于法属殖民地阿尔及利亚的法国后裔，生活于阿尔及尔的贫民区，毕业于阿尔及尔大学。他做过家教，加入过共产党，参加过反法西斯的抵抗运动，现实中的加缪与文学中的"局外人"不同，他始终是一名积极介入生活的知识分子，从不随波逐流。1960年，加缪遇车祸意外身亡。英年早逝的才俊给世界留下了永远的遗憾，但是他对人类生存的睿智思考却不断地启迪着后来者。随笔《西西弗的神话》虽是本薄薄的小册子，却汇聚了20世纪世界文学中最具体系的荒诞哲理。加缪在序言里说，"尽管《西西弗的神话》提出的是道德问题，但它的结论对于尚处沙漠之中的我来说，不啻于鼓励我继续生存和创作的一种邀请。"加缪用西西弗的故事表达了他人道主义的存在主义论点：世界的荒诞以及人类的反抗，这也是其文学表达的主题。

　　加缪的贡献在于他是明确地将"荒诞"上升到哲学高度的第一人。加缪之后，"荒诞"成了哲学流派的重要术语和美学领域的审美范畴。20世纪以来，政治风云变幻、经济萧条带来的居无定所，战争、变革对人的伤害，贫穷、疾病给人们带来的困扰，背井离乡的孤独，理想破灭、信仰危机……现实世界以一种强大的不可知不可控的力量左右着人们，压迫着人们，如同西西弗那即将落下的巨石。人在现实面前感到孤立无援、无能为力，现实的荒诞感如影随形伴随着人类。《局外人》中的默尔索就处于这一生存状态中。这是一个中篇，分为两部，一开头是这样的："今天，妈妈死了。也许是在昨天，我搞不清"——引出了玩世不恭、有违社会常理的"局外人"默尔索。接下来，默尔索参加母亲的葬礼却并没有流泪；和女友去海边游泳但并不爱她，不过，对方若提出结婚默尔索也表示赞同；后来，默尔索莫名其妙地枪杀了一名阿拉伯人，接着又向尸体连开四枪，既非和对方产生冲突也没有内心的恐惧忏悔："就像我在苦难之门上急促地叩了四下。"被捕之后，对待审讯和死刑他无所畏惧。这个对生活毫无热情和期许的人，以一副冥顽不化的"局外人"状态生存于现实中，以不变应万变的方式对付各种人生问题。小说中，加缪透过默尔索的冷眼，映照现实的冰凉和冷漠：大自然烦闷酷热，律师搜集犯罪证据，法官核实人格特征，庭长追问杀人动机，在默尔索看来，"人生在世永远也不该演戏作假"，可是司法程序都是一场游戏，只能引起生理上的疲劳困倦，于是默尔索以一种平静、无情的姿态面对即将来临的法律严惩。这种消极、冷漠、无动于衷的生活态度无疑具有一种象征意义：荒诞现实中的荒诞人生。正如萨特的评价："他的主人公不好不坏，既不道德也不伤风败俗。这些范畴对他都不适用：他属于一种特殊类型的人，作者名之曰'荒诞'。"小说真实地表达了一个"局外人""另类"的内心真实，对生存处境的"不迎合"和反抗。

对荒诞世界的哲理反思同样体现在他1947年出版的《鼠疫》中。小说通过医生李欧救死扶伤的职业品德表达了人在绝境中"明知不可为而为之"的反抗精神。1942年，正值二战期间，加缪在法国南部山区疗养时，恰遇英美盟军在阿尔及利亚登陆，德军进占法国南方，一时他与家人音讯断绝而陷于焦虑不安中。加缪痛恨法西斯反人性的战争，它像鼠疫病菌一样蔓延摧毁着无辜的人们，加缪孤独的疗养生活经验催发了他创作《鼠疫》的动机。作品突出身陷鼠疫之城、绝境求生的人们在荒诞世界中直面困境的勇气和抗争精神。小说发表以后，人们从《鼠疫》故事中获得了更多的哲理启示。

值得一提的是，和加缪的很多作品一样，《局外人》和《鼠疫》的写作背景都是北非的阿尔及利亚。对一个生于阿尔及利亚的法国人来说，加缪始终认为阿尔及利亚和法国都是自己的祖国，然而，被殖民者和殖民者的身份，北非阿拉伯人和欧洲白人的族群，穆斯林和基督教的宗教文化……却常常使他置身于两难处境，这些又不可避免地流露在他的创作中。《局外人》中的默尔索枪击的对象选择的是一个阿拉伯人！为什么是要选择阿拉伯人？杀人犯默尔索并没有得到阿拉伯人的审判；他最初关进的牢房里大多是阿拉伯人，养老院里的女护士是阿拉伯人……可见，这是一个阿拉伯世界，尽管形象有些模糊。在加缪笔下，这些阿拉伯人没有名字，没有声音，只是一个族群没有个性特征，处于集体失语的状态。谁是局外人？是默尔索，还是阿拉伯人？"局外人"似乎有了一语双关的意味。就像加缪的另一个短篇《东道主》。小说讲述了小学教师达鲁受警察之托，送杀人嫌犯去警察局的故事。白人达鲁是小学教师，教师身份的文化意义在于：文化启蒙者，文明布道者；达鲁还是罪犯的押送者，但是这个具有文明布道者意义的教师更多地充当了保护者而不是押送者的角色。这里，阿拉伯人无言无名，依然没有话语权，故事在"达鲁（小学教师）——阿拉伯人（杀人嫌犯）"之间展开"说和听""启蒙教化和野蛮愚昧""保护—受惠"的二元叙述，结尾意味深长的是，杀人犯并没有按照达鲁指引的方向逃离法律的制裁，而走上了囚徒之路。需要救赎的是谁？白人还是阿拉伯人？小说取名《东道主》，谁是"东道主"？白人还是阿拉伯人？显然，这同样带有双重含义。这种纠结矛盾的表达是因作家的双重处境所然。对于法国人来说，加缪是"黑脚法国人"（欧洲人对长期生活在非洲的白人的戏称，因为气候炎热、光照强烈，白人露出的白脚经久日晒成为黑色），对阿尔及利亚人来说，加缪是欧洲人。

今天看来，正是这多重的文化身份造就了加缪。

浙江工业大学教授　北师大比较文学博士

褚蓓娟

目录

Contents

鼠　疫

局外人

鼠　疫

用另一种囚禁生活来表现某一种囚禁生活，用虚构
的事来描绘真实存在的事，两者都合情合理。
　　　　　　　　　　　　　　——丹尼尔·笛福①

---

① 丹尼尔·笛福（1660—1731），英国小说家，英国启蒙时期现实主
义小说的奠基人，被誉为"小说之父"。

第 1 章

下面描述的极不寻常的故事发生在二十世纪四十年代的奥兰。在常人看来，这种事不该发生在这座城市。因为初看奥兰，外表平淡无奇，只不过是法属阿尔及利亚一个普通港口城市而已。

应当承认，城市本身很丑陋。表面上看气氛温和，令人陶醉。只有观察一段时间才能找出这座城市与世界上其他许多商业中心的不同之处。譬如，怎样构想出这样一幅城市的图画，没有鸽子，也没有树木和花园，从来听不到小鸟的振翅声和树叶的婆娑声？简言之，这是一个毫无生机的地方。只有观察天空才能辨别出季节；只有清新的空气，以及小贩从郊外带来的一篮篮鲜花，才能告诉人们春天来临，那是一种在集市上叫卖的春天。夏天，太阳烘烤着干燥的房屋，墙壁布满了灰尘，人们别无选择，只能拉下百叶窗，避开户外的高温。而在秋天，大雨倾盆、满地泥浆。只有到了冬天，气候才真正舒适。

也许了解一座城市，最简单的方式就是弄清市民是如何工作、如何恋爱，又如何死去。或许是受气候的影响，在我们的城市中，人们以相同的路线上班，相同的热情谈情说爱，却都漫不经心地走完一生。事实上，人们已疲惫不堪，继而将精力花在培养兴趣爱好上。那里的居民辛勤工作，目的只为致富。他们对做生意很感兴趣，把经商看得很重要。当然，他们也有寻常的生活乐趣，如调情，洗海水浴和看电影。然而，他们很明智地将这些消遣方式保留到星期六下午和星期天，利用一周内其余的几天尽可能多赚点钱。下午下班后，他们按时到咖啡馆里喝喝咖啡，在同一条林荫大道上散散步，或者就在自家阳台上吹吹风。年轻人追求短暂而热烈的激情；而年纪稍大的男性所迷恋的，不外乎上球馆打保龄球、参加宴会和社交，或者去俱乐部狂赌。

无疑，这样的生活方式在我们的城市不算独特，和我们当代人过的生活大致一样。人们从早到晚工作，然后继续在赌牌、喝咖啡以及闲扯中挥霍剩余的时间，这在现今的社会是再正常不过的事了。然而，仍有一些城镇和乡村的居民时不时会思考一些不同的生活方式。一般来说，他们的生活并不会因此有所改变，但是能有这样的想法，也很不错。可是，奥兰是座非常现代化的城市，换言之，人们似乎不会考虑其他的生活内容。因此，没有必要详述这里人们的恋爱方式。男人和女人之间不是短暂地放纵激情，就是安定下来过着平静的夫妻生活。这两种状态并不特殊，而且很少有情况游离于这两个极端之间。在奥兰，和别处一样，人们由于缺少时间思考，相爱的时候就会处于不自觉的状态。

这座城市比较特别的地方，在于垂死的人遇到的困难。"困难"这词也许并不好，"难熬"更恰当些。生病常常令人不快，在一些城镇，如果你生病了，人们会向你伸出援助之手，可以说，这种情况下，你还能勉强过得去。一个病人需要关心，希望能有所依靠，这是很自然的。但在奥兰，为了适应极端暴烈的天气、大量的生意、压抑乏味的环境、突如其来的黄昏以及娱乐享受，人们需要良好的健康状况。一个病人会感到孤独困窘，更不要说是垂死的人了。想想看，全城的人坐在咖啡馆里，或在电话里忙着谈论装运、提单、贴现，而一个垂死的病人在冒着咝咝热气的重重围墙的包围中，这该是何等境遇？即便在现代社会中，在如此干燥的地方，死神临近时会让人遭受怎样的煎熬啊。

上述粗略的描述，使人们对本城有了直接清楚的了解，但是这些情况不该予以夸张，要说明的是我们城市的面貌和生活一样平庸。好在一旦习惯了也就不难过日子了。自从市民的习惯迎合了城市的生活方式，一切也就顺其自然了。这么看来，必须承认，这座城市的生活缺少一些刺激。但至少，像社会动荡这样的事很少发生在这里，居民们坦诚、友好、勤勉，常常受到游客的敬仰。奥兰城的一草一木虽然缺乏魅力、没有灵魂，却给人平静之感，最后人们便会在此怡然自得地进入梦乡了。

平心而论，奥兰也不是一无是处，至少它有自己独特的风景。它处于光秃秃的高原中心，四周环绕着阳光照耀的山丘，脚下是一片形状完美的海湾。遗憾的是城市是背对着海湾建造的，所以要看海还得自己去找。

像这样在奥兰城过着平凡的日子，人们根本不会想到那年春天发生的小事，将会是之后重大事件的预兆。关于这些，我们后面会进行叙述。对一部分人来说，这些事似乎不足为怪，而对其他人来说，却是不可思议的，但是很显然，叙述者不会顾及这两方不同的观点。他的工作只是讲述"发生了什么事"。当他知道某件事的确发生了，而且还紧密关系到全体百姓的生死，而且成千上万的目击者会从心底证实他所讲的故事的真实性。

无论如何，这位叙述者——他的身份之后要被揭晓，如果不是偶然的机会让他收集足够的证据，如果不是某种力量让与他所叙述的事情紧密联系，他就没有机会来从事这项工作，正是在这种情况下，他才有理由担任史学家的角色。当然，一个史学家，即便是业余的，也会有直接和间接的材料。目前，叙述者的资料有三类：首先，来自他亲眼所见的；其次，来自其他目击者的描述，由于他的身份，他能收集事件中所有人向他吐露的心声；最后，他手上还有一些文字资料，打算在需要的时候加以利用，然后在最恰当的时候加以印证。而且还可以……

好了，故事的铺垫和言过其实的话到此为止，还是言归正传，故事开头几天发生的事，需描述得详尽细致。

四月十六日早晨，伯纳德·李欧医生离开诊所，在楼梯口踩到了一只软绵绵的死老鼠。他没多想就把老鼠踢到一边，下楼出门时，才想起那里不该有死老鼠，于是返身折回，招呼看门人把老鼠清理掉。然而，看门人米歇尔老头的反应，让他意识到事情的蹊跷。对于死老鼠的出现，他只觉得奇怪，但看门人却着实吃了一惊，他敢肯定这幢楼里没有死老鼠。医生对看门人说二楼楼梯口确实有只老鼠，而且可能已经死了。这是徒劳的，米歇尔并不相信，他认为一定是有人从外面带进来的，有些年轻人就喜欢开玩笑。

那晚，李欧医生站在楼梯口，掏钥匙准备上楼回家时，看到阴暗的过道里，突然蹿出一只硕大的老鼠，浑身湿漉漉，踉踉跄跄。它停下来，似乎要保持平衡，接着走向医生，又停了下来，原地打转，吱吱轻叫，半张着嘴，大口吐血，最后倒在一边。医生打量了一会，就上楼了。

他所想的不是那只老鼠，而是喷涌而出的鲜血引发了他的思绪。他妻子病了有一年了，明天就要动身去山上的疗养院。由于路途劳累，之前他嘱咐妻子早点休息，她照做了，在卧室里躺着，还微笑着说："我感觉不错。"

医生凝视着她转过来的脸庞，床头灯的光亮，照射出她的病容。他妻子虽然已经三十岁，但在他看来，仍然是那么年轻，简直像个少女。也许，正因为这一微笑，淡化了其他不足之处。

"尽量睡吧。"他劝道，"护士十一点来接你，我送你们赶十二点的火车。"

他吻了吻她微微湿润的前额，她面露笑容，目送他到门口。

四月十七日早上八点，门卫叫住了正要外出的医生，告诉他，那些家伙又把三只死老鼠扔在楼道里。这些老鼠明显是用大型诱捕器捕获的，因为浑身是血。看门人拎着老鼠的腿，在门口徘徊了好一会儿，注意着来往的行人，希望能看到一些嬉皮笑脸的人过来搭讪，从而让他们的行径败露，可是毫无收获。

米歇尔期待地说："我会把他们都抓住的。"

李欧感到迷惑不解，于是决定到郊外出诊，那儿住着家境相对贫寒的病人。他驾车行驶在尘土飞扬的笔直街道，临近中午，街区清洁工作才完成，他瞥见人行道旁边有一排垃圾箱，仅在一条街上，垃圾堆上就能数出一打老鼠。

他出诊的第一位病人正躺在床上，他患有长期哮喘，住的房间客厅、卧室两用，从房间里可以俯瞰下面的马路。病人是位西班牙老人，皮肤粗糙，满脸皱纹。在他面前放着两个盛满干豌豆的罐子。

医生进来时，老人坐起，身子后仰，喘着粗气，呼哧呼哧地发出啸鸣声。他妻子拿来一个面盆。

医生为他打针时，他问："医生，它们都出来了，你看到了吗？"

他妻子解释道："他说的是老鼠，隔壁邻居发现了三只。"

"所有垃圾箱都有老鼠，这些家伙饿得不行了。"

李欧很快注意到老鼠成了城区居民议论的焦点。出诊结束，他就回家了。

"楼上有份电报是您的，先生。"米歇尔告诉他。

医生问他是否还看到其他死老鼠。

"没有。"看门人回答说，"我一直留心观察着，只要我在，那些家伙就不敢来了。"

李欧从电报上获悉，他母亲明天要过来，在儿媳不在的那段时间，她要来帮忙照看这个家。医生进屋时，护士已经到了。他注视着妻子，她穿着量身定做的套装，还擦了些脂粉。

他微笑着对她说："不错，你看起来很美。"

过了不久，他将她们送上了火车，在卧铺车厢里，她环顾了四周说："这对我们来说，挺花钱的，是吗？"

"这是需要的。"李欧说。

"关于老鼠出动的事情，是怎么回事？"

"我没法解释，这事很怪，但是会过去的。"

接着，他急忙请求她的原谅，他本该好好照顾她，但平时对她的关心太少了。她摇摇头，似乎让他不要再说下去。他继续说道："不管怎样，只要你回来，一切会变得更好。我们会开始新的生活。"

"是啊！"她眼里闪着泪光，说，"让我们拥有一个崭新的开始吧。"

她转过头，透过车窗看站台上的人们，熙熙攘攘，匆匆忙忙。火车的汽笛声响起，他轻轻叫唤妻子的名字，她回过头，泪眼湿润。

"别这样。"他小声说。

她满含泪水，又露出了笑容，但笑得不太自然，她深深地吸了口气，说："走吧！一切都会好的。"

他伸出胳膊紧紧搂住她，然后退回到站台，只能透过车窗，看着她微笑。

"亲爱的，"他说，"多保重自己。"

但是她听不到了。

他离开站台，在出口处，碰到了警务法官奥东先生，手里抱着他的小儿子。医生问他是否要走了。

奥东先生身材高大、肤色浅黑，有点像社会名流，又有点像运尸人。

法官说："不走，我来接我妻子，她特地来看我亲戚。"

火车鸣笛了。

法官说："现在，老鼠……"

李欧朝火车行驶的方向望过去，接着目光又转回出口处。

他说："老鼠吗？没什么的。"

那时，他唯一的印象是一个从旁边经过的铁道员，腋下夹着一只装满死老鼠的盒子。

下午，门诊开始了，一个年轻人约见了李欧。医生听说，这是位记者，早晨已来过。他叫雷蒙德·兰伯特。此人个矮肩宽，神情坚毅，眼神犀利聪慧，衣着运动，看来在任何环境下，都能生存。他说话直截了当，巴黎的一家著名报社，委托他报道阿拉伯人的生活条件，特别是关于卫生状况的调查。

李欧回答，他们的卫生条件不尽人意。但在继续谈论之前，他想知道记者是否能如实报道。

"当然。"兰伯特说。

"我的意思是，你会不会发表一篇不符事实的批评报道？"

"不符事实？不会，我不会这么做。事情还没那么糟糕吧？"

"是的。"李欧轻声说，情况还没那么糟。他提出这个问题只想知道兰伯特是否会歪曲事实。

"如果你要隐瞒真实情况，我认为没有谈的必要，因此我不会提供你想要的资料。"

记者笑着说："你讲话同圣茹斯特①一样。"

李欧平静地表示他对圣茹斯特一无所知。他的口吻像一个病人，厌倦人世，但热爱同胞，决不与非正义有瓜葛，也决不妥协。

兰伯特注视着医生，耸了耸肩，站起身，说："我想我理解你。"

医生送他到门口。

"很高兴你能这样想。"他说。

"好，我明白。"兰伯特有点不耐烦地说，"不好意思，打扰了。"

握手道别时，李欧建议，如果兰伯特要采集一些怪事的素材，他倒是可以告诉他，市里发现了大量死老鼠，十分奇怪。

"啊！"兰伯特大叫道，"我对这个感兴趣。"

到了五点，医生又出诊了，他下楼时，与一个又矮又胖的年轻人擦身而过，那人肥头大耳、满脸横肉、浓密粗眉。他在顶楼几个西班牙舞者家里，见过他一两次。那人叫杰·塔鲁，他站在楼梯上，一边抽烟，一边看着眼前的老鼠垂死挣扎、不断抽搐。他抬起头，灰色的双眼紧盯着医生，然后向他问声好，就说，太奇怪了，一路上老鼠都跑出来，死了。

"确实，让人心烦意乱。"李欧回答。

"某一方面来看，的确如此，因为我们还没见过此类事情，我个人觉得挺有意思，真的很有趣。"

塔鲁用手指往后撸了撸头发，又看了一眼那只一动不动的老鼠，笑着对李欧说："医生，这是不是让看门人很头疼？"

李欧正好看见看门人，倚靠在门边的墙上，原本红润的脸上，

---

① 圣茹斯特（1767—1794），十八世纪末法国资产阶级革命时期雅各宾派领袖之一。

露出了疲倦的神色。

李欧告诉老米歇尔最近又发现了死老鼠，看门人说："对，我知道，现在总是三三两两地出现，其他房子的情况也一样。"

他似乎情绪低落、心情忧虑，心不在焉地抓挠脖子。李欧问他身体如何，看门人说不至于生病，但感觉有点不舒服，他把这个原因归结于心理因素。这些老鼠让他烦躁不安，老鼠如果不再跑出来，满地横尸，也许他会心情舒畅些。

四月十八日一早，医生从火车站接回母亲，发现米歇尔看起来更加没精打采。从地下室通往阁楼的楼梯上，有十多只死老鼠。街上所有垃圾桶都装满了死老鼠。

医生的母亲却淡然处之，轻描淡写地说："有时是会这样的。"她身材娇小，一头银发，黑色眼睛，和蔼可亲。她说："我很高兴见到你，伯纳德，这些老鼠根本不会影响我的情绪。"

他点了点头，事实上，他母亲来了，一切事情似乎变得容易解决。

然而，李欧仍然打了个电话给市政灭鼠所的所长。他认识那里的所长，问他是否知道光天化日之下，老鼠大量死亡的事。默西埃所长表示知道，靠近码头的场所已发现了五十只，他感到十分不安，问医生事态的严重性。李欧给不出确切的答案，但他认为灭鼠所应该采取相应的措施。

默西埃同意了，说："如果你认为确实有必要，我会要求上级发布命令。"

"值得这么做。"李欧回答。

刚才，女佣告诉他，她丈夫工作的大工厂里，已捡到了几百只死老鼠。

那段时间，市民开始惶惶不安，因为，从四月十八日起，工厂和仓库已发现许多死老鼠。一些情况下，为了结束它们的痛苦，人们不得不将垂死挣扎的老鼠弄死。从远郊到市中心，医生出诊时经过的小路和大道旁，垃圾箱堆满了老鼠，下水道里也浮着一连串。当天的晚报报道了此事，并质问市政府是否会采取相关行动和紧急措施来解决这个问题。实际上，市政府原本不想做任何考虑，但现在不得不召开会议讨论局势。每天清晨，灭鼠所接到命令清理死老鼠，然后由该所派来两辆卡车将老鼠运去焚烧。

接下来几天，情况变得更糟，街上出现了越来越多的死老鼠，每天早晨垃圾车装载的也越来越多。到了第四天，老鼠开始出来，成批地死去。从地下室、地窖和下水道里，老鼠成群地爬出来，无力地摇晃着身子，走到光亮处，原地打转，最后一头栽倒在地，吓得路人惊慌失措。夜晚时分，走廊和小巷里清晰地传出老鼠临死时的惨叫声。清晨，人们发现它们浮在下水道里，尖嘴上有一小团血迹，像一朵黑色玫瑰。一些肿胀发烂，一些已变得硬邦邦，连胡须也直挺挺地竖着。在市区的楼梯口和后院，可以看到一小堆一小堆的死老鼠。政府机关大厅内，学校操场甚至在咖啡馆露台，老鼠一个接一个，悄悄地死了。兵器广场、林荫大道以及海滨马路，像这样的繁华地段，遍地都是死老鼠，让人惊诧不已。一大早，城市清扫完，有一个暂缓期，之后渐渐地，市内死老鼠的数量不断增长。人们晚上走路时，会踩到软绵绵，刚死不久的老鼠。就好像承载我们房屋的土地正在清洗其体液，将内脏中的脓疮和血块冲到表层。可以想象这座小城市的惊愕恐慌，刚才还安静祥和，而如今却突然动乱，仿佛一个健康人的体温猛然间飙升，血液如野火般在血管里沸腾。

事情发展得越来越严重，朗斯多克情报资料局（对各种题材情报的快速搜集和正确处理的机构），在义务广播谈话中报道，仅在二十五日这一天内，已清理焚烧的老鼠就多达 6231 只。这个惊人的数字，让人们对每日发生在大庭广众之下的事情，有了更清楚的了解，并引发了众人的恐慌。之前，人们仅仅对一件厌恶可憎的偶然事件进行抱怨，但如今，他们意识到，这种难以知晓其范围、同时难以发现其根源的奇怪现象，暗藏着威胁性。只有那个患哮喘病的西班牙老头依然搓着手，带着老年人的欢乐，轻笑道："它们出来了，它们出来了。"

二十八日，朗斯多克情报资料局报道已收集了 8000 只左右的死老鼠，一股惊慌席卷了整个城市。人们要求采取严厉措施，指责当局疏忽怠慢，那些在海边拥有房子的居民正在考虑搬到别的地方去。但到了第二天，情报局宣布这种现象突然停止，灭鼠所只捡到了少量的老鼠，人们不禁松了口气。

然而，当天中午，李欧医生将车停在公寓门口，看到看门人从街的另一头费力地走过来。他歪着头，手脚外倾，像装上发条的玩偶。老人挽着一位牧师的胳膊，医生认识这位牧师，偶尔见过他，他就是帕纳卢神甫。他是位博学而激进的耶稣会信徒，在这座城市享有很高的声誉，甚至在对宗教冷漠的人群里也同样如此。李欧等着这两个人走近，老米歇尔的眼睛发光，气喘吁吁。老人解释，他有些不舒服，出来透透气。但是，他开始感到全身疼痛——脖子、腋窝和腹股沟，所以只得返回，并请求帕纳卢神甫能帮他一把。

"只是有些肿块，"他说，"可能我太劳累了。"

医生探出窗外，在米歇尔的颈根处，摸到了硬硬的肿块，像是木头的节疤。

"快回去休息吧，量好体温。今天下午我会来看你。"

老人走后，李欧问帕纳卢神甫，怎么看老鼠这件怪事。

"噢，我想应该是传染病。"帕纳卢神甫的圆圆的大眼镜后，眼里含着笑。

饭后，李欧又看了一遍疗养院打来的电报，他妻子已经到了。这时，电话铃响了，是他之前的一个病人，一位政府职员打来的。他长期患有主动脉缩窄症，家境贫寒，医生没收过他钱。

"医生，谢谢您还能记得我。但这次是我的邻居要看病，他出事了，请赶快过来。"他听上去上气不接下气。

李欧立刻想起来，他可以晚些时候去见看门人。几分钟后，他走进了一所位于郊区费德尔布街上的小房子，上了楼梯，又暗又臭，那个小职员约瑟夫·格兰德匆忙跑下来迎接他。他大约五十岁，瘦高个儿，肩膀很窄，有点驼背，留有黄色的小胡子。

"他看上去好点了。"他擤了擤鼻子，告诉医生，"但刚刚我真的以为他不行了。"

三楼，也就是在顶楼，医生留意到左边的门上，有几个红色粉笔字：请进，我已上吊。

他们进了门，看到一盏吊灯上垂着根绳，下边的椅子翻倒了，餐桌被推到了角落里，可是绳子上空空如也。

"我及时抱他下来。"虽然格兰德用最简单的语言表达，但似乎总在推敲琢磨，"我出门时，听到响声。看到门上的字，我还以为是恶作剧，接着听到奇怪的呻吟声。那声音让我不寒而栗。"他抓抓头，说，"我想，这么做一定很痛苦，自然我就进去了。"

格兰德推开门，和医生站在门口，里面是一间明亮而陈设简陋的卧室，一个又矮又胖的男人躺在一张铜床上，喘着粗气，布满血丝的双眼凝视着他们。医生停下来，在男人的呼吸间隙中，他似乎听到老鼠的轻轻叫声，但角落里却没有动静。李欧走向床边，显然，那个男人摔得不太厉害，或是摔得不太突然，因为肋骨没跌断。不过，他有点窒息，需要给他拍 X 光片。同时，医生给他注射了一针樟脑油，告诉他过几天就没事了。

"谢谢，医生。"那人嘴里咕哝着。

李欧问格兰德是否报了警，格兰德有点尴尬。

"实际上，我还没，我首先想到的是……"

"果然如此，"医生插话了，"我去报告。"

然而，病人的举动十分焦躁不安，从床上坐起身，解释道，他感觉好多了，不需要这么麻烦。

"不要害怕，"李欧说，"这只是例行公事，无论如何，我得向警察报告。"

"噢!"那人身子往后一仰，小声啜泣起来。

格兰德在他们谈话时，抚弄着胡子，走到床边。

"科达先生，你要明白，如果你心血来潮，再这么做的话，别人会怪罪医生的。"

科达含泪向他保证，自己不会再冒险了，他只是一时犯傻，现在他只想安安静静地躺着。

李欧开了帖处方。"很好，"他说，"那就不多说了，过一两天后我会来看你，别做傻事了。"

到了楼梯口，他告诉格兰德，他必须报告警察，但是希望警探能推迟几天调查。

"今晚要有人看护科达，他有没有亲戚?"他问。

"有没有我不清楚，不过我会好好看着他，我和他不算认识，但是邻居有困难了，是不是得帮忙啊?"

下楼时，李欧无意中扫视到阴暗的角落，问格兰德，在这个区内，老鼠是否消失不见了。

格兰德说不知道，他确实听到过别人讨论老鼠，但是他从不注意这类闲言碎语。"我有其他事情要想。"他说。

李欧急着与格兰德握手道别，他在给他妻子写信之前，得先为看门人看病。

卖报人在大声喊叫最近的新闻：老鼠不见了。可李欧发现他的病人半身探出床外，一手按在腹部上，另一只手围在脖子上，往污水桶里吐出浅红色的胆汁。一阵反胃后，病人又躺下，喘着粗气。他的体温达到39.5℃，脖子上的淋巴结和四肢都肿大，大腿上有两块黑色斑点，正在扩大，他抱怨着内脏疼痛。

"像团火，那混蛋在里面烧我。"他呜咽着。

他干裂的嘴唇，几乎让他说不出话来，鼓起的双眼盯着医生，头疼痛得他眼里充满了泪水。他的妻子焦虑地望着李欧，但他什么也没说。

"医生，到底是怎么回事?"她问。

"什么病都有可能，目前还不能确定，让他吃得清淡点，多喝水。"

这会儿，病人渴得厉害。

李欧一到家，就打电话给同行理查德，全市最杰出的医师之一。

"没有，"理查德说，"我没发现异常情况。"

"没有局部发炎而引起发烧的病例吗?"

"等等! 我有两个淋巴结肿胀的病人。"

"肿得不正常吗?"

理查德说："这要取决于你怎么看'正常'。"

那晚，看门人的体温高达 40℃，精神错乱中，喋喋不休地叫："这些老鼠。"李欧试行固定性脓肿处理，松节油带来的灼痛，让老人声嘶力竭地喊道："这群混蛋！"

淋巴结变得更大，就像嵌在肉里的实心纤维块。米歇尔的妻子快崩溃了。

"夜里守着他，有事情叫我。"医生说。

四月三十日，天空蔚蓝，空气湿润。一阵温暖而轻柔的微风，带来郊外的花香。早晨，街区的嘈杂声格外响亮，人们比往日更活跃。这一天，这小城里的居民们精神焕发，充满希望，一星期以来的恐惧和阴影消散了。李欧由于收到了他妻子的回信，心情十分愉快，满心喜悦地下楼看望看门人。

老米歇尔的体温降到 38℃，但是看上去仍很虚弱，躺在床上微笑着。"他身体好点了吧？医生。"他妻子问道，"现在说还太早了。"

中午，病人的体温突然上升到 40℃，神志昏迷，开始又一次呕吐。脖子的肿块疼得不能摸，老人似乎尽力将头伸得离身体越远越好。他妻子坐在床尾，轻轻地将他的脚扣在床单上。她哀求地看着李欧。

"听着，"他说，"我们得把他送到医院，接受特殊治疗。我去打电话叫救护车。"

两小时后，医生和老米歇尔的妻子在救护车里，俯身照看看门人，他张大的嘴里满是污物，胡乱地叫嚷着："老鼠，该死的老鼠！"看门人脸色铁青，嘴唇煞白，呼吸急促。淋巴结使他四肢肿胀撑大。他蜷曲在床上，好像要让床把自己裹藏起来，又好像地下某个声音在召唤他。那个郁郁寡欢的人似乎在某种不明的压力下停止了呼吸。他妻子哭泣起来。

"没有其他办法了吗？医生？"

"他死了。"李欧说。

可以说，米歇尔的死表明一个充满扑朔迷离迹象的阶段的结束，同时也表明另一个艰难时期的开始。在这新时期里，早期的困惑渐渐转变为恐慌。目睹了在上一阶段发生的一系列怪事后，市民方意识到，之前他们从没想到这座小城竟会发生老鼠光天化日之下大规模死亡，看门人死于怪病这类事情。这一点，他们想错了，而且很明显他们的观点需要修正。如果事情的发展到此为止，人们无疑也就习惯成自然了。可是不仅是穷人，看门人，其他人此后也将走上米歇尔领的这条路。从那时起，人们便带着恐慌，认真地反省。

在描述接下来发生的事之前，先看一下笔者提供的另一个目击者对老鼠事件的看法。本文的开头，我们已对杰·塔鲁有所了解。几星期前，他来到奥兰，住在市中心的大旅馆里。表面上看，他不工作，却有自己的收入。虽然，他慢慢成了一个市民们熟悉的人物，但是他来自何方，以及来奥兰的目的却无人知晓。有人经常在公共场所看到他。初春时，他几乎每天流连于一个又一个海滩。显然，他喜欢游泳。而且他总是面带笑容，十分幽默，虽对一切正当玩乐很感兴趣，却不过分迷恋。实际上，他唯一为人所知的习惯，是与很多西班牙舞蹈家和音乐家来往。

他的笔记本记录的是那些天发生的怪事。然而，这种记叙很特别，作者似乎特别注重细微地方的描写。乍一看，人们也许以为塔鲁是个专注琐碎事情的人。在那段动乱时期，他开始记录这段历史的逸事逸闻。人们批评他怪异的性格，怀疑他缺乏人之常情，尽管这些笔记记录散漫，却为这段时期的记事提供大量看似琐碎却有重要意义的细节。这些细节的离奇，使人们还不能对这个奇特的人过早地下结论。

杰·塔鲁来奥兰时，就开始记事。一开始，笔记里揭露了城市的内在丑陋，透露出塔鲁似是而非的满足感。里面细致地描绘了市政府旁的两座铜狮，还有树木的匮乏，房屋的简陋，城市布局的荒谬。塔鲁随意记下了街上和电车里人们的对话，但不加评论，除了下面两个电车售票员之间的对话。

"你知道'康'吗？"其中一个人问。"康？那个黑胡子的高个家伙？""就是他，那个扳道工。""啊，是的，我记起来了。""噢，他死了。""噢？什么时候死的？""老鼠事件后。""未必吧，他怎么死的？""我也说不清楚，高烧吧。当然，他一直身体不太好，腋下长了脓疮，好像是这脓疮把他害死的。""他看上去和别人没什么两样啊。""说不好，他胸闷气短的，曾是市区乐队的号手，吹长号对肺不好。""要是你肺不好，还吹这么大个玩意，对身体没什么好处。"

塔鲁快速记录下来对话，猜测为什么康会加入乐队，这样很不明智。又是什么隐晦的动机促使他冒险参加星期天早上的游行演奏。

下面记叙的是每天发生在塔鲁家窗户对面阳台的小事，对此他颇为好奇。他旅馆的房间正对着小路，墙影下经常睡着几只猫。每天午饭后，大部分人待在屋里睡午觉，一个衣冠楚楚的矮老头站在街对面的阳台上，他梳着完美服帖的花白头发，身着军装式的衣服，身姿挺拔，装模作样。他靠在阳台上，轻柔却冷冷地叫着"咪咪"。小猫眨着眼睛，睡眼惺忪，却一动不动。接着，他把纸撕成碎片，撒向天空。纸片仿佛白色蝴蝶飘落，小猫禁不住诱惑，往前走了几步，试探性地把爪子伸向最后散落的纸屑。那人对准小猫，用力地吐口水。如果击中了目标，矮老头便喜形于色。

最后，塔鲁似乎着迷于这座城市的商业气息。它的市容、繁华，还有一切娱乐活动，都是为做生意服务的。塔鲁十分欣赏这座城市的特点，因此，他在结尾时写道"总算不虚此行"！

日记中的这几个片段，塔鲁似乎带有个人感情，却很难看出这本笔记的重要意义和严肃性。比如，他叙述了旅馆出纳员发现一只死老鼠而记错了账。塔鲁还记下了这些内容："问题：如何想个办法不浪费时间？回答：始终对时间有充分的概念。方法：在牙科医生的候诊室里，坐在不舒服的椅子上待上几天；在自家的阳台上熬过星期天的下午；听着听不懂的讲座；选择最长又最不方便的铁路线，还要一路站着；排着长队去剧院售票处买票，结果没买着，等等。"

随着这些古怪的想法和语言，笔记里接着详细描述了城市电车，如车子的构造，模糊的颜色，不变的脏乱，根据自己的观察，他将此总结为"稀奇古怪",让人不知所云。

以下是塔鲁对老鼠现象的记载。

"这个矮老头今天十分反常,变得忧郁不快,猫都不见了。看到满街的死老鼠也许会激发猫的捕猎天性。可是,猫消失得无影无踪了。照我看,猫并非去吃死老鼠了,我记得我的猫对死老鼠不感兴趣。它们可能跑到地窖里捉老鼠了,可那老头就苦了。他没有像平常那样整理好头发,人也没那么精神抖擞,看上去有点忧虑。过了几分钟,他回到房间,进屋前无目标地吐了口水。

"今天,城里有一辆电车停了下来,因为车里发现了一只死老鼠。不知道它是怎么进去的。两三个女人赶紧下车,把老鼠扔了出去,车子继续前进。

"那天晚上,旅馆的看门人,头脑清醒,告诉我,这些老鼠意味着灾难来临。'老鼠离开船只时……'我回答,对轮船来说,老鼠是灾难的先兆,但是对城市来说,还没有人能证明这一点。然而他却深信不疑。我问会有什么'灾难',他没有明说,因为灾难的发生通常出乎意料。但如果地震正在酝酿,他也不会觉得奇怪。我认为那是有可能的,他问我有没有被这些迹象吓到。

"'我唯一感兴趣的,'我告诉他,'是求得内心的平静。'

"他完全理解我。

"在这旅馆里用餐的一家人很有意思。父亲瘦高个儿,穿一身黑,打着硬领子,光秃的头顶上,两边各两绺灰白头发。他小而圆的眼睛,狭长的鼻子,端正而略带凶相的嘴,让他看上去像只驯服的猫头鹰。他总是第一个站在饭厅的门口,站一边让他的夫人先进去,他夫人长得像只黑老鼠,身后跟着一个小男孩和一个女孩,穿得像两只演出的狮子狗。他们走到餐桌边时,他先让妻子坐下,然后轮到自己坐下,接着让两只小狗爬上椅子。他用尊称来称呼自己的家人,他和妻子讲话以礼相待但尖酸刻薄,和孩子们说话直言不讳。

"'妮可,你表现得太不体面了。'

"小女孩快要哭了——这是肯定的。

"今天早上，一个小男孩很兴奋地谈到老鼠。

"'菲利普，吃饭的时候不要谈老鼠，我以后要禁止你用这个词。'

"'你们父亲是对的。'如同黑老鼠的母亲同意道。

"两只小狗把头埋在狗盆里吃饭了，父亲敷衍地点头致谢。

"这个例子很贴切，说明市民们都在谈论老鼠，当地报社也介入了。本市话题专栏的内容各种各样，如今专栏的内容只针对攻击地方当局。'我们的政府有没有意识到，这些腐烂的死老鼠会对人们构成严重威胁？'旅馆老板谈来谈去也就这件事，他有自己的委屈：在旅馆电梯内发现死老鼠，对他来说，是世界末日。为了安慰他，我说：'每个人都有同样的遭遇。'

"'是的，'他回答说，'现在我们都处于相同的境遇。'

"是他第一个告诉我这种奇怪高烧症的病例，这种病引起了人们的恐慌。他的一个清理房间的女服务员就得了这种病。

"'但是我肯定这不是传染病。'他急忙说。

"我告诉他，我觉得无所谓。

"'我明白，你和我一样，是宿命论者。'

"我不会对宿命论者发表意见，再说，我也不是，我告诉他……"

从那时起，塔鲁的笔记加入了一些这种高烧症的细节，这种病引发了公众的忧虑。虽然老鼠已消失殆尽，那个小老头还是重新逮住了他的猫，耐心地完善他的口水喷射能力。塔鲁记到，人们知道，得这种高烧症的已有十几例，大多数病人都死了。

接下去塔鲁对李欧医生的描述很恰当也很逼真。

"他看上去三十五岁左右，中等个子，宽肩膀，方脸，黑色的眼睛，目光坚定，坚挺的大鼻子，黑头发，平头，但下巴凸起。他嘴角上扬，厚厚的嘴唇紧闭着。他有着黑黝黝的肌肤，汗毛也是黑的，经常穿深色衣服，让我想起了西西里岛的农民。

"他走路很快，穿马路时，离开人行道，步速不变，但是走到对面马路的人行道时，大步轻轻一跳。他开车时心不在焉，拐弯后还打着方向灯，从来不戴帽子，看上去很有见识。"

塔鲁记录的数据是正确的，李欧医生深有体会，事情变得严重了。隔离看门人尸体后，他打电话给理查德，问他关于腹股沟淋巴结炎的病例。

"我没有太当回事，"理查德承认，"有两个病人死了，一个在四十八小时之内，另一个在三天内。而在我第二天看第二个病人时，他似乎出现了各方面康复的迹象。"

"如果还有别的病例，请告诉我。"李欧说。

他打电话给其他几个同事，结果问到的情况是，在过去几天内有二十例左右的相同病例，绝大多数的病人都毙命了。他建议奥兰医师工会主席理查德，将新发现的病人转入隔离病房。

"对不起，"理查德说，"我无能为力，只有省政府才有权下命令。不管怎样，你有什么理由假设传染病的危险性？"

"没有确切的根据。但是这些症状着实让人担心。"

然而，理查德表示这不在他的职权范围内，他唯一能做的是报告上级。

他们谈话时，天气变得更糟了。老米歇尔死后的第二天，乌云密布，狂风骤雨，天气闷热潮湿。在阴沉的天空下，大海由半透明的深蓝色，变成银灰色，闪得让人睁不开眼，春天的潮湿使人向往起干燥、清爽的夏日。蜗牛般隆起的城市处在高原上，几乎全面背海，营造一种沉闷的气氛。走在灰蒙蒙的小店间，坐在肮脏昏暗的电车里，周围重重白墙，人们感到到处被天气困住似的。然而，李欧的西班牙老病人的哮喘病没有发作，因此，他喜欢这天气。

"天热死了。"他说，"不过对哮喘是好的。"

天气的炽热，如同发烧般。整个城市正在发烧，这至少是李欧医生的印象，那天他前往费德尔布街，调查科达的自杀未遂事件。他觉得这种感觉毫无根据，于是将此归结为紧张疲惫，他现在就万分担忧。事实上，是时候放慢工作速度，好好整理下头绪了。

到达目的地后，他发现警官还没来。格兰德在楼梯口碰到他，他们先到格兰德家，把门开着。这个政府职员有两个房间，陈设简陋。唯一引人注目的是一个书架，上面放着两三本词典，和一块小黑板，黑板上写着抹去一半，但还能认出的"花朵丛生的小路"等字样。

格兰德说，科达睡了个好觉。但是他今天早上起床时，头疼得厉害，心情低落。格兰德也一样，疲惫不堪，他在房间里踱来踱去，反反复复打开合上放在桌上的文件夹，文件夹里塞满了手稿。

同时，他告诉医生，他对科达了解甚少，但相信他有微薄的收入。科达是个怪人，长期以来，他们之间的关系也就是在楼梯上碰到打个招呼。

"我和他只有两次对话。几天前，我在楼梯口，打翻了一盒准备带回家的彩色粉笔，有红有蓝。这时科达走出房间帮我捡起来。他问我要彩色粉笔干什么。"

格兰德解释说，他要重拾起拉丁语的学习。他在学校里学过，但现在记不得多少了。

"医生，我听说学习拉丁语可以让人更好地理解法语的词义。"

他在黑板上写了个拉丁词，再抄了一遍，用蓝笔勾出词形变化或词尾变化，用红笔表示无变化的部分。

"我不知道科达明不明白，但他似乎很有兴趣，问我要了支红色粉笔。这倒让我吃了一惊，毕竟，我没想到他会用粉笔派这个用场。"

李欧问他们第二次谈话的内容，这时警官过来了，身边陪着个小警员，说希望先听听格兰德的陈述。医生注意到格兰德谈到科达时，称他为"不幸的人"，甚至一度还用了"糟糕的决定"这个说法。谈到自杀的原因，格兰德过分讲究用词。最后他选择了"无人了解的悲痛"。警官问从科达的态度中有没有暗示过他要"自杀"。

"他昨天敲我家的门，"格兰德说，"问我要根火柴，我给了他一盒。他说很抱歉打扰我，但我们都是邻居，希望我不要介意。他告诉我会还的，但我让他留着。"

警官问格兰德是否注意到科达的古怪行为。

"让我印象深刻的是，那天他似乎想打开话匣子，但他应该看到我正在忙着学习。"格兰德转向李欧，很害羞地说，"一些个人的事情。"

警官说他要看看病人。李欧认为最好让科达准备一下。他走进卧室，看到科达穿着灰不溜秋的法兰绒睡衣，坐起身，紧盯着门口，表情忐忑不安。

"是警察吗？"

"对，"李欧说，"别慌，就是例行公事，之后你就可以安静地休息了。"

科达回答不需要，他不喜欢警察。

李欧生气了，说："我也不喜欢他们，可你只要实事求是地简单回答一下，就行了。"

科达沉默不语，李欧走向门口，矮个儿男人叫他回来，他停下来，站到床边，握着他的手。

"他们不会对一个要自杀的病人怎么样吧，医生？"

李欧俯身看了他一会，告诉他没有问题，况且自己也会保护病人。科达似乎放下了包袱，李欧出去叫警官进来。

宣读完格兰德的证词后，警官要求科达陈述自杀动机。他没看他，只是回答，他的动机就是"无人知晓的悲痛"。警官继续问他会不会再干傻事，科达显得很激动，回答当然不会，他只希望能给他安静。

"恕我直言，"警官严厉地说，"现在是你在打扰别人的安静。"李欧示意他别再说了，他就闭口不谈了。

"浪费了一小时的宝贵时间！"警官出门后叹息道，"你想吧，我们还有其他事情要做，比如人人都在讨论的高烧症。"

随后，他问医生高烧症是否对市民的健康构成严重的威胁。李欧回答他不知道。

警官回答肯定："一定是受天气的影响。"

毫无疑问是天气在作怪。这一天，事情变得十分棘手。每次出诊，让李欧倍增烦恼。当晚，那个老病人的邻居用手压在腹股沟上，发着高烧，开始不断呕吐，还伴有精神错乱，淋巴结比老米歇尔的大得多。有一个肿块开始化脓，像熟透的水果一样开裂了。回到公寓，李欧给省里的药物仓库打电话。他记下当日的工作日记，只有一句，"没货"。他接到其他地方的求救电话，都是相同的病例。很显然，脓疮需刺穿，用手术刀将伤口十字形划开，淋巴结涌出脓血。病人张开四肢，开始流血，腿上和腹部上出现了黑色斑点；有时淋巴结停止化脓，可突然又肿胀起来。通常病人死了，发出浓浓的腐臭味。

报纸大篇幅报道老鼠事件，对这种情况却缄口不言。老鼠死在街上，人是死在家里。报纸只关心大街上发生的事。同时，省政府和市政官员齐心协力，共同商量。一个医生只碰到过两三个这样的病例，没人想过要采取措施。一旦把所有数字加在一起，总数是很惊人的。几天里，死亡病例的数量飞速增长。很明显，只要关心这种疾病的人，都知道这是真正的瘟疫。在这种事态下，李欧的一个年纪比他大得多的同行卡斯特尔，来看望他。

"你当然知道发生了什么事？"他对李欧说。

"我在等化验结果。"

"哦，我知道的。我可不用化验。我在中国当医生的时间比较长，二十年前，我在巴黎见过几个这样的病例。只是当时没人敢说这种瘟疫的名字。当然这是禁忌，不能引起公众的恐慌，千万不能。我的一个同行说：'难以置信的是人人都以为它在西欧绝迹了。'大家都知道——除了那些死人。李欧，你和我同样知道发生了什么事。"

李欧沉思了。他从诊所眺望窗外，高高的悬崖遮住了远处的半边海湾。随着夜幕降临，蔚蓝的天空色彩暗淡，光线正变得柔和。

"不错，卡斯特尔，"他回答说，"不可思议，各种迹象看上去都像鼠疫。"

卡斯特尔站起身，走到门口。

"你知道，他们会说什么？鼠疫已在温带消失很久了。"

"消失？什么意思？"李欧耸耸肩。

"对，别忘了。仅仅在二十年前，巴黎才刚发生了呢。"

"是啊。希望这次情况不会那么糟糕。但真的难以置信。"

第一次有人提出"鼠疫"这个词。伯纳德·李欧医生站在窗边，他的内心既困惑又意外，和大多数市民的反应差不多，只是程度不同。人们都知道天灾人祸是不可避免的，但无论如何，当这个灾难真的降临到我们头上时，人们还是很难相信。历史上瘟疫发生的次数和战争的次数不相上下。瘟疫和战争同样让人出其不意。

实际上，就像我们的市民一样，李欧毫无戒心，我们应该理解他的犹豫不决，也理解他在恐惧和自信的矛盾中痛苦着。战争爆发时，人们会说："太蠢了，战争不会持久的。"战争确实"太蠢了"，但也不会这么快结束，如果人们只要不只考虑自己，就会想明白的。

市民们和其他人一样，只顾着自己。换言之，他们是人本主义者，不信天灾。瘟疫并不受人掌控，因此它在人们脑海中只是个妖魔的形象，是个即将逝去的噩梦。但噩梦一个接一个到来，结果，噩梦没有消失，倒是人消失了。人本主义者是最先消失的，因为他们没有采取预防措施。市民们犯的错误并不比别处的人多，但他们忘记了谦虚，认为所有事都可以解决，以为天灾不可能发生。他们继续经商、出门、发表观点，怎么会想到前途毁灭、出门禁止、议论中断、鼠疫那样的事。他们期望自由，但一旦鼠疫降临，从此没有人会自由。

一些散居四处的人，毫无征兆地死于鼠疫，甚至李欧在朋友面前也不相信这样的危险。一个人当了医生，就会对生理疾痛有自己的认识，会比平常人拥有更多的想象力。从窗口眺望城市，市容一成不变，只不过对于将来，他有着丝丝疑惑，隐隐不安。

他试着回忆他所了解的这种疾病。数字在他脑海里浮现，他想起，历史上已知的三十次鼠疫竟夺去了一亿人的生命。那么一亿人死亡意味着什么？在战场上，人死了不会有人在意，因为一个人的死去要他人见证才有意义。历史上分散的一亿具尸体，只不过是一缕青烟。医生记得发生在君士坦丁堡的鼠疫，据普罗科皮乌斯记载，仅在一天内就导致一万人毙命。一万个死者就相当于大剧院观众人数的五倍。这样的比较是得当的。要想有个清楚的概念，可以在五个电影院的出口将人群聚集起来，引到城市广场，再让他们成堆地死去。至少可以在这堆无名尸体上，安上一些熟悉的脸孔。当然，这是很难实现的，另外，人们能记得这一万张脸吗？像普罗科皮乌斯那样，那些老历史学家的数据令人难以置信，这是常识。七十年前，在广州，疫情在人群中蔓延前，已有四万只老鼠死于鼠疫。广州的瘟疫中，没有可靠的方式计算死老鼠的数量，这只是个粗略估计，会有较大误差。"让我想想，"医生自言自语道，"假如老鼠的身长有三十公分，四万只老鼠连在一起……"

无边无际的想象是不行的，他自责起来，心想，有些病例不算瘟疫，只需采取一些预防措施。他将观测到的情况牢记在心，昏迷、极度疲倦、腹股沟淋巴结、剧渴、精神错乱、身体的黑色斑点、内脏的肿胀感，结果，医生想到了几个词，在他医学手册里的结尾处，对症状进行了描述，"脉搏变得微弱，只要稍微一动就会致死"。总之，病人命悬一线，根据医生记住的准确数字，四分之三的人微微一动就命归西天了。

医生依然眺望窗外，凉爽的春日，洒下一片宁静的余晖；房间里回荡着一个词——鼠疫。医生脑海中显现的这个词，不仅仅具有科学的含义，而且意味着一连串奇特的景象，这和这座灰黄色城市的基调不吻合。城市不太热闹，嘈杂却不喧闹。阴沉和快乐在这座城市并存，总之，城市是欢乐的。城市的宁静是如此漫不经心而无忧无虑，似乎轻易就掩盖了鼠疫曾带来的灾难。鼠疫侵袭雅典时，连鸟儿也飞得不见踪影；中国的受难城市中，聚集了无数灾民，默默无语却痛苦万分。马赛的囚犯将腐烂的尸体堆到坑里；普罗旺斯的城墙抵御疯狂的鼠疫之风；君士坦丁堡的麻风病院里，泥地上潮湿而腐烂的小床，用钩子把病人拖出来的情景，黑死病暴发时，医生戴着口罩，如同戴上面具过着狂欢节；米兰的墓地里还有奄奄一息的病人；恐怖的夜晚，一辆辆运着死尸的卡车在伦敦市里穿行，各个角落，夜以继日，病痛的惨叫声挥之不去。惊恐还不至于扰乱春日下午的平静。窗外，电车开过，只闻其声，不见其影，铛铛声轻松欢快，与残酷和痛苦形成对比。纵横交错的简陋房屋后，只有大海轻轻低语，诉说着世上所有的动乱不安。李欧医生凝视着海湾，想起卢克莱修提到的，鼠疫猖獗时，雅典人在海边架起的柴堆，是为了焚尸。傍晚运来了死人，但是柴堆上放尸体的空间不够，活人为了争夺亲人尸体的安放位置，举起火把，动手打斗，宁愿卷入血战中，也不愿自己的亲人丢入海中。在他眼前出现了这样的画面，燃烧着的柴火堆火光冲天，反衬出周围寂静的海域。火把在黑夜的搏斗中，火星四溅。恶臭的浓烟直入云天。这一切的发生不是不可能的。

理性驱赶了耸人听闻的预言。确实，"鼠疫"已被提出来，就在这个时刻里，已有一两个受害人遭到疾病的侵袭，失去了生命。然而，疫病是可以对付的，而且也有办法阻止其蔓延。该认清的事情要认清，该做的事情还得做，驱散阴影，对症下药，这样鼠疫才会停止蔓延，因为这种病不是凭想象就发生的，或者说人们对它的想象还不够正确。假如鼠疫灭绝了，那就好办了，如果不能，就弄清其病症，采取措施，最终消灭它。

医生打开窗户，城市的噪音越来越响，从隔壁工厂里断断续续地传来锯木机急促的声响。李欧打起精神，因为还有日常事务要忙。其他一切都是零星小事，不该在琐事上浪费时间，重要的是要把本职工作做好。

医生沉思中，有人通知他，约瑟夫·格兰德到了。格兰德在市政府担任多职，有时受雇于统计部门，计算出生、结婚和死亡人数。因此，他有机会统计过去几天的死亡数字。

他为人友好，乐意把统计数据的抄本交给医生。

格兰德挥着手中的一张单子，身旁站着的是他的邻居，科达。

"人数正在上升，医生。四十八个小时已有十一人死亡。"

李欧与科达握手，问他身体状况如何。格兰德插嘴说，科达专程来感谢医生，并为他惹下的麻烦表示道歉。然而李欧只注视着统计表，双眉紧锁。

他说："也许我们有必要下决心为这次的疾病取个名。到目前为止，我们还不太确定。我要去实验室，想和我一起去吗？"

"好啊。"格兰德说着，跟着医生下了楼，"我也认为东西是什么，就该叫什么。可是应该命什么名呢？"

"我不能说。就算你知道了，也没什么用。"

格兰德笑着说："您看，没那么容易啊。"

他们出发前往兵器广场。科达始终沉默不语。街道上的行人开始多了起来，短暂的黄昏后，夜幕降临，星星发出微光，照亮天边。一会儿，路灯亮起，星空暗淡了，谈话的声音变大了。

"打扰一下，"格兰德站在广场的角落里说，"我得赶车了。我的夜晚神圣不可侵犯。正如我们那的人所说的：'别把今天的事情拖到明天做。'"

李欧已经注意到格兰德来自蒙特利马，爱用他家乡的谚语，还喜欢用如此陈腐的措辞如"迷思梦境"或是"人间仙境"。

"就是，"科达插嘴说，"别想让他晚饭后离开家。"

李欧问格兰德，他是否还为市政府做其他事。格兰德说没有，他在为自己做。

"真的吗？"李欧追问道，"一切顺利吧？"

"我已经做了几年了，如果不顺利，才奇怪呢，不过还没有大的进展。"

医生停下来问他："你做的是什么呢？"

他伸手按住了帽子，遮住了他肥大的招风耳，他小声咕哝，说话含混不清。李欧似乎猜到格兰德的工作与"个性发展"有关系。这时，他迅速转身，急忙踩着小碎步，走在两边都是无花果树的马恩街。

他们来到化验室门口，科达告诉医生，他很想拜访他，想向他咨询一下。李欧正在掏兜里的统计表，让科达可以在门诊时间去找他，不过，他又想了想说，明天他去科达住的地区，傍晚顺便去看他。

科达离开后，医生意识到他在想格兰德，如果他碰上了一次鼠疫，这可不像现在这样微不足道的鼠疫，而是一次历史上大规模发生的鼠疫，"他是那种幸免于难的人"。李欧记得在哪里读过的，鼠疫往往不碰体弱多病的人，但不放过精力充沛的人。医生想着，认为他是有点"神秘"的人。

确实，乍一看，格兰德形之于色，典型的公务员谦逊做派。他又高又瘦，穿的衣服晃来晃去，他故意买尺码偏大的衣服，以为这样能穿得长久些。虽然下颚大部分牙齿保留着，但上颚所有牙齿都没了，他微笑时，上嘴唇上扬，下嘴唇几乎不动，他的嘴巴瘪得像个小黑洞，走路像个害羞的年轻牧师，靠着墙侧身而行，身上一股烟臭味，毫无气派。很难想象他伏在办公桌上，谨慎地修改市里浴室的税收，或为初级秘书收集垃圾回收新税率的资料。即便一个对他的职业一无所知的人也可看出，他非常适合做市政府的临时助手，小心谨慎地做着不可或缺的工作，收入一天六十二法郎三十分。

事实上，他每月在员工登记表上"职位"一栏里就是这样填写的。二十二年以前，他获得了大学入学通知，但因为缺钱，没法上学，只能接受了这份工作。据说，上级曾经给了他很快"转入正式录用"的希望。如果他能处理好市行政工作的棘手问题，就能证明他的能力。一旦正式录用，人家会保证提拔他，过上舒适的生活。当然，精力旺盛的约瑟夫·格兰德做事并非出于野心，这从他的苦笑可以看出。通过诚实劳动获得适当的物质享受，业余时间做他想做的事，这是他向往的生活。因此，他接受这份工作，是出于光荣的动机，是对理想的忠贞。

然而，这种"临时"的状态一直没改变，物价倒是涨得飞快，格兰德的工资，尽管由于法令规定有所涨幅，但仍然是杯水车薪。他把这些一五一十地告诉李欧，但没有人会在意他的处境。格兰德的单纯，无论如何，是他的一个特色。他原本可以提出要求的，即使上级不给他应享的权利（或是该享什么权利他自己也不确定），但至少应该履行曾经许下的诺言。可是，首先，承诺他的部门领导已经死了几年；其次，格兰德也记不清当时的诺言是怎么许下的。最后，这才是问题的关键——约瑟夫·格兰德不太会说话。

这最后一个特色，最能体现我们这位同胞的个性，李欧也意识到了这一点。正是这个原因，他没法写出酝酿已久的抗议信，或是采取相应的措施。谈到"权利"，他感到厌恶，权利让他踌躇不前，就像提到"承诺"一样让他感到恶心，他希望享有自己的权利，但表现出的态度与他低微的职务并不匹配。另一方面，他拒绝使用这样的表达方式如"善意""感激"，甚至是"请求"，在他看来，这有损他的个人尊严。因此，找不到合适的词，他只能一直做着收入微薄的工作，直到如今上了年纪。正如他告诉李欧医生的那样，经过长时间的经验积累，他意识到只要精打细算，就不愁养不活自己。因此他认同市长的一句至理名言，这位市长还是个商业巨头，他言辞激烈，认为"说到底（他强调这样的言辞，因为全部道理都在这个词上），说到底，不会有人饿死。"约翰·格兰德作风简朴到近似苦行僧，说到底，这句话倒也把他从焦虑中拉出来。他继续斟词酌句。

从某种意义上讲，可以说，他的一生堪做楷模。他勇于坚持良好的品质，这在我们城市里或其他地方都是少有的。他的只言片语中，透露出善良和友爱。当今时代，拥有这些品质的人是很少的。他毫不掩饰对外甥和姐姐的爱，他们是他这世上唯一的亲人，每隔两年他都会去法国探望他们。他父母在他很小的时候就去世了，他承认，思亲之情常常带给他阵阵悲痛。他对老家教堂的钟有特殊的感情，最爱听每天下午五点发出的悦耳的钟声。他的感情表达很单纯，一个词就得费他不少心思。不善表达是他的缺点。每次碰到李欧，他都会旧话重提："噢，医生，我多想学会如何表达！"

那晚，他望着格兰德远去的背影，突然想起格兰德要说的话，原来他在写一本书或类似的东西。他回实验室时，一路上都在思考，有个想法让他重拾信心，但他意识到那个想法是多么荒唐，不敢相信有那么廉洁奉公，单纯善良的公务员，大规模的瘟疫还会降临到这座城市。确切地说，他不能想象拥有像格兰德这样癖好都无可挑剔的公务员的城市，如此猖獗的鼠疫还会光临。因此，他得出这样的结论：鼠疫是不会发生在我们这样的市民身上的。

第二天，李欧坚持提出的建议，尽管在很多人看来是欠考虑的，但最终他还是劝服当局在省府召开卫生委员会会议。

"市民们紧张不安，"理查德医生承认，"漫天谣言正在流传，省长告诉我：'你们愿意的话，可以迅速采取措施，但不要大动干戈。'他认为那只是虚惊一场。"

李欧顺便开车将卡斯特尔送到省府。

卡斯特尔在车里说："整个城区就没有血清吗？"

"没有，我打电话给血库，库长似乎颇为吃惊。血清必须得从巴黎运来啊。"

"希望能快点吧。"

李欧说："昨天我已打电报去了。"

省长和蔼可亲地与他们打招呼，但神情紧张。

"开会吧，先生们，我需要再介绍一下大致情况吗？"他问。

理查德认为没有必要。医生们都已了解了情况。只是问题是该采取什么措施。

老卡斯特尔鲁莽地打断了他的话："现在的问题是弄清这到底是不是鼠疫。"

两三个医生提出了抗议。其他人似乎犹豫不决。省长慌乱中扫视了一眼门口，确信门外不会有人听到这样无理的谈话。

理查德认为，不必大惊小怪。目前所对付的是一种伴有腹股沟淋巴结肿大并发症的高烧而已，无论在日常生活，还是在医药科学领域，草率地下任何结论都是不明智的。老卡斯特尔，平静地咀嚼着黄色胡须，抬起那灰白、明亮的眼睛，凝视着李欧。他又扫视了其他委员会成员，并投以友好的目光，说他知道这确实是场鼠疫，如果官方承认这一说法，当局将会被迫采取严厉措施。正因为如此，他的同行们有所顾虑。如果能宽慰他们的心情，他宁愿接受这不是鼠疫的说法。省长似乎激怒了，声称，这种论证思维是不合理的。

卡斯特尔回答说："重要的不是论证合不合理，而是能不能让你动脑思考问题。"李欧一声不吭，大家让他发表意见。

"我们现在面对的是具有伤寒性质的高烧，伴有呕吐和腹股沟淋巴结炎。我已切开淋巴结，将脓块送去化验。化验师认为已找到鼠疫杆状菌。但我必须说明，其特异变化与通常对鼠疫病菌的描述并不一致。"

理查德指出在这种情况下应采取观望的态度，一系列化验分析已进行了几天，还得等报告出来再说。

李欧说："一种微生物能在三天内能使脾脏肿大四倍，并使肠系膜淋巴结膨胀到橘子般大小，像糊状物那般，坐视观望是不可取的。传染病正在不断扩大，根据疾病传播速度，除非我们加以阻止，否则在两个月内将会消灭城市里半数人口。无论将这次疫病称为鼠疫还是某种稀有高烧，这都无关紧要。要紧的是要阻止疾病的蔓延。"

理查德说，不能把情况说得这么悲观，此外，没有证据显示疾病具有传染性，因为病人的亲戚没有受到感染。

"但是也有人死了，"李欧说，"当然疫病的传染是没有绝对的，否则死亡率就会无限攀升。问题不在于把情况说得悲观，而在于有必要采取预防措施了。"

然而，理查德概括了当下的局势，指出，如果疫病没有自行停止蔓延，就有必要采取法律规定的严厉的预防措施。而要做到这一点，就有必要公开承认鼠疫已暴发。但这事还没确定下来之前，任何草率的举动都会遭到抨击。

李欧坚持自己的观点："法律规定的措施是否严格并不重要，重要的是这些措施对预防疫病的传染是否有用。其余的只是行政的问题，我们的宪法规定紧急情况下，省长有权处理此类事情。"

"一点没错，"省长同意了，"但是我需要你们正式确认这是一场鼠疫。"

“就算我们不确认此事，”李欧说，“城里半数人仍将会死去。”

理查德插嘴了，显得不耐烦。

“事实是我们的这位同行相信这是鼠疫，他对综合征的描述证明了这一点。”

李欧回答说，他没有描述过“综合征”，仅仅叙述了他的亲眼所见。他发现的就是腹股沟淋巴结炎，高烧伴有精神错乱，四十八小时暴死。他问道：“理查德医生能否保证即便没有采取严厉的预防措施，瘟疫也能停止蔓延吗？”

理查德犹豫不决，双眼紧盯李欧。

“老实回答我，你肯定这是鼠疫？”

“你问的这个问题本身就是错的，问题不在于是否确定，而是对于时间的把握。”

“我同意你的观点，”省长说，“确实，即便不是鼠疫，也要立即针对疫情采取预防措施吧。”

“如果一定要我给个看法，这就是我的看法。”

医生们交头接耳，理查德代表他们发了言：“谈到这个，我们有责任行动起来，把它当鼠疫来处理。”

这种说法得到了大家的赞同。

“你怎么说，对我来说关系不大，”李欧说，“我的观点是不能因为不一定发生半城人病死的假设而不采取行动，到时候若疫病真的蔓延了，恐怕就来不及了。”

在惴惴不安的气氛中，李欧离开了委员会室。过了一会，他沿着后街开车，街上散发着煎鱼的香味，和尿骚味。一个女人痛苦地尖叫着，腹股沟间正在滴血，她向李欧伸出了双手。

会议开完的第二天，高烧症有了一些进展，甚至见诸报端，报道中谨慎委婉地提到一些。过了一天，李欧观察到市里不太引人注意的地方张贴了小小的官方通告。告示里很难看出当局正积极处理问题，采取的措施并不严厉，那是为了不引起公众骚动。告示直截了当地说明，奥兰已有几例致命高烧病例，但迄今为止，还不能断定这种疾病具有传染性。症状虽不太明显，但足以困扰人，当局相信市民能镇定自若地对付局面。为了谨慎起见，省长实施了一些预防措施。如果能仔细研究，恰当采用这些措施，就能排除任何传染病的威胁。省长相信市民都会配合政府。

告示由当局起草，列出整个流程。流程中包括通过往下水道注射毒气，严格监控供水系统，系统性地根除老鼠。当局建议市民们保持最大程度的个人卫生，发现跳蚤者直接报告市医务所，同时要求病人家属快速报告已诊断的高烧病例，并将病人隔离至特殊病房。病房具有特殊设备，确保病人在最短的时间内取得最大的疗效。一些附加条例规定病房和病人坐过的车子必须强制进行消毒。公告最后要求所有与病人接触的人，应咨询卫生监督员，接受卫生检查。

李欧医生看着海报，猛然转身，回到他的诊所。格兰德等着他，看到他回来，用力举起双臂。

李欧说："我知道了，死亡率在上升。"

前一天，报告有十例病人死亡。医生告诉格兰德，他晚上可能会去看他，因为他答应要去拜访科达。

"好主意，"格兰德说，"这样做对他有好处。实际上，我发现他改变了很多。"

"哪些方面？"

"他变得和蔼可亲了。"

"他以前不友好吗？"

格兰德似乎不知所措。他不能说科达过去不友好，这么说不恰当。但是科达是个沉默寡言、讳莫如深的人，格兰德认为他身上具有野猪的特性。他要么待在家，要么在小饭店里吃饭，出入神神秘秘——科达就是这么过日子的。他自称自己是酒类的推销员，时不时受到两三个人的拜访，大概是上门的顾客。有时到了晚上，他会去街对面看电影。格兰德提到了他所注意的细节——科达似乎对强盗片情有独钟。然而给他印象最深的是那男人很冷漠，可以说他不信任周边的人。

现在，格兰德说，科达变化很大。

"我不知道怎么说，但是我觉得现在他想给别人留下好印象，努力和别人打成一片。而且，他经常和我交谈，建议我们一道出去，我没办法拒绝。另外，他很感激我，因为我救了他的命。"

自科达企图自杀以来，再也没有客人拜访过他。在街道、商店，他到处与人打交道。和杂货店老板聊天时，他总是和蔼可亲，没有人比他对烟草商的流言蜚语更感兴趣了。

"这个特别的烟草商——顺便说一句，是个女人，"格兰德解释说，"她是个可怕的人。我告诉过格兰德，但他说我对她有偏见，她有许多优点，不过也只有一个人可以看到她的闪光点。"

有两三次，科达邀请格兰德与他同去高级饭店和咖啡馆用餐，这是他最近经常光顾的地方。

"那些地方的气氛令人愉快，"他解释说，"周围的人都不错。"

格兰德注意到服务员很愿意为科达服务，他很快发现，他的同伴给小费很大方。这位酒类推销员似乎很喜欢服务员对他的友善，这是他的慷慨换回来的。一天餐厅服务员领班把他送到门口，帮他穿上大衣，科达对格兰德说："他是个好人，是个好的见证人。"

"见证什么？我不懂。"

科达犹豫片刻，回答："噢，证明我不是那种坏人。"

他的情绪时好时坏。一天，杂货店老板表现得没以前热情了，他便回家大发雷霆。

"他站在别人那边了，这头猪！"

"谁那边？"

"那该死的所有人。"

格兰德目睹了发生在女烟商那里的奇怪事情。当时大家都在热烈谈话中，那个站在柜台后的女人开始谈论起一件在阿尔及尔引起骚动的谋杀案。一个年轻的商店职员在海滩上杀死了一个阿尔及利亚人。

"我说，"女人开始说，"如果他们能把所有的社会渣滓都关进监牢里，好人就能自由了。"

科达的反应吓坏了她，他没打招呼就冲出商店。格兰德和那女人注视着他的背影，目瞪口呆。

随后，格兰德告诉医生，科达的性格发生了其他的变化。科达经常发表自由派的观点，他最喜欢的格言"弱肉强食"就很好地证明了这一点，但现在他只买奥兰保守派报刊。他在公共场所毫不隐讳地读报，人们不禁怀疑他是否故意为之。在他生病卧床时，他同样要求格兰德帮他读报，格兰德提出要去邮局，科达请求他能帮他远方的姐姐寄上一百法郎，而且每月都会给她寄钱。格兰德离开房间时，他又叫住了他。

"给她寄上两百法郎吧。她会喜出望外的。她以为我从不想到她，但实际上我一直都挂念着她。"

不久，他开始纠缠格兰德，好奇地问他有关神秘的"私人工作"的事，格兰德每天晚上都会忙这些。

"我知道，"科达大声说，"你在写书，是吗？"

"差不多，不过比写作复杂些。"

"啊！"科达叹息道，"我真希望我也会写作。"

格兰德显得很吃惊，科达尴尬地解释道，一个作家可以解决许多问题。

"为什么？"格兰德问。

"众所周知，作家比普通人拥有更多的权力，人们总是会退让其三分。"

早上，看布告张贴时，李欧对格兰德说："看来，和别人一样，这老鼠的事情搅得他脑子糊里糊涂的。又或许他怕得高烧症。"

"医生，我很怀疑。如果你想知道我的观点，他……"

他停下来，"灭鼠"车的嘈杂声如同机关枪般嘎嘎作响。李欧一言不发，等到"灭鼠"车开远了，心不在焉地问格兰德。

"他是个问心有愧的人。"格兰德严肃地说。

医生耸耸肩。正如警官所说的那样，他另有事要做。

那天下午，李欧和卡斯特尔进行了另一次谈话。血清还没运来。

"无论如何，"李欧说，"我不知道血清是否有用。这杆状菌有点奇怪。"

卡斯特尔说："我不同意你的观点。这些小东西很独特。但实质都是一样的。"

"无论如何，那是你的想法。实际上，我们对事物了解甚少。"

"我同意，这仅仅是我的看法。但从某种意义上说，适用于每个人。"

整个一天，医生一想到鼠疫，便头脑发胀。最后他意识到自己恐惧万分！他两次走进了热闹的咖啡馆。像科达一样，他也需要人们的热情和温暖。虽然他知道这么想有点儿可笑，但倒是提醒他去看望那个酒类推销员。

傍晚，医生走进科达的房间，科达正坐在餐桌旁。桌布上摊开了一本侦探小说。但天色渐暗，在夜幕下看书很困难。很有可能科达之前坐在黄昏里沉思。李欧问他身体如何。科达坐下，没好气地回答，身体不坏。还说，要是他一个人能独处，他会感觉更好。李欧说，一个人不能总是形单影只。

"我不是这个意思。我说的是那些专门给别人找麻烦的。"李欧一语不发，科达继续说："请注意，我讲的不是我自己。我刚才读的那本侦探小说，讲的是一个晴朗的早晨，一个可怜的家伙突然被捕了。人们对他产生了兴趣，但他一无所知。大家在办公室里谈论他，在卡片索引上找他名字。你认为这公平吗？你认为人们有权利像这样对待那个人吗？"

李欧说："这要视情况而定，某种意义上，没有人拥有这样的权利。但是这个和我们无关。你得出去一会，老待在房间里不好。"

科达似乎很烦恼，说正相反，他经常出去。有必要的话，街上所有人可以为他证明。另外，他认识不少其他区的人。

"你认识那个建筑师里高先生吗？他是我的一个朋友。"

房间里几乎没有光亮了。外面街上变得越来越热闹，街灯亮起，传来轻松的欢呼声。李欧走到阳台上，科达跟着他出来。跟以往的夜晚一样，伴着一阵轻风传来低语声，飘来烤肉的香味，年轻人都拥上了街头，人声鼎沸，到处充满了人们自由欢快的嘈杂声，还夹杂着一股芳香味。黄昏时分，远处看不见的船只发出低沉的鸣笛声，从海面上和沸腾的人群中传来快乐的喧哗声——这样的傍晚曾经对李欧有着独特的魅力，由于今天他所知晓的一切，他此刻变得沉闷起来。

"开灯怎么样？"他们进屋时，他建议道。

灯一亮，那个矮个儿男人眨了眨眼，瞧着他："告诉我，医生。假如我生病了，你会不会把我送到您医院的病房里？"

"为什么不呢？"

科达打听在医院或疗养院里病人会不会被捕。李欧说，有过这样的事，但一切取决于病人的状况。

"您知道，医生，"科达说，"我信任您。"他问医生是否能送他去城区。

市中心里，人群渐渐散去，街灯慢慢暗去。孩子们在门口玩耍。科达要求医生把车停在一伙小孩旁边。孩子们在玩跳房子，大声嬉笑。其中一个小男孩，小脸邋遢，梳着光光的分头，炯炯有神的双眼紧盯着李欧，医生的目光躲开了。站在人行道上的科达摇了摇头。他嗓音沙哑，发音费劲，心神不安地回过脸。

"人人都在谈论传染病。是真的吗，医生？"

"大家一直在说，"李欧回答说，"人人都知道。"

"说得对，如果有十个人死了，大家会认为那是世界末日，这不是我们所希望的吧。"

李欧手放在变速器操纵杆上，车子挂在空挡上，他再次看了眼男孩，那男孩神情古怪而严肃。突然，孩子咧嘴一笑。

"是吗？我们所希望的是什么呢？"李欧边问边冲孩子微笑。

科达出其不意地紧抓住车门，下车时，狂怒而激动地喊道："希望来次地震，大地震！"

可是，没有发生地震，第二天，李欧开车前往城市的各个地方，与病人和病人家属谈论病情。李欧从未感到他的职业让他有这么大的压力。迄今，他的病人很配合他，心甘情愿将自己托付给医生。一开始，医生意识到他们冷漠孤立，困惑茫然，充满敌意，隐藏病情。这是一场他还不习惯对付的斗争。晚上十点，他将车停在那位老哮喘病人的屋外，这是当天最后一位病人，他累得难以从座位上站起来，于是徘徊了一会，望着黑洞洞的大街，天空中的星星若隐若现。

李欧进了屋，老人从床上坐起身，和以前一样，从一个锅子到另一个锅子，正在数着干豌豆。老人抬头看到访客，脸上堆着微笑。

"医生，这是霍乱吗？"

"你从哪里知道的？"

"从报纸上，收音机里也这么说。"

"不，这不是霍乱。"

"不管怎么样，"老人激动得咯咯一笑，"大人物是不是夸张过头了？"

"别相信他们的。"医生说。

他仔细检查了老人的身体，在肮脏的小饭厅间坐了一会。他很担心，他知道仅仅这个区域，有十来个不幸的人，由于腹股沟淋巴结的剧痛，蜷缩着身子，明天还等着他来看病。只有两三个病人的淋巴结切口得到了改善。绝大多数病人需要住院，他也明白穷人对于住院的感受。"我们不希望他们在他身上做实验。"一个病人的妻子对他说。但要是不在病人身上做实验，也只有死路一条。很明显，采取的措施还不够。关于"特别配置"病房，他知道是什么样子，两间外屋是将其他病人紧急撤离空出来的，窗户密封，周围设立卫生警戒线。只有这次鼠疫暴发能自行停止，否则当局设想的措施就难以见效。

然而，当晚发表的官方公报仍然十分乐观。第二天，朗斯多克宣布当局的措施得到普遍的赞同，已有三十个病人报告了病情。卡斯特尔打电话给李欧。

"特殊病房里有多少张床？"

"八十张。"

"市里肯定超过三十个病人吧？"

"别忘记有两种情况，一种是胆小，另一种则是大多数的情况，根本来不及报告。"

"我明白了，有没有对死亡人口进行核对？"

"没有。我在电话里告诉理查德，我们需要紧急措施，不只是口头说说。必须建立防止疾病蔓延的真正屏障。否则我们倒不如什么都不要做。"

"是吗？他说了什么？"

"他说他没有权力。在我看来，事情变得更糟了。"

确实如此。三天内两栋楼房都住满了。理查德表示，正在将一所学校空出来，开一家辅助性医院。同时，李欧在等待治疗鼠疫的血清，并为病人开刀排脓。卡斯特尔则长时间在公共图书馆里钻研古书中的资料。

他的结论是："那些老鼠死于鼠疫，或者是和鼠疫差不多的瘟疫。老鼠已经散播了千百万只跳蚤，除非能及时控制其发展速度，否则跳蚤将以等比级数的速度传播细菌。"

李欧沉默不语。

这时，天放晴了，太阳吸干了水坑里的雨水。每日清晨，宁静的蔚蓝色天空里射出金色阳光，上升的热浪里传来飞机的嗡嗡声——一切都安详美好。然而四天里，高烧症已有四次令人胆战惊心的跃进，十六人，二十四人，二十八人一直到三十二人。第四天，一所小学被宣布用作辅助医院。那些曾经爱开玩笑来掩饰自己焦躁不安的情绪的当地人，如今却张口结舌，表情忧郁。

李欧决定打电话给省长。

"这些措施还不够。"

"是的，"省长回答，"我已经看到了数据，正如你所说的，令人烦恼。"

"这些数据不仅仅让人感到不安，还具有决定性。"

"我会请求政府下达命令。"

李欧见到卡斯特尔时，提到省长的话激怒了他。

"命令！"他轻蔑地说，"还需要一番想象吧。"

"血清有消息吗？"

"这周会来的。"

省府通过理查德，请李欧打一份报告，向殖民地首府要求发布命令。李欧在请求中加入了临床诊断和瘟疫的数据。该天，报道了四十人死亡。他指出，省长有责任加强新的措施。严格执行所有病例隔离的强制报告，病人的住处必须进行封锁和消毒，病人家属需进行隔离。患者死后的埋葬由当局监管，具体情况具体分析。第二天，血清空运来了。这些血清能满足正在进行治疗的病人的需求，而一旦瘟疫传开，血清就不够了。殖民地首府告知李欧紧急库存告急，但新的储备正在准备中。

同时，春天从郊区进入了城市。在街边，集市小贩的花篮里数千朵玫瑰枯萎了，空气中弥漫着浓郁的花香。表面上，一切照旧。高峰时期，电车经常堵塞，而平常车里空荡荡、肮脏不堪。塔鲁仍然在观察那个小个子男人，他还把口水吐在猫身上。格兰德每晚匆匆回家，投入到他神秘的文学活动中。科达依旧以散漫的方式生活，地方法官奥东先生，带着他的几只动物走来走去。老西班牙人仍旧将干豌豆从一个锅倒到另一个锅中，有时，碰到兰伯特，那名记者如同往日一样对亲眼所见的东西很感兴趣。晚上，人群照旧涌向大街，电影院外排成长龙。另外，瘟疫似乎处于日益衰落的趋势。某几天，只有十个左右病人死亡。接着，数据突然直线上升。当天，死亡人数达到了三十，李欧医生读到一份官方电报，省长递给他时，说："他们警觉了。"电报上面写道："鼠疫暴发，封城。"

第 2 章

从那时起，鼠疫成了所有人关心的话题。迄今，尽管周边发生了一些让人惊讶的怪事，人们还是照常生活，这样的情况还会继续下去。毫无疑问，人们只能这么做。一旦封城，每个人包括笔者在内，人人都在同一条船上，每个人都得适应新的生活状况。因此，恋人之间的分离之痛突然变成所有人都要经历——长时期流放的悲痛欲绝。

最明显的后果之一，是城门突然紧闭，剥夺了人们的自由，而人们却毫无防备。母子、恋人和夫妻，在站台上吻别和互诉衷肠。受迷信的愚弄，人们几天前还想当然以为他们的分离只是暂时的，几天后就能见面，最多不超过几个星期。这次的离别对人们的日常活动没有多大的影响。可是，忽然之间，他们发现与亲人分别，不能见面甚至不能与对方交流。事实上，正式告示发布前的几小时前，城门便关闭了。当然任何特殊情况不在考虑之列。这次疾病侵袭的第一个结果，迫使市民放弃个人感情行动起来。离城禁令一旦生效，省长办公室里就挤满了提出请求的人群，这些请求都具有同样的说服力，却都难以加以考虑。人们花了几天的时间才意识到已经走投无路了。"特殊安排""特权"和"优先权"已失去了所有实际意义。

让人能稍感慰藉的通信也被禁止了。因为一方面，城市不仅与别的地方失去联系，另一方面，所有通信都遭到阻断，以防止信件携带细菌出城。早期，少数人试图通过城门的警卫捎信出去。但那只是疫情初期，警卫按捺不住恻隐之心也情有可原。之后，一些警卫认识到事态的严重性，便断然拒绝要求，因为他们承担不起后果。一开始，与外界通话还是允许的，然而，却导致电话亭的拥挤和线路拥堵，过了几天，连打电话也禁止了。之后，只有"紧急情况"才允许打电话，如死亡、结婚和新生儿诞生。人们只得借助电报。以往，友谊、爱慕和身体之爱将人们紧密联系在一起，现在人们只能通过简单十个字的电报，寻找以往的温情。后来，电报里的短语很快用竭了，永生伴随，热切盼望的词由这样的陈词滥调代替了"好，想你，永爱"。

仍有少部分人坚持写信，花时间想办法与外界联系，但通常都没成功。即便偶尔联系成功，人们也不得而知，因为最终没有答复。一连几个星期，市民们开始再三地写同一封信，同样的新闻和相同的个人诉求。结果原本饱含热血、生动活泼的词汇此刻变得毫无生机。人们继续机械地重复死气沉沉的语句，表达痛苦的想法。从长远看来，这些重复而毫无结果的独白，和对牛弹琴的对话，还不如电报的陈腐用语。

过了几天，再也没有人抱有离开这座城市的希望了，于是他们转而询问鼠疫暴发前出走的人能不能回来。经过几天的深思熟虑，当局回答肯定，他们指出，回城的人绝不可以再离城，不管发生什么事，都得留在城里。少数家庭不愿当回事，渴望与失散的家庭成员重聚，于是不经慎重考虑，轻率地将他们请回来。但很快，困于这场鼠疫的人们认识到这无异于将亲人推向危险，因此只能忍痛与亲人分别。在鼠疫的猖獗时期，只有一例是人的情感战胜了对死亡的恐惧。出乎人们的意料，这种情况并不是发生在两个不惜代价、两情相悦的年轻人身上，而是发生在结婚多年的老卡斯特尔和他的妻子身上。卡斯特尔妻子在鼠疫暴发前几天去了邻城。他们不是老夫老妻式的模范夫妻，相反，笔者有理由说，很可能伴侣并不认为婚姻是他们渴求的，可这种冷酷无情，长时间的别离使他们意识到他们无法离开彼此而生活，于是突然发现鼠疫也算不了什么。

有个例外，对于绝大多数人来说，很明显分离必须持续到瘟疫结束。奥兰的市民，有着简单的感情，我们自认为非常熟悉的感情现在焕然一新。完全信任的恋人和夫妻吃惊地发现，他们变得猜忌多疑。原本水性杨花的男人现在变得忠贞不渝。很少关心自己母亲的儿子，现在开始注意到岁月的痕迹在母亲脸上留下的一道道皱纹，上面带着儿子辛酸痛楚的悔恨。鼠疫很大程度上，完全剥夺了人们的意识，使人们全然不知将来会发生什么。那影影绰绰的人影，忽远忽近，让人整日魂牵梦萦，束手无策。实际上，我们遭到了双重打击，首先是自身受到的痛苦，其次是想象身处在外的儿子，母亲，妻子和情人所承受的痛苦。

其他情况下，市民们也许会在寻欢作乐和日常交际，找到情感的宣泄。但鼠疫的来临，限制了他们的行动，他们在城里转来转去，枯燥乏味，日复一日地沉溺于回忆的幻觉中。城市的狭小空间，让人们漫无目的地行走，然后又会走到原来的道路上，曾经在同一条路上，他们和身处异地的亲人共享过欢乐时光。

因此，鼠疫带来的第一件事就是流放。笔者相信，他所记录的对所有人有用，是他本人和朋友共同的情感。毫无疑问，这种流放感，空虚寂寞，萦绕心头，久久不能离去。焦心的回忆之箭，荒诞不经的想法，追溯至陈年往事，或是加速时间流逝。有时，漫不经心的想象，等待钟声敲响的那一刻，或等待楼梯上熟悉的脚步声，这一切预示着某人的归来。然而，虽然人们想试图忘掉火车不通的事，在亲人搭乘火车应该回来的时候在家等着。可是，游戏终究不能持久。事实是火车没法过来。我们意识到离别是注定的，但别无选择，只能向事实妥协。总之，回到牢房般的家中，一无所有，只有往事历历在目。即便有些人寄希望于未来，一旦他们想到幻想破灭将给他们带来无尽的痛苦，他们很快就放弃了这种想法。

值得注意的是，市民们很快停止曾经养成的计算流放日期的习惯，即便在公共场所也是如此。原因是最悲观的人将日期定为六个月，为了应对这段黑色的日子，他们千辛万苦预先做好了准备，鼓足勇气面对困难，蓄积所有的力量勇敢忍受漫长的煎熬。当他们遇到个朋友，在报纸上读到篇文章，隐隐的怀疑，头脑中闪现的远见，他们就没有理由不相信鼠疫会持续到六个月以上，一年，甚至更长。

这时，他们的勇气，意志和忍耐力瓦解了，瓦解得这么突然，以致无法从失望中摆脱出来。因此，他们强迫自己不去想逃出去的那天，不再展望未来，可以说，低头做人。这种小心谨慎、回避困境、挂靴停战，收效甚微。他们尽力避免难以忍受的剧变，失去了弥补亲人的时光，只要想象和亲人重聚的场景，他们可能会忘了鼠疫。因此，他们处于山山水水的中间，不上不下，过着随波逐流的日子，靠着漫无目的的日子和毫无结果的回忆。游移不定的影子只有甘愿在痛苦的环境中扎根，才能有所定居。

他们开始了解所有囚禁的人和流放者的苦难不幸，虽有回忆相伴，却无济于事。他们甚至不停地怀念往昔，品尝到的只有悔意。他们希望能与爱人在一起完成能做而未能做完的事，填补到过去的回忆中。在囚禁中，人们时时挂念亲人，即便在快乐的情境下，这种状况也是徒劳的。他们生命中经常有错过。对过去怀有敌意，对现在不够耐心，对将来苟且偷生，他们仿佛接受正义的审判，充满仇恨，在铁窗后度过一生。为了消磨难耐的空闲时间，唯一的方法是想象火车再次启动，幻想门铃叮叮当当地响，实际上，门铃却固执地默不作声。

对于大部分人来说，这是在家中的流放。虽然作者只经历了一般形式的流放，但不要忘了像记者兰伯特和其他所有人一样，不得不忍受痛楚，由于鼠疫所困，他们被迫待在原地，与亲人和家乡隔绝。在所有流放人群中，他们的感触最深，因为时间造成了伤害，他们和大家的感受一样，但还有空间也引起了他们的悲痛。他们沉湎于此，在又大又陌生的麻风病院内，与尘世隔绝，面对墙壁，痛苦万分。这些人整日孤零零地游荡在尘土飞扬的城市里，静静地联想起家乡的夜幕和拂晓。飞燕的掠影、日落的秋之露、空旷大街上的斑驳光影，这些转瞬即逝的迹象，烦躁不安的痕迹，平添了他们不少烦恼。外界为人排忧解难，他们却视而不见，沉溺于过于逼真的幻影，竭尽全力幻想出这样的一片土地，三三两两的小山，喜爱的树木，女人的笑脸，微光闪烁，构成了一个绝无仅有的世界。

最后，我们来特别谈谈引人深思的情侣情况。笔者似乎最有资格谈论这个话题，情侣们聚积着不同的思想情感，最明显的就是懊悔情绪。他们目前的状态使他们以热情而客观的角度来判断情感。在这种情况下，很少有人能不发现缺点的。首先，他们很难唤起别离亲人的清晰画面。他们痛恨自己不知道外地的爱人是如何消磨时间的，责怪自己很少去想这一点，相反，他们装模作样地认为知道对方的时间安排会造成双方的冷漠，而这并不是快乐的源泉。这时，他们会追溯爱情的轨迹，发现美中不足之处。通常情况下，不管我们自不自觉，都认为爱情会更加美好，然而，我们甘愿相信爱情一直停留在平庸的水平上。但是回忆不让我们妥协。确切地说，这场无妄之灾对我们造成无尽的伤害，让我们义愤填膺，而且还引起我们自己的痛苦，我们只能忍耐。这是鼠疫转移人们的视线，将事情复杂化的情况之一。

每个人必须独自在苍穹下，满足于一天过一天的日子。听天由命的想法温和了人的性情，但人们却变得碌碌无为。市民们任由天气的支配，成了奴隶。看到他们，就会想到这是他们生命中头一次遭受天气的掌控。阳光一照耀，就使他们笑逐颜开，然而一到雨天，他们脸上和心理上就蒙上了一层阴影。几星期前，他们不靠天生活，因为他们并不孤独一人，从某种程度上说，与他们朝夕相处的人在小小世界中仍占有一席之地。从今以后就不同了，他们受上天的支配，换句话说，他们受苦受难，却还不理智地抱有希望。

另外，极度孤单的状况下，没有人会指望从邻居那得到帮助，每个人忧心忡忡，独自承担。由于某种原因，假如我们中的一个人向他人吐露心声，发泄感情，无论得到的回复是什么，总会伤他人的心。他开始明白和他说话的人和他没有共同语言。一个是对冥思苦想和痛苦不幸的深刻阐述，想表达的是长期的激情和悔恨，另一个抒发的只是千篇一律的情感，表达的是大家都有的伤感。不管回答友好还是敌意，答案总是不尽如意，所以还不如不说话的好。有些人难忍沉默，却没有能说会道的本事，只能人云亦云，老生常谈，谈谈平日的琐事，逸闻趣事，以及报上的新闻。用陈腐套语来表达最真实的悲痛，这也司空见惯。只有在这样的情况下，鼠疫的囚困者才会激发对看门人的同情心，并引起听者的兴趣。

但是最重要的一点，不管流放者的遭遇有多么不幸，心情有多空虚多沉重，鼠疫发生初期，他们可以说是幸运的。全城市民开始惊慌失措时，他们全身心关心的是他们相见的人。爱情的自私主义使他们在这场鼠疫中保全下来，一想到疫情，他们就担心跟心爱的人永远天各一方。因此，在疫情发展到最厉害的时候，他们表现得最漠不关心，似乎也可以变得泰然自若。绝望的心理使他们避免恐慌，因祸得福。如果其中有人暴病身亡，那是发生在他始料未及的时候。他和幽魂低声细语，进行漫长谈话时，突然被拽出，直接丢入九泉之下，瞑目安眠，还没来得及思考其他的事情。

市民们想尽办法习惯这突然的隔离，由于鼠疫的暴发，城门旁增设了岗，开往奥兰的船只能改道避开。闭城后，没有一辆车进出城门，所有车辆只能在城内绕圈打转。

从林荫大道的高处俯瞰，海港展现出一幅奇异的景象。作为海岸线上主要港口之一，突然没有了门庭若市的热闹场景。几条接受检疫的船正停靠在海湾边。码头上，空闲的起重机，倾在一边的翻斗车，还有成堆闲置的袋子和酒桶，这一切证明鼠疫将贸易也剥夺了。

尽管这里呈现出一片非凡的景色，市民们还不明白到底发生了什么事。人们担心害怕，孤单寂寞，但每个人将私事放在首位，到现在没有人真正承认瘟疫来了。大多数人主要感到生活被扰乱，利益受到了影响。他们感到担心和生气，但是仅仅这些情绪并不能对抗鼠疫。他们第一反应就是谴责当局。针对公众的批评，报刊的反应是《当前的措施能否经过修改而令人信服?》，省长对此的回答出乎意料，迄今为止，报刊和朗斯多克情报资料局还没有收到有关疫情的官方数据。目前，省长每天向当局提供数据，并要求当局每周公布一次。

公众并没有马上做出回应。消息公布了发生鼠疫的第三个星期有三百零二人死亡，但并没有引起公众的猜测。首先，三百零二人不一定都死于鼠疫。其次，没有一个人在平日里知道每周平均死亡率。城市的人口大约二十万，市民们不知道目前的死亡率是否正常。尽管数据的影响是显著的，但事实上，没有人对此表示关心。总之，公众缺乏的是比较的标准。只有随着时间的推移，死亡率的不断上升受到了重视，群众才会面对真相。第五个星期，有三百二十人死亡，到了第六个星期，有三百四十五人死亡。这些数据说明了问题，但不足以耸人听闻到妨碍群众思考，虽然他们有些不安，但仍认为这不过是次不愉快的事故，不久就会过去。

他们像平常一样在城市里走走逛逛，或是坐在咖啡露台里喝咖啡。一般来说，他们并不怯懦，互相说笑多过垂头丧气，对于暂时的不快之事也能一笑而过。总之，他们保住了体面。然而到了月底，几乎在下面还要讲述的周礼拜里，更严重的情况使整个城市的面貌发生了变化。首先，省长采取措施控制交通状况和食品供给，限量供给汽油和粮食，规定用电量。只有生活必需品可以通过陆、空运往奥兰。因此，大街上的车辆不断减少，直至几乎看不到汽车在路上行驶。奢侈品商店一夜间就关门了，另外一些商店挂出了"已售完"的字牌，而顾客在门外却排起了长队。

奥兰出现了一些异常的现象。行人更多了，在低峰时间，由于商店和办公室关了门，人们变得空闲了，纷纷挤满大街和咖啡馆。暂时，他们还没失业，只是在度假。下午三点的好天气，奥兰给人的假象似乎是座节日狂欢中的城市，商店关门，交通停滞，为了让市民自由地在街上享受节日的欢乐。

自然，电影院从中获利，大捞了一把。不过有个困难，就是省里的电影流通放映暂停了，放映两周后，各个电影院被迫交换影片，过了段时间，同一部电影一遍又一遍地放，尽管如此，电影院的收入仍然没有减少。

葡萄酒和烈性酒的贸易在这座城市占据首位，还有着大批库存，因此酒吧能满足顾客的需求。说实话，这里喝酒的情况很严重，一家酒吧的主意不错，贴出了这样的标语"佳酿好酒具有防病的作用"，也证实了一种普通流传的观点，即酒精能防病。每晚到了凌晨两点，不少酒鬼被逐出酒吧，摇摇晃晃地走在街上，大声叫嚷着，耍酒疯。

但是所有这些变化，在某种意义上，如此难以置信，突如其来，以致很难说这种情况能持续多久。因此，人们把注意力集中在个人感情上。

封城两天后，李欧离开医院，在路上碰到了科达。科达眉飞色舞，李欧称他气色不错。

"是啊，"科达说，"我感觉挺好，没有比现在更健壮的了。不过，医生，告诉我，这可恶的鼠疫是不是已经很严重了?"医生点了点头，他兴高采烈地说："现在鼠疫没有理由停止蔓延，城市被搞得简直一团糟。"

他们一块走了段路，科达告诉医生关于杂货店老板的事，他囤积罐头商品，之后想卖个高价。救护人员找到他时，发现床底下藏着肉类罐头。"他死在医院里，鼠疫中赚不到钱。"科达有许多关于鼠疫真真假假的故事。其中有个故事是说一个带有鼠疫症状，发着高烧的男人，冲到大街上，猛扑向第一个他遇到的女人，紧紧抱住她，大喊道："我得鼠疫了。"

"真厉害!"科达说道。他极力掩饰内心的激动，说："不管怎样，不久我们都会疯的。"

当天下午，格兰德终于向李欧倾诉。看到桌上李欧夫人的照片，他惊讶地望着医生。李欧告诉他，他的妻子在外地的疗养院接受治疗。格兰德说："从某种程度上说，她是幸运的。"医生同意他的看法，同时他说，最要紧的是他妻子能康复。

"是啊，"格兰德说，"我明白。"

自从李欧认识他以来，这是他第一次变得如此健谈。虽然他斟字酌句，总在找适当的词。他现在说的话，仿佛经过了几年的思考。

格兰德在很年轻的时候就娶了住他家隔壁的一位贫穷的年轻姑娘。实际上，为了和她结婚，他辍学从事了现在的工作。他和珍妮都没有离开过他们所在的地方，他追求珍妮时，经常到她家看她，她的家人见到这个腼腆害羞、寡言少语的追求者，觉得好笑。她的父亲是名铁道员，下班时，他大多时间坐在靠窗的角落里，他巨大的双手平放在腿上，注视着行人，沉思着。他妻子忙着做家务，珍妮会帮她的忙。珍妮十分娇小，格兰德看她穿马路时，为她担心，车辆从她身旁经过，显得硕大无比。圣诞节前不久的一天，他们一起散步，看到装饰华丽的商店橱窗内摆放的东西，珍妮出神地望了好一会儿，转身对格兰德说："噢，是不是很美！"他抓住她的手腕，他们就这样结婚了。

后来发生的事，如格兰德所言，平平淡淡，就像别的夫妻一样，结了婚，关系要维持得更久，就得工作。可工作一忙，感情就淡了。由于格兰德办公室领导的失信，珍妮不得不外出工作。在这点上，要想揣摩格兰德想表达的意思，需要点想象力。由于他疲劳过度，注意力渐渐分散，话越来越少，于是渐渐难以让妻子有被呵护的感觉。一个工作负荷过大的丈夫，贫穷而前途渺茫，晚上在家与妻子缺少沟通，在这种情况下，还有什么热情去挽回这样的局面？珍妮也许当时很痛心，但她还是留在了格兰德身边。人们长期受罪，却不自知的情况是有的。随着时间的流逝，有一天，她离开了他。当然，她不是一个人走的。"我爱过你，可是我累了，我出走不是为了幸福，也不一定为了幸福而寻求另一个开始。"这是她信中的大致意思。

格兰德很痛苦，李欧建议他可以开始新的生活，但是他失去了信心，总忍不住想她。他本来想给她写封信来证明自己。

"但是这并不容易。"他告诉李欧，"我想了很久，我们相爱的时候，即使不说话也能心有灵犀，可是爱情不能天长地久。有一段时期，我原本想找话留住她，可是我不能。"格兰德从口袋中掏出方格手帕，擦了擦鼻子，又擦了擦胡子。李欧默默地看着他，格兰德急忙说："请原谅，医生，但是我该怎么说呢？我信任您，才会跟您说这些，您瞧，我开始激动了。"

显然，格兰德把鼠疫抛到九霄云外去了。

那晚，李欧给他妻子发了份电报，告诉她城已封了，要她自己照顾自己，他会挂念她的。

封城后的三个星期，有一天晚上，李欧离开医院，发现一个年轻人在街上等他。

"您还认识我吧？"

李欧相信见过他，却已记不太清。

年轻人说："我在这麻烦事发生前，为了阿拉伯人的生活状况来拜访过您。我叫雷蒙德·兰伯特。"

"噢，是你。您可以为报刊大做文章了。"

兰伯特显得不够耐心，他说他不是为了那事来的，他希望能得到医生的帮助。

"我不得不向您道歉，"他继续说道，"但我在这真的没有熟人，那个报社代理人是个废物。"

李欧建议他们步行去市中心的诊疗所，路经黑人居住区的狭窄小道。暮色降临，原先一到这个时候便开始喧嚣嘈杂的城市，现在却变得异常地宁静。残阳西下，天边回荡着几声军号响，军队还做出像往常那样执行任务的样子。他们走着下坡路，两旁是蓝色、淡紫色和藏红色的墙面，兰伯特滔滔不绝地说，心情激动。

他把妻子丢在了巴黎，其实，她不是他老婆，不过也差不多。一开始封城，他就给她打了封电报。他认为事情很快过去，只想写信给她。然而邮局拒绝了他的请求，报社同事束手无策，省府办公厅的办事员对他冷嘲热讽。他只能去排几小时的队，才批准发了电报"一切顺利，很快见你"。

第二天早晨起床时，他想到毕竟他不知道情况将持续多久，决定马上离城。由于他的职业方便，融通关系后，他见到了省府办公室主任。他解释自己来奥兰纯粹是意外，他和这座城市没有关系，也没有理由留在这，他理应离开此地，即便出城接受隔离检查也不在乎。主任告诉他，他知道他的处境，但不能给他开先例，他可以想办法，但他不太抱希望，因为当局正严肃处理当前局势。

"的确如此，希望疫情能早日结束。"最后，他安慰兰伯特，作为一名新闻记者，能在奥兰找到很好的素材，任何事件都有好的和坏的一面。兰伯特耸耸肩，不耐烦地走出办公室。

他们已经走到了市中心。

"太傻了，是吗？医生，我不是生来写新闻报道的，而是生来和女人生活在一起的。是不是很合情合理？"

李欧谨慎回答，也许还有弦外之音。

中心大街上人群没有往日般拥挤，几个行人匆匆忙忙赶往远处的家中。人们脸上没有笑容。李欧猜想那是朗斯多克情报资料局的通报造成的。原本二十四个小时后，市民又开始祈盼起来，而当天人们对通报上的数据仍记忆犹新。

兰伯特突然说："我和她只相处了一会，我们就情投意合了。"李欧不答话，他接着说道："打扰您了，不好意思，我只想请您帮我开个证明，说明我没得那该死的病。事情就会好办了。"

李欧点头同意，一个男孩撞在他脚上，跌倒在地，他把男孩扶起。他俩走到兵器广场，灰蒙蒙的棕榈树和无花果树纹丝不动地下垂着，中间有座满是污垢和灰尘的共和国雕像。李欧用脚踩踩地，抖落下一层白灰。记者的帽子往后戴着，领带打得很松，衬衫领子敞开着，胡子没刮干净，一副赌气却伤透心的样子。

"我理解您，这点请您相信。"李欧说，"但您的想法是站不住脚的，我不能给你开证明，因为我不能确定你有没有得病，即便我开了，我也不能保证你从我这里到省府之间不会传染上。而且，即使……"

"而且，即使……"

"即使我给您开证明，也没什么用。"

"为什么？"

"在这座城市里，像您这种情况的还有很多，但都不能放他们走。"

"假如他们没有患上鼠疫呢？"

"这个理由不充分，我知道现在这个局势很荒唐，但我们都卷入其中，只能接受现实了。"

"可我不是这里的人。"

"很不幸，从今以后您就和大家一样，是这里的人了。"

兰伯特提高了声调。

"该死，医生，您有没有人情味？您不能了解有情人的离别之痛。"

李欧沉默片刻，他说他深有感触。他希望兰伯特能见到爱人，希望相爱的人能再度重逢。然而法律无情，鼠疫暴发的情况下，他只能做该做的事。

"不，"兰伯特悲痛地说，"您不能理解我的感受，您讲的是大道理，没有发自内心，生活在抽象世界中。"

医生抬头瞥见共和国雕像，说他不知道说的是不是大道理，但他说的是大家都能看到的事实，这两者并非是同一件事。

记者整理好领带，说："我明白了，我不指望您能帮我了。但是，"他有点挑衅地说，"我会离开这座城市的。"

医生说他理解他的想法，但他和这件事无关。

兰伯特又激动起来，说："这和您有关，我来找您，是因为我听说你在这次决定中起着很大的作用，我想，无论如何，您应该通融一下，但是您却漠不关心，不考虑下别人。您没有为天各一方的人想过。"

李欧承认确实如此，他不想考虑这种事情。

"啊，我明白了！"兰伯特大叫道，"您马上要讲公众利益的话了，但是公众利益是建立在个人利益的基础上。"

医生似乎突然醒悟过来。

"少来！"他说，"事情没有那么简单，别乱下结论。您不该发火，如果能帮您脱离困境，我会高兴至极。但是，我的职责范围不允许我这么做。"

兰伯特不耐烦地摇了摇头。

"是啊，发火是不对的，而且我占用了您那么多时间。"

李欧要求兰伯特将进展随时告诉他，并且希望他不要耿耿于怀，通情达理些。他补充说，他们会因为共同的目标而走到一起。兰伯特大惑不解。

他沉默了一会，说："对，不管我是怎么想的，还是您怎么说的，我倒也是这么认为的。"他停顿一下，接着说："不过，我还是不赞成您的看法。"

他把帽檐往下一拉，马上走了。李欧望着他走进了塔鲁住的旅馆。

过了一会，医生微微颔首，若有所思。记者追求幸福的想法是没错的，但是批评他"生活在抽象概念"中是否正确？鼠疫横行城市，死亡人数每周攀升到五百人，他在医院里的日子也是抽象的吗？灾难既有抽象元素，又有非现实因素。但这种抽象概念涉及生死问题，不能漠然置之。李欧只知道这不是最简单的做法。例如，他所负责的那家辅助性医院，这样的医院现在已有三家，工作并不轻松。

他让人把门诊室对面的房间整修了一下，以便接收病人。房间的地上凿开一口浅水池，水里加入甲苯基酸，水池中央是一个砖砌的平台。病人被抬到平台上，立刻把衣服脱下，扔到消毒水里。病人洗完，擦干后，穿上医院的粗布病服，然后接受李欧的身体检查，并带到病房里。这家医院借用了学校的场地，安放了五百多张床，几乎所有床位都占满了。他亲自主持病人的接收、防疫和腹股沟的切开，核对统计数据，下午便回去门诊。晚上开始出诊，回家时已经很晚了。前一天晚上，他的母亲递给他儿媳的发来的电报，注意到他的双手在颤抖。

他说："只要能坚持下去，我就会心神镇定。"

他体格强壮，并不觉得疲倦。然而在他出诊的过程中，他感到精疲力竭。瘟疫一旦确诊，病人必须立刻隔离起来。然后讲大通的大道理，苦口婆心地劝服病人家属，因为病人家属知道，只有病人治愈或是死了，才能再见到。"可怜可怜吧，医生！"洛雷特妻子说，她是塔鲁住的宾馆里一位女服务员的母亲。她的哀求没有用。当然医生的内心里可怜她，可这有什么用呢？他必须打电话叫救护车，很快救护车的警报声传来了。一开始，邻居们通常打开窗户张望一番，后来就干脆把窗关上了。于是，抵触、悲泣和恳求，总之是些抽象的概念。高烧和紧张情绪搞得病房内人心惶惶，荒唐的场景一幕幕地在病房里出现。最后病人还是被带走了，李欧也就可以走了。

起初，李欧打完电话，不等救护车来就赶去看下一个病人。但他一走开，病人家属就将门反锁了，他们宁愿和患鼠疫的病人待在一起，也不愿意与亲人分开，因为他们知道离别意味着什么。于是，斥责、命令、砸门、警力干涉，之后出动军队，将病人火速带离。最初的几个星期，李欧不得不陪在病人身边，等到救护车来了才走。随后，每个医生都在一个志愿便衣警察的陪伴下出诊时，李欧才能赶往下一个病人。开始，每个晚上就像出诊洛雷特女儿的情景一样，他走进一所小公寓，房间内装饰了扇子和假花。病人的母亲勉强挤出笑脸问候医生。

"我希望这不是人人都在谈论的那种高烧吧？"

医生掀开被单和衬衣，静静地盯着女孩大腿和腹部的红斑，肿大的淋巴结。母亲看到肿块，不禁放声痛哭。每个夜晚，母亲们注意到病人腹股沟上的致命病症，就会号啕大哭，心神不宁，焦躁不安。每晚，她们抓住李欧的手臂，不断地说着于事无补的话、承诺和抽泣。每晚，救护车的警铃声引起了一幕幕悲痛欲绝的场景，对此医生是无能为力的。李欧看到一连串的场景不断出现，再也不指望别的了。鼠疫和抽象的道理一样一成不变，然而，也许有一样改变了，就是李欧他自己。当晚，站在共和国雕像下的李欧，凝望着兰伯特走入的旅馆大门，凄凉落寞之感袭上心头。

几个星期疲惫不堪的日子过后，夜幕降临，市民们涌上街头，漫无目的地游走在大街上，李欧认识到他不用再下定决心克制同情心了。同情心于事无补时，人们会对它心生厌倦。在那段不堪重负的日子，李欧渐渐铁石心肠起来，这是唯一使他如释重负的。他知道，这样能让他便于完成工作，因此十分欣慰。他回家时已是凌晨两点，母亲看到他茫然的表情吃了一惊，李欧竟将仅有的心理解脱，家庭的幸福，置之不理，让她感到悲痛。只有家庭的幸福才能对抗抽象的概念，可又怎么能使李欧理解这一点。对他来说，抽象的道理阻碍他追求幸福。确实，李欧承认在某种意义上，那名记者是正确的。但他也知道，有时候抽象的概念要比幸福更重要，只要是这么想的，就必须考虑前者。兰伯特将要遇到的情况就是这样的，日后从兰伯特对李欧坦诚相待的一番话中，可以对兰伯特的遭遇有所了解。在人类幸福和鼠疫的抽象观念之间，枯燥乏味的斗争中，新的局面下，构成了本城长期的生活内容，而李欧全程参与了。

然而，有的人看到的是抽象的概念，有的人则看到了事实。由于鼠疫的突然复发，和帕纳卢神甫的言辞说教，鼠疫发生的第一个月，情况变得阴郁沉闷。这位神甫在米歇尔老头发病初期，是在他步履蹒跚时帮助过他的耶稣会教士。帕纳卢神甫因经常为奥兰地理杂志写稿而赫赫有名。他是古代碑铭方面的权威。在现代个人主义的一系列演讲中，他拥有的听众比专家拥有的还多。他强烈推行严谨的基督教教义，同时不退让于现代的放浪主义以及过去的蒙昧主义，毫不畏惧地向听众灌输深刻的真理，因而在当地享有盛名。

到月底时，城内基督教会当局决定用自己的方式与鼠疫抗争，组织了一星期的大型祈祷。这种表达公众虔诚的祷告以星期天的大弥撒作结尾。大弥撒纪念的是鼠疫猖獗时，帮助他人而献身的圣人圣罗什。人们邀请帕纳卢神甫讲道。两星期前，他停止了圣奥古斯丁和非洲教会的研究工作，在那里的教会中，他身居高位，富有激情，毫不迟疑地投身于这项任务中。布道不久前人们已议论纷纷，因为这次布道是这段时期内一件重要的事。

为时一星期的祷告活动来了一大群祈祷者，这并不说明平时奥兰市民就对宗教特别虔诚。例如，星期天早晨，海滨浴场和去教堂礼拜势不两立，倒不是居民们看破红尘，突然皈依宗教，而是一方面由于城门封锁，港口关闭，去游泳是不可能的。另一方面，人们处于特别的思想状态，虽然在心灵深处，他们完全没有意识到灾难已从天而降，但他们已经明显认识到如今与往日有所不同。不过许多人继续盼望鼠疫能马上消失，使他们和家人能免遭其难，所以他们觉得没有必须要做的事。鼠疫对他们来说是邪恶的不速之客，不请自来自然会不请自去。尽管居民们内心不安，但还没有绝望。把鼠疫看作生活中的一部分，以及忘记以前的生活，还没有到那样的地步。总之，他们在等待事情的转机。处理宗教和其他问题一样，鼠疫使居民处于特别的思想状态，既不冷漠也不热忱，用"客观"一词形容比较恰当。大部分参加祷告的人和一个教徒的想法是一样，那名教徒曾和李欧医生说过"反正，也没有什么坏处"。塔鲁在笔记中写道，中国人在这种情况下，以敲鼓来驱赶瘟神。实际上，敲鼓的方法是否比预防疾病的措施更有效，这个就不得而知。他写道，为了解决问题，我们应该首先弄清楚瘟神是否真的存在，忽略了这个问题，谈别的都是无用的。

无论如何，一星期的祷告中，教堂里几乎挤满了礼拜者。开始的两三天，许多人站在门廊前种有棕榈树和石榴树的院子里，聆听临街传来的信徒潮水般的祷告和祈求声。一旦有榜样的带领，他们便涌入教堂，羞怯地与礼拜者一起祈祷。星期天，一大群人挤入教堂的信众席，涌进教堂前的广场和台阶上。前一天，天空乌云密布，现在大雨滂沱。那些人在露天打着伞。教堂的空气弥漫着炉香和湿衣服的气味，这时，帕纳卢神甫走上了讲道台。

他中等身高，身材结实。他靠在讲道台的栏杆上，粗大的双手抓住木栏杆。所有人看到的那个身材魁梧的黑色身影，上面是红润的面颊，戴着钢丝眼镜。他的声音强而有力，饱含激情，很远都能听到。他在开场白中，语气清晰，强烈："我的弟兄们，灾难降临到你们头上了，这是你们罪有应得。"从教堂到广场上，引起了一片骚动。

神甫接下来讲的话并没有按照逻辑，顺着引人注目的开场白继续下去。听到神甫的言论后，信徒们明显意识到，帕纳卢神甫运用娴熟的演说技巧，一针见血地道出布道的要点。接着，他立刻引用《出埃及记》里关于埃及瘟疫的一段，说："灾难开始在历史上出现，是为了击垮上帝的敌人。法老违背了神的旨意，瘟疫便使他屈膝下跪。自古以来，上帝降灾，使妄自尊大、麻木不仁的人放低姿态，我的朋友们，请沉思默想一下，跪下吧。"

雨越下越大，圣坛玻璃窗上雨滴的敲打声增强了万籁俱寂的气氛，而神甫的话语打破了这沉寂，声音坚定有力。沉默片刻后，一些信徒从椅子上滑下来，跪在地上。另一些学样做了，渐渐地从教堂的一头到另一头，每个人屈膝下跪，悄无声息，只伴随着偶尔的椅子的嘎吱声。帕纳卢神甫挺直身体，深吸口气，继续说道，声音越来越有力。

"如果今天鼠疫降临到你们头上，现在就是你们考虑问题的时候了。正直的人问心无愧，邪恶的人内心发虚。在人间的这座打谷场，瘟疫毫不宽容地抽打着人类的麦子，剥离麦粒而获得丰收。麦秆要比麦粒多，只需要少量挑选出来的麦秆。然而，这场灾难并不出于上帝的意愿。长久以来，这个世界纵容了罪恶，长久以来，这个世界依靠着神灵的恩惠和上帝的宽容。人们以为只要悔过了，就可以为所欲为；人们轻松地认为，只要忏悔了，就可以从罪孽和懊悔中解脱了。直到那时，最容易的做法是苟且偷生、听天由命，剩下的就靠神灵的怜悯了。上帝长时间仁慈地注视着这座城市，但是慢慢厌倦了等待。他在永远的期望中失去了耐心，现在上帝将脸别了过去。没有了上帝的灵光，我们只能在鼠疫的漆黑中摸索。"

人群中的一个人像匹很难驾驭的马，哼了一下。神甫停顿片刻，压低声调，继续说："《八金传奇》中国王翁贝托时期，意大利遭到了鼠疫的横扫。鼠疫在罗马和帕维亚地区最为猖獗。活着的人几乎不够掩埋死人。吉神显灵，下令让一个手拿有猎矛的邪恶天使攻击人类的房屋，挥打多少下，屋子里就有多少人死亡。"

帕纳卢神甫向教堂前广场的方向伸出两只短手臂，好像在翻腾的雨帘后指着什么。他大喊道："我的弟兄们，瘟灵已经开始在街上掠杀人类了。看，瘟灵如撒旦般神气活现，如魔鬼般威风凛凛。他在你家的屋顶上盘旋，右手拿着红色猎矛，左手指向你们中的一所房子，也许就在这个时候，他正指向你们的房门，红色猎矛敲在房门板上，这时，鼠疫走进你们的房屋，在卧室里坐着等你们回来，他不紧不慢，聚精会神，将世间的一切掌控其中，等待时机。他向你们一伸手，任何世俗力量，甚至神奇的人类科学也不能让你们幸免。你们会在打谷场像麦秆一样血淋淋地受到了敲打，和麦秆一起被扔掉。"

此时，神甫激动地谈到了灾难的象征意义。他要求听众想象一幅这样的场景，那支巨大的猎矛在城市的上空挥舞，随意敲打房屋，再次提起时，鲜血淋漓，往地上散播下鲜血和痛苦，"播种时期，准备收获真理"。

帕纳卢神甫说完大段后，停顿了一会，他的头发散在前额上，身体不断颤抖，双手搭着的讲道台也颤抖着，他带着谴责的口气，放低声音，说：

"是的，是严肃反省的时候了。你们想当然地认为每星期日做一次礼拜就够了，其余几天就可以任意妄为了。你们以为做些简单的形式和下跪的动作就可以补偿你们罪恶的冷淡无情。上帝是不能被嘲弄的，这三天打鱼两天晒网的行为不能报答上帝的深爱。他希望经常看到你们，这是他爱你们的方式，确实，这是唯一的爱的方式。他厌倦了等待，因此降灾于你们，就像有史以来，他降灾于一切有罪的城市一样。现在，你们要吸取教训，像该隐①父子、索多玛和俄摩拉城②、法老和约伯③，所有有罪的人吸取的教训那样。自从封城以来，你们和瘟疫被关在了一起，你们要像他们一样对人类和所有的生物有新的看法。最后，你们想通了，回到了最基本的想法上。"

一股潮湿的风掠过教堂的信众席，吹得蜡烛的火焰歪倒了，不停闪烁。在烛光刺鼻的气味、群众的咳嗽声和打喷嚏声中，帕纳卢神甫用巧妙、精明的言辞开始了他的言论，用近乎求实、平静的语调说："我知道你们中的很多人会猜测我会引到哪个话题上。我希望

---

① 《圣经》中亚当与妻子夏娃所生的两个儿子之一，后来该隐因为嫉妒弟弟亚伯，而把亚伯杀害，后受上帝惩罚。

② 巴勒斯坦古城。据《圣经》传说，因人民犯罪被神从天上降火除灭。

③ 《圣经》中的人物，是上帝的忠实仆人，以虔诚和忍耐著称。

能将你们引向真理，尽管我说这些话，是希望你们都能感到慰藉。现在再也不会是用好言相劝的话，伸出援助之手来让你们走上正轨的时候。如今真理就是命令，而红色的猎矛断然地指出了一条小道，那是条赎罪的道路。因此，弟兄们，上帝的怜悯显露出每件事物计划的好坏两面，有愤怒也有同情，有鼠疫也有拯救。瘟疫既给人带来了杀身之祸，也可以为你造福，给你指明道路。"

"很久以前，阿比西尼亚的基督教徒们把鼠疫看作是神赐的取得永生的方式。那些还没得鼠疫的人把病人的被单裹在身上以求一死，这种狂热的追求拯救的方法并不值得推荐。这种行为过于草率，说实话，很自以为是，对此我们深表遗憾。我们不该比上帝还着急，一切企图加快上帝安排的，不可改变的命令，会导致异端邪说。然而我们可以从阿比西尼亚教徒的例子中学到的教训是有深刻意义的，它使我们更受启发，让我们看到人类痛苦深处闪耀的永恒之光。这道光照亮了通往解救的阴暗道路，显现了经久不变的，将邪恶变成善良的上帝的意志。今天这道光又一次引领我们通过恐慌、哀号的深渊，引向真正的沉寂，所有生命的源头。朋友们，这是我给你们的最大慰藉，你们离开这里时，带走的不仅是愤慨之词，而且是心灵慰藉的福音。"

人们猜想神甫的讲话结束了。外面的雨停了，淡淡的阳光照射在广场上。街上隐约传来嘈杂声，车轮的辘辘声，苏醒中的城市开始喃喃细语。人群发出一阵细微的骚动声，人们小心地收拾随身物品。然而，神甫还有话要说，他在解释清楚鼠疫是上帝对人类罪恶的惩罚后，讲话结束了，他不会用华丽的辞藻来修饰他的讲道，因为这和这种悲惨的场合是不相称的，他希望所有人都能看清楚真相，明白自己的处境。在离开讲道台前，他告诉人们，他所读到的有关马赛黑死病的记载中，编年史家马修·马雷被命运打入地狱后，彻底绝望无助，变得衰弱无力。然而，马修·马雷瞎了眼，帕纳卢神甫从没有像现在这样强烈地感受到神赐的希望和帮助。他抱着一线希望，尽管这些日子让人恐惧，尽管病人的哀叫声令人毛骨悚然，人们应该虔诚地崇拜上帝，表达基督徒诚挚的爱。至于其他事情，上帝自有安排。

这次布道对我们市民是否有影响，很难说。地方法官奥东先生告诉李欧医生，帕纳卢神甫的讲道"绝对不可辩驳"，但人们并不都能接受这样绝对的观点。对一部分人来说，布道使他们清楚了解到，他们由于犯了某种莫名的罪，而被判了漫漫无期的监禁。有些人继续以往单调的生活，试图适应囚禁的生活，而有一些人则不同，一心想逃离这牢狱般的地方。

开始，人们还能接受与外界隔离的事，就像人们能容忍暂时的不便一样，只是打乱了他们某些习惯而已。然而，他们突然意识到在苍穹之下，他们过着禁闭的日子，开始承受夏日的灼烧，隐约感受到生命遭到监禁的威胁，可是到了晚上，清凉的风使他们恢复了精力，促使他们做出鲁莽的事来。

值得注意的是，不知道是不是巧合，从星期天的布道开始，导致居民大规模恐慌，足以让人猜想市民们开始认识到他们的真正处境。从这个角度来看，城市的氛围有点变了，但实际上，到底是气氛变了还是内心改变了，这是个问题。

布道后的几天，李欧和格兰德在去郊区的路上，谈论着这个变化。他在黑暗中撞到了一个东摇西晃的男人，站在路中央，踌躇不前，同时，迟迟不亮的路灯突然亮了起来，李欧和格兰德身后的灯照亮了男子的全脸。他闭着双眼，无声地笑着，抽搐的脸上滴落下大滴的汗珠。

"那是个疯子。"格兰德说。

李欧抓住他的胳膊，拉他走时，发觉格兰德在剧烈地颤抖。

"要是事情就这么发展下去。"李欧说，"整个城市就会变成疯人院。"他精疲力竭、口干舌燥："让我们去喝一杯吧。"

他们走进一家小酒吧，里面只有柜台上的一盏灯亮着，沉闷的空气里弥漫着一丝浅红的光线，不知为何原因，人们交头接耳，小声交谈。

医生惊讶地发现格兰德要了杯酒，一口气喝了下去。"烈酒！"

过了一会，他想走了。

走到街上，李欧发现黑夜里充满了低吟声。街灯的上方，黑暗的某个角落里，传来低沉的飒飒声，李欧想起，灾难正连续不断地扰乱倦怠的气氛。

"好啊，好啊!"格兰德轻声低语，然后停顿了一下。

李欧问他想说什么。

"好啊，好啊，我有我的工作。"

李欧说："那很不错。"

李欧不想听那可怕的呼啸声，于是问格兰德是否取得了成功。

"对，我认为进展顺利。"

"还需要做什么吗?"

格兰德一反常态，兴奋起来，声音激动，透出酒意。

"不知道。但这不是问题，医生。这不是问题。"

李欧在黑暗里感觉到他在挥舞着手臂，他似乎酝酿了一番，话到嘴边时，开始畅谈起来。

"医生，我希望有一天我的稿子送到出版商手里时，读完后他们会起身对他的员工说：'先生们，脱帽致敬!'"

李欧惊得目瞪口呆，他好像看到格兰德把手举到头上，大幅度地挥手，做出脱帽的动作，另一只手臂展开。空中的呼啸声似乎显得气势逼人。

格兰德说："瞧，要做得完美才行。"

李欧对文学界知之甚少，但他猜测事情没有想象得这么好，比如，出版商是不会在办公室里戴帽子的。但也说不清楚，李欧觉得还是保持缄默的好，但仍忍不住听到了关于鼠疫的低语声。这时，他们走到了格兰德住的区域里，由于所处地势较高，夜晚清爽的凉风轻轻抚摸着他们的脸颊，同时，带走了城市的喧嚣。

格兰德继续讲话，但李欧没有注意听这位忠厚老实的人在讲什么，只知道他的书写了很多页，但他希望能使作品尽善尽美，几乎挖空了心思。"为了一个词，有时仅仅为了一个连接词，我花了整个晚上，甚至整个星期的时间。"

　　格兰德突然停了下来，抓住医生大衣上的一粒扣子，结结巴巴地从他缺牙的嘴里说出这些话来："我希望您能明白，医生。在'但是'和'而且'之间选择是比较容易的，但在'而且'和'于是'之间选择就困难了，然而，更困难的是，是否要用'而且'。"

　　李欧说："不错，我明白你的意思。"

　　他又往前走了，格兰德局促不安，跑上去并排走了。

　　"不好意思，"他尴尬地说，"今晚真不知道我在想什么。"

　　李欧鼓励地拍了拍他肩膀，说对他所讲的感兴趣，也想帮助他。格兰德这下放心了，走到他的住处时，经过片刻犹豫，他邀请医生去他家坐会，李欧答应了。

　　格兰德请医生坐在餐桌旁，桌上堆满了稿纸，纸上的字很小，还划着一道道修改的痕迹。

　　"对，就是这个，"他看着医生诧异的目光说，"你不想喝些什么吗？我这里有点酒。"

　　李欧谢绝了，他弯腰看了下稿子。

　　"请别看了，"格兰德说，"这是我的初稿，它让我烦恼，真的很烦恼。"

　　他也在盯着桌上的稿子，不由自主地被其中一张吸引住，拿起了这张纸，举到无罩灯泡下照着。纸在手里颤抖着，李欧注意到了他额头在冒汗。

　　"坐下吧，"他说，"读给我听听。"

　　"好，"格兰德微笑着，眼里充满了害羞和感激，"我愿意读给您听。"

　　他仍然注视着稿纸，等了一小会，然后坐下。同时，李欧倾听到街上传来的奇怪的嗡嗡声，仿佛在回应鼠疫的飒飒声。此刻，他脚下延展的城市，遭到隔离的人们以及黑暗中压抑的悲惨的哀号声，对此，他有着特别的敏锐之感。格兰德声音低沉却清楚，他提高了声调。

　　"五月的一个晴朗的早晨，一位英勇威武的女骑士，骑着一匹枣栗骏马飞驰在布洛涅树林的花径上。"

两人又沉默不语，这座灾难的城市传来模糊的窃窃私语声。格兰德放下稿纸，仔细看着稿子，过了不久，他抬起头。

"您觉得怎么样？"

李欧说这个初稿很吸引人，他想知道下文，格兰德告诉李欧他的想法不对头。他激动地用手掌拍拍稿纸。

"这只是草稿，一旦我能把脑中所想的场景完美地表现出来，一旦我的词句能和骑马慢跑的节奏一样，'一二三'，'一二三'，明白吗？其余的内容就更容易写了，尤其是开头给人的想象力能丰富到让人惊叹得'脱帽致敬'。"

他承认，没做到这些，工作还很艰巨。他没想过将初稿交付出版商，尽管有个句子有时让他心满意足，但他也明白这样还不能获得中肯，在某种程度上，流畅的笔调多少会变成老生常谈。这几乎是他所要阐明的意思。这时，他们听到窗口下人们奔跑的声音。李欧站了起来。

"您就等着看我的成就吧。"格兰德扫视了一下窗外，补充说，"当这一切结束的时候。"

格兰德讲完后，窗外又传来了急促的脚步声。李欧下楼到街上时，有两个人和他擦身而过，似乎向城门口跑去。实际上，炎热的天气和鼠疫使市民们头脑发昏，已有些肆无忌惮、蒙混过关的人逃到了城外。

别的像兰伯特这样的人也试图逃离日益恐惧的气氛。虽然他们既精明又固执，但仍然费尽周折。兰伯特不断和达官贵人周旋，他相信只要坚持不懈就能取得胜利。不妨说，善于料事和应付是记者的看家本领。他拜访过很多官员和其他人，这些人的声望很高。但这一次，声望却没有用处。他们中大部分对出口、银行、水果和酒类贸易有着精简而合理的观点。他们在保险和诉讼问题上的处理能力毋庸置疑。他们资历很深，心肠也很好。他们身上最突出的一点是具有同情心。但是在处理鼠疫的问题上，他们几乎一无所知。

兰伯特一抓住机会，逮着他们中的一个就开始申诉自己的理由。

他的理由每次都是：他是个外乡人，因此应该享受特殊照顾。通常，和他对话的人都很同意他的观点，但他们也指出，不少人的遭遇和他一样，再说他的境遇也没有他想的那么特别。兰伯特回答这不会影响到他申诉理由。对方说，当局所处的境况会由此而雪上加霜，他们不愿徇私，担心造成一种令人反感的情况，开先例。

按照兰伯特与李欧医生提出的分类方法，这部分人就被归为墨守成规一类。另外，一些人会不断安慰他当前局势不会持久，还搪塞他不要小题大做。也有一些要人要求房客留下一张条子，说明情况，并告诉他会及时做出决定。一些不务正业的人向他推荐住房证券和膳宿公寓。那些例行公事的人让他填写表格，归了类就了事了。还有些忙得焦头烂额的人两手朝天一伸，无可奈何。嫌麻烦的官员干脆把头别过去，不理不睬。最多的是那些因循守旧的人，叫兰伯特去别的办事处，或劝他另寻高处。

毫无成效的走访将记者搞得疲惫不堪。由于他经常在仿皮沙发上坐等，看到海报上劝人投资储蓄公债、入伍殖民地远征军，又由于经常走访办公室，那几张灰白的面孔、档案架和满是灰尘的文件夹对他来说是那么熟悉，他对市政府和省政府的内部操作已经了如指掌。兰伯特告诉李欧时，略带苦涩，这一切的好处就是，他想不到困境，察觉不到鼠疫的蔓延。这倒可以让时间过得更快些，只要人还活着，那么过一天就离脱离苦海近一天。李欧只能接受这一事实，但觉得这太概括了点。

兰伯特曾经一度有一线希望。省府发下来一份调查表，他仔细填写，内容有身份、家庭、过去和现在的收入来源以及个人履历。这给他的印象是对一些可能被遣送回原地的人进行的调查。从一个办公室职员那里得到的含糊消息证实了这印象。但是经过深入的打探，最终发现了表格发放的办事处，有人告诉他，收集这些信息是为了应付紧急情况。

"什么紧急情况？"他问。

后来，他了解到，这种情况就是在他得了鼠疫而死后，以便能和他家属联系，以及决定是否由市政府来支付医药费，还是让病人

一天晚上，李欧看见他在咖啡馆的门口徘徊，不能决定到底要不要进去。

家属来承担费用。这意味着他与翘首以待的爱人没有完全隔离，因为社会还在关心他们，可这并没有带来慰藉。值得注意的是，兰伯特也留意到了，在灾情最严重的时候，办事处积极主动，低调行事，不是出于最高当局的指示，仅仅是由于责任所在。

接下来的时期，对于兰伯特来说，是最容易也是最难过的。这是个死气沉沉的时期。他走遍了所有单位，想尽了一切办法，但还是碰了一鼻子灰。他从一个咖啡馆到另一个咖啡馆之间漫无目的地游荡。早上他坐在咖啡馆前的露台，读着报纸希望能找到疫病就要结束的迹象。他注意到路边的行人愁眉不展，便厌恶地扭过头去。他看了好几遍街对面的招牌和已不流行的大众饮料广告，接着起身在黄色的街上瞎逛着，然后走到咖啡馆，再从咖啡馆走到饭店，直到夜幕降临。一天晚上，李欧看到他在一家咖啡馆门口徘徊，不能决定到底要不要进去。最后，他打定主意，走到了屋子的最里面，正在那个时候，咖啡馆接到命令尽可能推延开灯时间。灰蒙蒙的暮色钻进房间内，玫瑰色的晚霞映射在墙上的镜子上，大理石的桌面在黄昏中泛着微光。坐在空荡荡的咖啡馆内，兰伯特黯然神伤，仿佛是个孤独的幽灵，李欧想这是他体会到抛弃之感的时刻，同样这也是全市被囚禁的人体会到抛弃之感的时刻，每个人都在思索，必须加快援救的脚步，想到这里，李欧匆忙转身走了。

兰伯特在地铁站上待了很长时间。地铁站的站台是不准进入的。阴冷的候车室对外敞开大门，酷热的夏天总有乞丐来避暑。兰伯特注意了好一会行车时刻表、禁止吐痰的标语以及乘客守则，接着他坐在角落里。一只数月没有生过火的旧火炉在那里显得很突出，周围地上还有过去长时间留下的八字形水迹。墙上的海报吸引游客前往夏纳和班多尔度过无忧无虑的假期。兰伯特体会到了自由被剥夺的苦涩感。他曾告诉李欧，最引起他心酸记忆的是巴黎的景色。此刻，浮现在他眼前的有古石、河堤、巴黎王宫的鸽子、北火车站、先贤祠周边的老街，另外，他从未意识到自己还热爱巴黎其他的地方。这些脑海中的画面一一出现，使他对做什么事都毫无兴趣。李欧非常肯定他把这些景色和爱情的回忆联系起来。有一天，兰伯特告诉医生，他喜欢在凌晨四点醒来思念热爱的巴黎，医生凭自身经历轻易就得出，他是在想念那个与他分居两地的女人，因为这是在思想上占有她的最好时刻。到凌晨四点的时候，人们几乎不做什么事，即便是背叛爱人的一晚，人们照样能安然入睡。人们在那个时候睡觉，心安理得，因为他们长期不安躁动的心不时渴望永远占有爱人，而不在爱人身边时，仍然希望能使爱人进入无梦的熟睡中，直到他们重逢的那一刻才醒来。

布道后不久，夏天阳光强烈。布道的当天下了场迟来的大雨，到了第二天，屋顶上空骄阳似火。先是强劲的热风吹了一整天，把墙壁也吹干了。烈日中天，城市在持续不断的热浪和夏日下炙烤。除了拱廊的走道和屋内，全城赤裸裸地暴露在艳阳的炙烤下。太阳到处盯着市民，一旦他们停下来，就感到热不可耐。

由于第一波热浪与持续增长的每周七百人的死亡数字同时出现，全城人民情绪消沉。在郊区，平坦的街道和连栋房屋间缺少了往日的生机。在这一区域，人们曾经习惯在门口消磨时光，而如今所有大门关上，百叶窗拉下来，人烟稀少。谁也不好说这到底是为了阻挡热气还是躲避鼠疫。一些屋子里传来呻吟声。原先出现这种情况，人们会受好奇心和同情心的驱使，驻足聆听，现在由于长时期处于紧张状态，就变得铁石心肠起来。市民们听到阵阵呻吟声，照常走过，只当一般的声音，漠然视之。

城门边冲突不断，警察不得不使用武器，目无法律的现象就此出现了。在纷争中，肯定有人受伤，还有传言说有人死亡的，因为在酷暑和恐惧的影响下，任何事情都会被过分夸大。不满情绪不断增强，惧怕感也在不断加剧，当局详细讨论了措施，以防被鼠疫逼疯的老百姓做出失控的事。报纸公布重申离城禁令，并且警告说违背者将面临监禁。

巡逻系统在市内建立了，通常在空旷和酷热的大街上，先听到踩在卵石路上的马蹄声，骑着马的警察分队在一排排紧闭着的窗户间行进。不时传来几声枪响，特别行动大队最近集中处理可能传播细菌的猫狗，这种鞭笞声打破沉寂，增加了城市的紧张气氛。

在炽热的夏日和寂静的城市中，人们心乱如麻，对任何动静都很敏感。季节转换时出现的天空的颜色和土壤的气味第一次受到人们的关注。大家心情沮丧惊恐，认为炎热的天气会有利于鼠疫的滋生，同时也感到夏天已经来临了。晚上屋顶上空，雨燕的唧唧叫声越发清脆。苍茫的暮色使六月的天空变得异常宽广，而人们的视野也变得无限广阔。市场上的鲜花过了含苞欲放之时，纷纷百花齐放。早市过后，尘土飞扬的人行道上撒满了花瓣。然而春意阑珊。花团锦簇、姹紫嫣红过后，挥尽了花香。如今，在酷暑和鼠疫的双重打击下，残花凋零。在全城人看来，盛夏的天空和积满尘埃的街道一样，衬托出大家内心的灰暗和沮丧。每天数百的死亡人数让人心烦意乱，阴郁的气氛同样笼罩在大家的心头。持续的阳光照耀下，在午睡和度假的时刻，在海滩上寻欢作乐、打情骂俏不再像以前那样吸引人。城门紧闭、万籁俱寂给人以空洞之感，人们失去了古铜色的肌肤，鼠疫扼杀了一切色彩，禁止一切快乐。

这是鼠疫带来的巨大变化之一，平日人们是以欢快的心情迎接夏天的到来，以往全城向大海开放，年轻人可以去海滩尽情狂欢。然而今年夏天与往日不同，由于海滩离城门较近，只能划为禁区，年轻人不再纵情享乐。在这种情况下该干什么呢？塔鲁再次对我们的生活做了最真实的描述。他记录下鼠疫的发展情况，并提到无线广播报道的疫情状况不再是每星期死亡多少人，而是每天死亡九十二人，有时一百零七人，有时竟达到一百三十人。报纸和当局在报道鼠疫所用词句十分婉转。他们希望能减弱鼠疫的可怕形象，因为一天一百三十人死亡要比每周九百一十人死亡要少些，同时，他描写了发生在鼠疫期间，引人注目而令人感动的事件，例如有一天他经过一条凄凉的马路，头上方有个女人突然打开百叶窗，尖叫了两声，放下百叶窗遮住了幽暗的里屋。然而，他还记下了这样的事情，药店里的薄荷止咳糖哄抢而空，原来人们嘴里含糖是为了防止传染。

他继续观察着对面阳台那个他看中的人。那个玩猫的老头十分凄惨。一天早晨，正像塔鲁所写的那样，街上传来几声枪响，几颗铅弹让大部分的猫毙命了，其余几只吓跑了，无论如何，也不会再在附近出现了。那天，小个子老头照常来到阳台上，显得有些吃惊，靠在栏杆上，仔细地俯视着街道上的角落，平静地等待着，并且焦躁地用手轻轻敲了几下栏杆。过了一会，他撕碎了一些纸片，进屋又出来了。又等了会，他使劲关上落地长窗，又回了房间。同样的场景在日后几天重复出现了几次。随着日子一天天过去，他脸上的忧伤和沮丧越来越明显。到了第八天，塔鲁在等那个矮老头，对面的窗户死死地关着，里面人的痛苦可想而知。"鼠疫期间，禁止向猫吐口水。"这成了塔鲁笔记的结束语。

另一方面，塔鲁晚上回家时，经常能看到那个守夜人像个哨兵在大厅里踱步走来走去。那人从不忘记提醒每个他遇到的人，他曾经预见过将来发生的事情。塔鲁说他确实预测过一次灾难，但提醒他那时预言的是一场地震。老人回答说："啊，要是场地震就好了！只要一下子数一下死人和活人，事情也就完了。但这该死的鼠疫，即便没得病的人，也老想着这件事。"

旅馆经理同样情绪低落，早期封城时旅客们不能离去，只能住在旅馆房间里。但由于鼠疫没有消退的迹象，旅客们一个个搬到朋友家中同住。因为鼠疫，所有房间都曾一度客满了，也由于同样的原因，现在房间都空着，由于再也没有新来的游客到城里来。塔鲁是所剩无几的游客中的一个，经理从不错失机会告诉他，要不是他不愿将这几个旅客置于不便境地，他早就把旅馆关了。他常常让塔鲁猜鼠疫还能持续多久，塔鲁说："寒冷的天气能阻止疫病的蔓延。"经理惊呆了，说："先生，这里没有真正的冷天，就算有，也得等到好几个月以后。"此外，他很肯定地说，游客们对城市敬而远之很久后，才会来游玩。鼠疫实际上摧毁了旅游业。

消失了一会儿的猫头鹰奥东先生再次出现在旅馆里，后面跟着两只"演出的小狗"，据了解，他的妻子曾照顾过她患鼠疫的母亲，因此被隔离了起来。

"我不赞同这种做法。"经理告诉塔鲁说，"不管隔不隔离，她都是怀疑对象，这家人也都是。"

塔鲁说，这样看的话，每个人都是怀疑对象。但是经理固执己见，观点丝毫不动摇。

"不，先生。你和我一样都不可疑，但他们是可疑的。"

然而，奥东先生并不为这样的观点左右，也没有因此改变习性。他像往常一样走进餐厅，坐在两个孩子对面，照样礼貌却不客气地对他们说话。只有那个小男孩有点变了样，像姐姐那样穿着黑衣服，比以前还驼背，很像父亲的缩小版。守夜人不喜欢奥东先生，他对塔鲁说："那个人死的时候也会穿戴整齐，一切就绪就可以上路了，不需要什么排场了。"

塔鲁对帕纳卢的布道评论了一番："我理解这种热忱，并非让人不舒服。鼠疫开始和结束的时候，人们总是要说些冠冕堂皇的话。第一种情况下，习性还没有消失。第二种情况下，习性又恢复了。灾难深重的时候，人们对现实习以为常，换句话说，是对沉默习以为常。让我们等着瞧吧。"

塔鲁还写到了他和李欧医生的长谈，他只记得谈话很投机，并且提到了李欧医生的母亲有一双清澈的棕色眼睛，他写下了这样的奇怪评论，充满善意的眼神往往会灭了鼠疫的气焰。

他花了大量篇幅来描写李欧的老哮喘病人。他们聊完后一起去看这个病人。老人轻声笑着，搓着手，欢快地接待塔鲁。他起身坐起来，面前有两只盛有干豌豆的锅子。他看到塔鲁大叫道："啊，又来了一个，这是个乱七八糟的世界，医生比病人还多，死的人越来越多，是吗？神甫讲得对，我们咎由自取。"第二天，塔鲁事先没打招呼就又来了。

根据塔鲁笔记上的描述，老人原先是开绸缎店的。到了五十岁时，他觉得干得差不多了，便一躺不起了，倒不是因为他患的病，让他不能四处走动。他有一笔微薄的固定收入使他能撑到七十五岁，而且过得很自在。他看到表就受不了，整个屋子里确实连只表也没有。他说："买个表既愚蠢又花钱。"他的时间，也就是他吃饭的时间，是用那两个锅来计算的。每天早晨一醒来，一个锅子里盛满了豌豆，他仔细而匀速地将豌豆一粒粒填满另一个锅子。一天的时间是以填满多少锅来估算的。"每十五锅，"他说，"就可以吃饭了，是不是很简单？"

据他妻子说，他在年纪很轻的时候就显现出他禀性的某些迹象。他从不对任何东西感兴趣，包括工作、友谊、咖啡馆、音乐、女人以及出去玩，这些他都不积极。他从不出城，除了一次赶到阿尔及尔处理家庭事务，但他在离奥兰最近的火车站下了车，不愿再走远了，然后他又坐上第一班列车回家了。

塔鲁惊讶于他深居简出的生活，老人大致做了如下的解释，用宗教的话说，人的上半生是走上坡路，下半生是走下坡路，走下坡路的日子他无法掌控，因此最好的方法，便是置之不理，讨个清闲。他不怕自相矛盾，几分钟后他告诉塔鲁，上帝并不存在，要是存在，也就不需要牧师了。随着观察的进行，塔鲁认识到老人的哲学与挨家挨户频繁的募捐活动引起的反感有着紧密的关系。使老人印象最全的最后一点，耐人寻味，就是他表述了好几次的一个心愿，能活得越长越好。

"他是圣人吗？"塔鲁自问道。他又回答自己说："不错，如果圣洁是一切习惯的总和。"

同时，塔鲁详细地描述了疫城中度过的每一天，让人对今年夏天市民们的生活有个全面的了解。塔鲁写道："除了醉汉，没有人大笑，可醉汉笑得太张扬了。"随后他接着写道：

"拂晓时分，微风轻轻吹拂空空如也的马路。在这个时刻，鼠疫受害者难熬的夜晚和痛苦哀号的白昼期间，好像鼠疫暂停片刻，喘了口气。所有店门都关了。也有一些店家贴出告示，上面写道，鼠疫期间暂停营业。表明就算别的店开了，它们也不会开。半睡半醒的卖报人还没开始叫喊当天新闻，就闲荡到街角，向灯杆兜售报纸，活像个梦游患者。很快他们被早班电车吵醒，于是抱着报纸，分散跑向城市的各个方向，报纸上的标题赫然写着'鼠疫'，'是否是个鼠疫肆虐的秋天？B教授回答不会'，'鼠疫第九十四天，死亡人数为一百二十四'。

"尽管纸张日益紧缺，迫使一些报刊缩减篇幅，但仍有一种新出版的报纸《瘟疫记事》自称具有客观真实性，每日报道鼠疫的发展或减退。同时，提供给市民疫情未来走向的最权威的观点，并开辟专栏以针对有意加入疫情斗争的人们，鼓舞群众的士气，传达当局的指令，集中所有有志人士的力量，积极帮助受灾群众。事实上，这份报纸很快将整个专栏留给了预防鼠疫效果良好的新产品的广告。

"早上六点，报纸开始兜售给商店开门前就排了一个多小时队的顾客，以及从郊区驶来挤满人群的电车走下来的乘客。电车成了当时唯一的交通工具，可车子行驶困难，踏脚板上，栏杆处挤满了乘客。奇怪的是，乘客们设法将背对向旁边的人，这样身体扭曲，只为避免疾病传染。男男女女下车时，一哄而下，急忙和周围的人保持一定的距离。

"早班电车开过后，城市慢慢苏醒过来，咖啡馆首先开门，有几张牌子放在柜台上，上面写道"咖啡无货""请自备白糖"等。随后，商店开了门，街上变得热闹起来。太阳慢慢升起散发出阵阵热量，使七月的天空逐渐蒙上一层铅灰色。正在这时候，那些无所事事的人在街上开始游荡。大多数人似乎想靠摆阔气来对抗鼠疫。每天大约十一点，一群穿着时尚的男女大摇大摆地走在路上，可以感到，他们在浩劫中萌发出的对生命强烈的渴望。如果瘟疫蔓延开来，伦理观也就淡薄了，我们将会再一次看到古罗马时代米兰人在坟墓边纵情狂欢的场景。

"中午，饭店顷刻间客满了。很快，一小群没找到位子的顾客只能在饭店门口等。酷热中，天空失去了美丽。等空位吃饭的人们挤在路边的大遮阳篷下，傻站着忍受烈日的炙烤。饭店拥挤的原因是它解决了顾客的吃饭问题，但却丝毫没有减少人们对疾病传染的恐惧。许多顾客会有条不紊地花上几分钟擦餐具。不久前一些饭店贴出告示，'本店餐具已消毒'，但是渐渐地它们也不再宣传了，因为顾客仍会络绎不绝地来，再者，顾客花钱大方。上等酒或号称上等酒的饮料，以及最昂贵的加菜，顾客肆无忌惮地大吃大喝。一家饭店里似乎曾经引起过恐慌，一名顾客突然感觉身体不适，脸色发白，跌跌撞撞地急速走向门口。

"两点左右，城市渐渐变得冷冷清清，这时候寂静、阳光、灰尘和鼠疫在街上聚集起来。漫长而炎热的时光里，在紧靠着灰色大房子的街面上，滚滚热浪不断涌来。时间飞逝，整个下午过去了，夕阳西下，红色的残光笼罩在喧嚣的城市上空。就在酷暑来临之际，不知道什么原因，夜晚时分街上总是空荡荡的。夏风吹来的丝丝凉意即使没有带来满腔希望，至少也带来了一些轻松之感。人们蜂拥而至街头，忘情地倾诉衷肠、互相调情、挑起争端，日落最后一道晚霞的映衬下，一对对情侣和喧闹的城市悄悄融入这悸动的夏夜。一个狂热的福音传道者戴着呢帽，打着领带，在人群中穿梭，白费口舌地不停喊道：'上帝伟大而仁慈，皈依他吧！'相反，比起上帝，人们似乎对一些琐碎之事更感兴趣。

"一开始，大家认为这场瘟疫只是一般的瘟疫，因此宗教的地位无法撼动，他们一看到事情的危险性，就会想到寻欢作乐上。白昼里，印刻在他们脸上的恐惧，在火红的夕阳和灰蒙蒙的夜幕下，变为狂妄的兴奋和粗野的放纵，使人们热血沸腾起来。

"我和他们一样，为什么呢？死亡对像我这样的人来说不算什么。这件事可以证明我的观点。"

那次同李欧的会面是塔鲁提出的，这在他的笔记本里有所提及。那晚，医生等着塔鲁，双眼凝望着他的母亲，她正坐在餐厅角落的一张椅子上。她一做完家务，就会在椅子上消磨时间。她双手合在膝盖上等待着。李欧甚至不能肯定母亲等的是不是他。然而，每当他回来时，他母亲的脸上就会有变化。艰苦的生活使她沉默而顺从，突然间她容光焕发起来，但随后表情又恢复平静。当晚，她注视着窗外此时空荡荡的大街。路灯已灭了三分之二，隔着很远，一盏路灯在城市的深夜中，星星点点地闪烁着一丝光亮。

"鼠疫持续多久，路灯照明就要减少多久吗？"李欧老太太问。

"我想是吧。"

"希望到冬天不要再这样，否则也太凄凉了。"

"是啊。"李欧说。

他看到母亲的目光停留在他的前额上。他明白过去几天的担忧和过度操劳在他的额头上留下了深深的印记。

"今天一切都还顺利吧?"他母亲问。

"噢,和平时一样。"

和平时一样!就是说从巴黎运来的新血清比第一批血清的效力还差,死亡率又开始上升了。除了病人家属不可能在其他人身上进行预防接种,要进行全民接种,需要生产大批量的疫苗。大多数腹股沟肿块似乎产生季节性硬化,不能自行溃破,病人由此痛苦不堪。前一天起,已发现了两例新型瘟疫,鼠疫杆菌发展到肺部。那天,在会议中,疲惫不堪的医生向那位智穷计尽的省长施加压力,提出颁布新的条例来防止肺鼠疫的口对口传染。如他们所愿,省长批准了,但和往常一样,他们仍在黑暗中不断摸索。他凝视着母亲,她柔和的棕色眼睛让他重温了昔日几近遗忘的童年情怀。

"母亲,您怕吗?"

"噢,我这把年纪已经没什么好怕的了。"

"白天时间很长,眼下我会难得在家。"

"只要我知道你会回来,就不在乎等你,你不在的时候,我就会想你在干什么。有什么消息吗?"

"有,我相信上次电报上说的,她一切都好,但是我知道她是不想让我担心。"

此时,门铃响了,医生对他母亲笑了一下,就去开门了。塔鲁站在昏暗的楼梯平台上,像只大灰熊。李欧请客人坐在他书桌对面的椅子上,而他站在他座椅的后面。他们之间有盏台灯,是房间内仅有的光亮。

塔鲁直截了当地说:"我知道,我可以和您开诚布公地谈。"

李欧点点头表示赞同。

"两个星期,不超过一个月里,"塔鲁继续说道,"您在这所做的事将会无济于事,事态会变得难以控制。"

"对。"

"卫生防疫部门工作效率低下,人手和时间不够。"

李欧承认这是事实。

塔鲁又说:"噢,我听说当局正考虑从群众中招人,所有身体强壮的男性必须参与救助工作中。"

"您的消息很灵通,但是省府的名声不那么好,人们怨声载道,况且省长也拿不定主意。

"就算他不敢贸然行动,那为什么还不寻求志愿者帮助?"

"寻求过了,反应很差。"

"这是通过官方渠道招募志愿者的,可他们缺乏热情和想象力,他们想出的补救措施连对付感冒也不够,根本没有能力对付真正的灾难。假如我们听之任之,那他们完蛋了,我们也完蛋了。"

"很有可能。"李欧说,"我该告诉您,他们还考虑用犯人来做所谓的'重活'。"

"我觉得用自由人比较好。"

"我也这么想,但是为什么呢?"

"我不喜欢死刑犯。"

李欧打量了下塔鲁,问:"那该怎么办呢?"

"我计划组织志愿者防疫队,请获准我执行计划,然后把政府放一边,再说他们正忙得不可开交。我有很多各行各业的朋友,他们会组成团队的核心,当然,我也会参与其中。"

李欧回答说:"不用说,我乐意接受您的建议,我们需要很多助手,特别是像我现在从事的工作。我答应您去向当局申请批准。不管怎样,他们也无路可走了。但是……"李欧考虑了一下,继续说:"我想您应该知道,这份工作具有危险性,我得和你说清楚,您有没有考虑过这个问题?"

塔鲁灰色的双眼平静地看着医生。

"医生,您怎么看帕纳卢神甫的布道?"

塔鲁提问时语气平淡,李欧也回答得很平淡。

"我在医院里待的时间太长,以致无法接受集体惩罚的说法。但是,您要知道,基督教徒有时说这样的话,可从来不真的这么想,他们的为人要比表面给人的印象好。"

"您和帕纳卢神甫一样认为鼠疫有其好的一面，它让人睁开眼睛，迫使人们思考？"

医生不耐烦地摇了摇头。

"鼠疫和其他疾病一样，包含于一切疾病的真理也包含于鼠疫。它提高了人的思想境界，也带来了痛苦，只有疯子、懦夫、瞎子才会向鼠疫屈服。"

李欧正要提高嗓音，塔鲁就做了一个轻微的手势，好像要他安静下来。他笑了笑。

"不错。"李欧耸耸肩说，"但是您还没有回答我的问题，您有没有想过后果？"

塔鲁靠在椅背上，肩膀舒展开，他把头移到灯光下。

"医生，您相信上帝吗？"

塔鲁提问时语气又平淡了，但这一次，李欧犹豫不决起来。

"我不相信，但这又说明什么呢？我仍在黑暗中摸索，努力在黑暗中看清楚。但我很久不再认为这种想法有什么独特了。"

"这就是您和帕纳卢神甫的隔阂吗？"

"我不这么认为，帕纳卢神甫是位学问高深的人，他没有接触过死亡，所以他在讲真理时，信心十足。但是任何乡村牧师为他的教区居民传教时，听见垂死者的喘气声，他的想法就会和我一样。他试图化解人类的不幸，之后就阐明，不幸可以磨炼人。"李欧站起身，他的脸处在阴影中。"不要谈论这个话题了吧。"他说，"既然您不想回答。"

塔鲁依然坐在椅子上不动，又笑了笑。

"我可以用问题来回答吧？"

医生也微笑了。

"您喜欢神秘？那您说吧。"

塔鲁说："我的问题是，既然您不相信上帝，为什么您还那么乐意奉献？我想您的回答可以帮助我回答您的问题。"

医生仍处于暗影中，李欧说他已经回答了，如果他相信上帝是万能的，他就不再给人治病，让上帝来救人好了。但是世界上没有人会相信这样的上帝，即便信基督教的帕纳卢神甫也不会相信，因为没有人会一心一意，全身心地交付给上帝。在这一点上，李欧相信他是在走正路，与宇宙作着斗争。

"啊。"塔鲁说，"这是您对自己职业的看法吗？"

"差不多。"医生站回到灯光下。

塔鲁轻轻吹了声口哨，医生凝视着他。

"不错，您会认为这样太自傲了。但是我保证，只有这自傲让我前进，我不知道前方会有什么等待着我，也不知道这一切结束后又会发生什么。可目前还有病人需要治疗。以后，他们会考虑好问题，我也一样，然而，现在最要紧的是把他们病治好。我尽我所能保护他们，我能做的也就这样了。"

"对抗谁呢？"

李欧转向窗口，地平线处是大海与天边相接的地方，他只觉得一阵疲惫，同时抗拒一种突如其来、莫名其妙的想法，他冲动地想要向这个古怪的同类人倾诉心事。

"我不知道，塔鲁，我发誓我不知道。我开始从医时，很茫然，因为我向往这份职业，它和其他职业一样，让年轻人渴望得到。又因为，也许医生的行业对一个工人的儿子来说特别困难。而且还得看着病人死去。你知道有人就是不肯死吗？您听过到一个女人还剩最后一口气时大喊'我不想死'吗？我都经历过。我看到这样的场景，感觉很难适应。我年轻的时候，会被这一切的安排所激怒，后来，我变得比较谦逊。只是因为我无法适应看别人死去。我所想到的就这些，毕竟……"

李欧沉默下来，坐下来，感到口干舌燥。

"毕竟什么？"塔鲁慢悠悠地问。

"毕竟，"医生说道，却又犹豫不决，双眼紧盯着塔鲁，"这是一件像您这样的男人最能理解的事，但是，由于死亡是自然规律的必经环节，如果人们不去相信上帝，而是尽全力与死亡做斗争，不抬头望望天空，上帝在沉思默想，这对上帝来说是不是更好。"

塔鲁点头表示同意。

"对，但您的胜利是暂时的。"

李欧的脸色阴沉下来。

"确实，我明白，不过没有理由放弃斗争。"

"是的，这不是一个理由。我在想这次鼠疫对您意味什么。"

"无休止的失败。"

塔鲁看着医生好一会儿，然后转身，脚步沉重地走向门口。李欧跟着他，快走到他身边时，塔鲁俯视着地板，突然说："是谁教您这一切的，医生？"

李欧快速回答："苦难。"

李欧打开诊所的门，告诉塔鲁他也要出门，去看一个住在郊区的病人。塔鲁提议和他一块去，他同意了。在过道里，他们碰到了李欧老太太，医生将塔鲁介绍给她。

"一个朋友。"他说。

李欧老太太说："我很高兴见到您。"

她走开时，塔鲁回头向她张望。在楼梯平台上，医生按下照明灯的开关，但楼梯漆黑一片。也许是新的节电措施实施了，然而无人知晓。一段时间以来，私人住宅的情况和街上的情况一样混乱。也许这就是看门人和其他市民一样什么事都不关心的原因了。医生没有时间做深入的思考，塔鲁便从他身后说："还有一句话，医生。即便您听了有点荒谬，我还是得说，您完全正确。"

医生在黑暗中耸了耸肩，说："说实话，我对此一无所知。您的看法呢？"

"噢。"塔鲁冷冷地回答说，"我知道的东西并不多。"

李欧停了下来，塔鲁在他身后脚滑了一下，他抓住医生的肩膀才稳住身子。

"您真的认为您懂生活的全部吗？"

声音穿过黑暗的楼道，语调同样冷淡："是的。"

他们走到街上，发现时间很晚了，大约已经十一点了。城市很安静，除了轻微的瑟瑟声，远处传来隐约的救护车的警示声。他们坐进车里，李欧发动了引擎。

他说："您得明天来医院打预防针，在准备干这个事之前，你要知道生还的几率只有三分之一。"

"这种估算是没有依据的。医生，这您和我一样懂的。一百年前，鼠疫消灭了波斯整座城市的人口，只有一个洗尸人正巧生还了。他在鼠疫暴发期间一直没有停止工作。"

"他赢得了三分之一的机会。"李欧降低了嗓门说，"不过您是对的，我们对此其实还并不了解。"

他们开到了郊区，路灯点亮了空荡荡的大街。车子停了下来。李欧站在车前，问塔鲁是否愿意进去。塔鲁回答说："愿意。"天空一丝微光照亮了他们的脸。

突然，李欧友好地大笑了一声。

"塔鲁，您说说！究竟是什么促使您参与这项工作？"

"我不知道，或许是我的道德准则。"

"您的什么道德准则？"

"理解。"

塔鲁转身走向房子，直到他们在老哮喘病人的家里才又碰了头。

第二天，塔鲁开始着手工作，并且组织了第一支防疫队，很快又有许多小组紧随其后成立了。

作者无意强调卫生防疫组织的重要性。确实，现今有许多人会夸大组织的作用，但是作者并不倾向于过分夸大崇高的行为，最终变成对人性罪恶的间接而有力的颂扬，因为这样做会暗示人们，崇高的行为是极个别的，而麻木和冷漠的做法倒是普遍可见的，这种观点笔者是不能赞同的。世上的罪恶通常是由无知造成的，没有见识的美好愿望带来的伤害会和罪恶一样多。好人总是比坏人多，可问题不在此，人的无知程度有高低差别，这就是邪恶和美德的区别。然而，积习难改的邪恶是一种自认为知晓一切的无知，于是认为有权杀人。谋杀犯的灵魂是盲目的，如果没有远见卓识，那么就没有真正的善意和挚爱。

因此，塔鲁成立的卫生防疫组织应该给予客观的评价。基于此原因，笔者并没有大肆赞扬小组成员的胆略，也没有过分歌颂他们的奉献精神。但作为历史的见证人，他记录下鼠疫肆虐时，市民们不安和骚动的心。

那些参与卫生防疫组织的人们并不见得做了什么丰功伟绩，因为他们知道这是眼下唯一可做的事，而如果不投身其中，后果不堪设想。这些组织让市民们开始想办法对付鼠疫，并让他们相信鼠疫已在横行，是时候进行疫病的斗争了。由于对抗鼠疫成了某几个人的职责，它的实质也就显露出来，那就是，大家的职责。

如此尚可，但教师得到称赞的不是因为教人二加二等于四，而也许是因为他选择了这份崇高的职业。塔鲁和其他人选择证明二加二等于四的行为是值得赞扬的，但是，老师和所有和老师有同感的人们一样拥有美好的愿望，人类的数量多的不计其数，这是人类的荣耀，作者就是这么认为的。作者清楚意识到有人提出观点反对他，说这些人在冒着生命危险。但历史上一再出现有人敢说"二加二等于四"却被处死的情况。教师明白这一点。但问题不在于知道这种真理是会得到奖励还是惩罚，而在于知道"二加二是否等于四"。对于处于困境的，冒着生命危险的市民来说，要明白的是，他们是否被卷入鼠疫，以及是否应该与鼠疫作抗争。

当时有很多新伦理学家到处宣扬做什么事都没有用，应该顺应天命。可塔鲁、李欧和他们的朋友也许会作这样和那样的答复，但结论是一样的，他们相信必须要作这样或那样的斗争，不能听天由命。最大可能地使濒临死亡的人拉回生命线，对此只有一个方法，同鼠疫做斗争。这个道理无须长篇阔论一番，这只是顺理成章的事而已。

因而，老卡斯特尔胸有成竹，埋头苦干，就地取材研制出血清，这是很自然的事。李欧和他都希望能从当地鼠疫杆状菌培养出疫苗，这可能比外地运来的血清更有效。因为当地的鼠疫杆状菌和通常确定的细菌有所不同，卡斯特尔期待在很短的时间里提取第一批血清。

也正因为如此，那个算不上英雄的格兰德如今成了卫生防疫组织的秘书，这也是很自然的事。塔鲁组织的一部分小组在人口稠密区工作，力求改善那里的卫生条件。他们采取卫生措施，统计那些未消毒的阁楼和地窖。其他队的志愿者跟随医生进行挨家挨户的走访，负责感染病人的转移。接着，由于缺少驾驶员，他们就担任运送病人和尸体的汽车司机。所有这一切都要做好登记和统计的工作，格兰德承担了此项任务。

从这一点来看，笔者认为比起李欧或塔鲁，格兰德更具代表性，他镇定勇敢，能鼓舞团队的士气。他天性仁慈，毫不犹疑地答应接下这份工作。他只要求做些轻活，因为他年事已高，做其他事会比较累。他每晚可以抽出六点到八点两个小时的时间。李欧衷心地感谢他，而他却似乎很惊讶："这不是难事啊！鼠疫来了，我们该挺身而出，这是显而易见的。啊！我多么希望一切都像这么简单就好了！"他又旧调重弹了。晚上登记和统计工作完毕后，格兰德和李欧有时会聊天，后来塔鲁也加入他们。格兰德以越来越明显的愉悦之情向他们倾诉衷肠，而他们对格兰德的文学作品饶有兴趣，确实，他们从紧张的氛围中中找到了轻松感。

塔鲁经常会问他："女骑士怎么样啦？"格兰德总带着一脸苦笑，回答说："骑马小跑，小跑呀！"一天晚上，格兰德说他要弃用形容词"英勇威武"而改用"苗条"来形容女骑士。他解释说："这样更具体些。"随后，他向两位朋友朗读了新改的句子："五月的一个晴朗的早晨，一位苗条的女骑士，骑着一匹枣栗骏马飞驰在布洛涅树林的花径上。"

"您认为这样更好些吗？我之所以用'五月的一个晴朗的早晨'，因为'五月'拉长了小跑的步调。"

接下来他在为形容词"骏"费神。他认为这个词表达不力，他开始寻找一个修饰词，能够一下子就生动地描绘出他所想象的那匹华丽的马。"膘肥体壮"不太好，虽然够具体，但有点贬义又有点庸俗。"梳洗整洁"曾吸引了他，可这个词有点累赘也不押韵。有一天晚上，他得意洋洋地宣布："一匹黑色的枣栗骏马。"在他看来，黑色带有高贵的意思。

"这不行。"李欧说。

"为什么?"

"因为'枣栗'这个词不是指马的品种,而是指毛色。"

"什么颜色?"

"哦,反正不是黑色。"

格兰德非常难堪,他说:"谢谢您。幸亏您的提醒,想个词是多么困难。"

"'发亮的'这个词怎么样?"塔鲁建议道。

格兰德注视着他,沉思了会,大声说:"不错,不错!"

他慢慢咧开嘴笑了。

几天以后,他承认"花"这个词让他很伤神。他知道的城市也就奥兰和蒙特利马尔,有时,他问他的朋友关于布洛涅树林小径上的花草情况。事实上,李欧和塔鲁印象里这些小径上没有什么花,但是格兰德深信不疑,这使他们的想法动摇了。他对他们的半信半疑感到惊讶。"只有艺术家才知道怎么观察。"但是医生看到他十分兴奋,就把"花径"改成"布满花丛的幽幽的小路"。他搓着手说:"这样的话,既能看又能闻了。脱帽致敬,先生们!"

他眉开眼笑地读道:"五月的一个晴朗的早晨,一位苗条的女骑士,骑着一匹发亮的枣栗骏马飞驰在布洛涅树林的布满花丛的幽幽的小路上。"

然而,格兰德念时,发现句末几个"的"字破坏了美感,读的时候磕磕巴巴,很不流畅。他坐下来,垂头丧气。于是他向医生道别,继续再斟酌斟酌。

后来人们了解到,就在那段时期里,他在办公室里出现了心不在焉的情况。而那时市政府正缺少人手,工作繁忙,他的走神招来了批评。办公室领导以严厉的口气斥责他,提醒他说,他是拿薪水上班的,却没把本职工作做好。领导说:"我听说您在业余时间参与卫生防疫组织的工作,这个我不管您,但您最好在这困难的时候好好工作,发挥用处。否则,做其他工作都没有用。"

"他是对的。"格兰德对李欧说。

"的确,他是对的。"医生同意他的观点。

"但我老走神，那句子结尾的问题让我头疼，不知道该怎么办。"

句尾一连几个"的"，让句子显得冗长而烦琐。但要是省去形容词和"的"，句子就会失去表现力。然而删掉"布洛涅树林"，地点就交代不清。省掉"布满花丛"，缺少美景的骏马驰骋的场景就显得单调了。去掉"幽幽"也不好，"曲径通幽处"，小路本来就是弯曲幽静。这样想来，省去哪个形容词都不合适，格兰德为此伤透脑筋。有几个晚上，他的确比李欧更劳累。

不错，这种斟酌词句让他筋疲力尽，苦闷不已。但为了卫生防疫组织的需要，他还是继续完成了数据汇总和统计。每晚，他都耐心细致、绞尽脑汁地用表格绘出数据的曲线图，尽量做到准确而清楚。他经常去医院看望李欧，并请医生在办公室或医务室找张桌子来。他把文件放在桌上，就像在市政府的办公桌上一样专心致志地工作起来。温热的空气中弥漫着消毒剂以及细菌散发的味道，他挥了挥纸张使墨迹干燥。那时，他聚精会神不去想女骑士的事，全神贯注地做他该做的事。

不错，假如人们真的要树立英雄式的模范，假如一定要在这篇故事中树立一个英雄式的榜样的话，笔者会推荐这位微不足道和无足轻重的人物。他仅有的一点内心的善意和表面上看来有点荒唐的理想。这还原了真理本来的面目，使二加二等于四，使英雄主义仅次于追求幸福的崇高目标。这还将给予这篇故事以特色，这篇故事的叙述将带着真实的情感，就是说，真实的情感既不是赤裸裸的拙劣，也不是戏剧里泛滥的矫情。

这至少是李欧的感想，他从报纸上读到和广播里听到来自外界的鼓励消息。外界通过空运和陆运送来了物资，而且通过报纸和广播，同情和赞赏的评论一股脑儿涌入这座孤城。每次听到颂扬功绩的诗文和千篇一律的感言时，医生颇为反感。他知道这种同情是发自内心的。然而为了表现这种同情心，用的只是人们尝试表达人与人之间息息相关的套话。这样的词句与格兰德做的努力并不匹配，也不能描述鼠疫环境下格兰德的表现。

有时，夜深人静，鸦雀无声的城市，医生上床准备小睡一会时，他打开了收音机。从四面八方、天南地北传来的友好声音试图表达他们的同胞之情。确实如此，但同时证实说话的人是没法真正分担别人的痛苦，因为他们没有亲眼所见。隔洋传来徒劳的呼唤，"奥兰！奥兰！"李欧也就徒劳地听着。说者的能言善辩将他与格兰德之间的鸿沟变得越来越不可逾越。"奥兰！我们和你在一起！"这声音饱含激情。然而，医生可没这么想，他认为只有奥兰人民齐心协力，生死共存，别无他法，毕竟他们离我们太远了。

此时，鼠疫势头越来越猛，准备向城市进发，并带来毁灭性的破坏。在鼠疫的猖獗达到极点时，剩下还需叙述的就是一些像兰伯特那样的人，他们倔强顽固，长期做着悲惨而孤独的挣扎，为了找回失去的幸福，从瘟神那夺回被抢走的一切，随时待命，守住最后一道防线。这是他们抵抗瘟神束缚的方式，而这种方式的抗争却不比别的方式有效。在笔者看来，确实有些好处。此外，虽然这样的抗争混乱无序，也无济于事，但是表达了人们心中的自豪感。

兰伯特为了不受鼠疫的奴役，正与其进行着斗争。事实证明通过合法手段无法出城，就像他和李欧说的那样，他决定另寻他路。记者开始打探咖啡馆服务员。服务员通常了解很多幕后故事。可起初他打听的几个服务员只知道这类逃避行为会遭到严厉处罚。他去过的一家咖啡馆甚至把他当成到处推销产品的人。直到他在李欧家碰到了科达，事情才有了点头绪。那天，李欧和记者谈论他遭到当局拒绝的事，科达听到了他们的谈话。

几天以后，科达在街上碰到了记者，用以往他在各种场合惯用的友好方式和兰伯特打招呼。

"您好，兰伯特！还没有进展吗?"

"没有。"

"要指望当局是不行的，他们不会理解的。"

"我明白，我在另寻出路，但是太困难了。"

"的确，肯定是难的。"科达回答说。

他告诉兰伯特他倒有个办法，记者听了十分吃惊。科达曾经有段时间经常出入很多咖啡馆，也认识不少人。他知道有个组织专做这一行。原本科达花销入不敷出，现在卷进配给品的走私活动。他在贩卖走私烟和劣酒，通过商品不断上涨的价格，从中发了笔小财。

"您很肯定有这回事吗？"兰伯特问。

"很肯定，前几天，有人向我提议过。"

"那您怎么不试试？"

"噢，您就别怀疑了。"科达摆出一副和蔼可亲的神态说，"我不试的原因是我不想走，我有我的理由。"沉默片刻，他问道："您不想知道我的理由吗？"

兰伯特回答说："我认为这和我没关系。"

"某种意义上，话虽如此，但从另一方面来说，就让我们打开天窗说亮话，自从鼠疫来袭后，我的日子好过多了。"

兰伯特沉默了会，继续问："怎样能接触这个组织？"

"啊！"科达回答说，"这可不太容易，跟我来吧。"

这时，下午四点，天气闷热，城市酷暑难耐。所有商店都拉下遮阳布，街上空无一人，只有科达和兰伯特走在拱廊下，走了好一会儿大家默不作声。万籁俱寂，一切黯然失色，也许是炎炎夏日造成的，又或许是鼠疫招致的。无人知晓这沉闷的空气是由于疫情的威胁还是由于灰尘和炽热所致。必须仔细观察，寻思一番才能察觉鼠疫的存在，因为消极的迹象能让它原形毕露。于是和鼠疫紧密相关的科达，让兰伯特注意到狗都不见了。在平时，狗都会趴在门口喘息，想要找块阴凉地歇息都不行。

他们沿着棕榈大街，穿过兵器广场，走向码头。左边是家漆成绿色的咖啡馆，外面撑着块黄色遮阳粗帆布。科达和兰伯特走进去时，抹了抹额头上的汗。馆内有几张小的绿色铅皮桌和几张折叠式椅子。屋内空空如也，苍蝇嗡嗡乱飞，吧台上放着一只黄色的笼子，一只鹦鹉正蹲着，所有羽毛下垂。墙上挂有几幅绘有战争画面的旧画，上面布满污垢和蜘蛛网。所有桌上，包括兰伯特面前的桌子，都有不知从何而来的已有点干的鸟类粪便。直到从黑暗的角落里跳出一只美丽的公鸡，拍了拍翅膀，他们才知道是怎么回事了。

这时，气温似乎有些升高。科达脱下衣服，敲了敲桌子，一位头颈缩在蓝色长围裙里的矮个男人出现在后门口，向科达大声打招呼，边走边朝公鸡猛踹一脚把它踢开。说话声音盖过了鸡叫声，他问顾客要点什么。科达点了白葡萄酒，问加西亚在哪里。那个矮子说他已经几天没过来咖啡馆了。

"您看他晚上会来吗？"

"噢，我不是他肚子里的蛔虫，但是您知道他通常什么时候来吧？"

"是的，但没什么要紧事，我只想把我一个朋友介绍给他。"

招待员在围裙上擦了擦他那湿了的手。

"啊！这位先生也想做生意吗？"

"没错。"科达回答说。

矮个男人抽了一下鼻子说："好吧，今晚来吧，我派孩子去找他。"

他们离开后，兰伯特问他："葫芦里卖的什么药。"

"当然是走私的事。他们混过边防，把东西弄进来，可以卖个大价钱。"

"我明白了。"兰伯特稍停片刻，问道，"是不是有人罩着他们啊？"

"对啦！"

晚上，遮阳布卷起，鹦鹉在笼中学舌，铅皮桌前围了些穿衬衫的人们。有一个男人后脑勺上戴着草帽，穿着件白衬衫，露出红棕色的胸膛，看到科达走进来就站起身。他晒黑的脸上五官端正，一双黑色的小眼睛，一口洁白的牙齿，还有手上戴着两三枚戒指，看上去三十岁左右。

"你好！"他对科达说，忽略了旁边的兰伯特，"我们去喝一杯吧。"

两人喝了三杯，默默无语。

"出去走走怎么样？"加西亚开口了。

他们走向港口，加西亚问他们找他什么事。科达解释说，他把兰伯特介绍给他并不完全是为了做生意，而仅仅是为了他的"出去走走"，加西亚一边笔直向前走，一边抽着烟，他问了些问题，提及兰伯特就称"他"，装作并不在乎他的存在。

"为什么想走？"

"他老婆在法国。"

"啊！"他顿了一下，继续问，"他是做什么的？"

"记者。"

"记者通常大嘴巴。"

"他是我的一位朋友。"科达回答说。

他们静静地走到码头附近，码头上有栏杆围着。于是他们走向一家卖油炸沙丁鱼的小酒店，炸鱼的味道随风飘来。

加西亚最后说话了："这不是我管的，拉乌尔管这事，我去找他，不过这事一点都不简单。"

"是吗？"科达显得很感兴趣，"他躲了起来？"

加西亚没吭声。他走到小酒店门口停了下来，第一次直接和兰伯特说话：

"后天，十一点，上城区，海关兵营的角落。"他做出要走的样子，然后似乎又有了想法说，"要花点钱。"他观察了一下，随意说了句。

兰伯特点点头说："当然。"

记者回去的路上，向科达道了谢。

"不用客气，伙计。我很高兴能帮您忙，再说，您是名记者，说不定某一天您能为我说话的。"

两天过后，兰伯特和科达登上了通往城镇非中心没有树荫的宽阔街道。部分海关兵营的房屋改成了诊疗所。大门外聚集了一群人，有些人希望能见上病人一面，但那是无望的，因为探视是被严禁的。另一些人想打听病人的消息，可这些消息一小时后就过时了。这群人人头攒动，热闹非凡。这也许就是加西亚和兰伯特选在这会面的原因。

"我不能理解。"科达说，"为什么您这么执着于离开这。这里发生的事极有意思。”

“对我来说，没意思。”兰伯特回答说。

“噢，没错，在这里要冒点风险，我同意您的看法。不过，以前鼠疫没发生的时候，要穿过热闹的大街，也是要冒同样大的风险的。”

正在那时，李欧的车在他们身旁停下来。塔鲁在开车，李欧似乎半睡半醒。他醒了就为他们做介绍。

“我们认识的。”塔鲁说，“我们住在同一家旅馆。”然后，他提出送兰伯特到市中心。

“不了，谢谢。我们在这有约会。”

李欧盯着兰伯特。

“对。”兰伯特说。

“啊？”科达吃惊地说，“医生也知道情况吗？”

“地方法官来了。”塔鲁向科达使了下眼色。

科达脸色变了。奥东先生沿着街走来，精神抖擞，庄重气派。他走到他们面前，脱下帽子。

“早上好，奥东先生。”塔鲁说。

地方法官向坐在车里的两位打了声招呼，又向站在他身后的兰伯特和科达看了看，默默点头致意。塔鲁把科达和记者介绍给他。地方法官朝天仰视，叹了口气，感叹现在是苦难的时期。

“塔鲁先生，我听说，”他继续说道，“您在实施预防疾病的措施，对此我不敢苟同。李欧医生，您看这瘟疫会发展得更严重吗？”

李欧回答说希望不会如此，地方法官认为必须永不气馁，上帝的旨意是不可预测的。

塔鲁问当前形势是否给他增加了工作量。

“正相反。我们称之为普通法的案件越来越少了，而我目前做的基本上是严重违反新规定的案件的调查工作。人们从来没有这么遵守普通法。”

“那是因为对比之下，普通法必然会好一些。”塔鲁说道。

地方法官仰望着天空，一下从沉思中拉回，凝视着塔鲁。

"这有什么关系？法律无关紧要，重要的是判决。我们只能接受事实。"

"那家伙，"塔鲁等法官走远后说，"他是头号敌人！"

汽车发动了引擎。

过了一会儿，兰伯特和科达看到加西亚走近了。他一路走过来没作任何表示，就说了句"稍等一会"。

他们周围有一群人，大多数是女人。她们几乎都带着小包裹，幻想着能把这些东西捎给她们生病的家属，更有甚者发狂地希望亲人能吃到这些食物。武装哨兵守着大门，从营房到门口之间的庭院里不时回响着怪异的叫声。这时，人们焦急的眼神转向病房。

三个人正观察这场景时，身后一声轻快的"早上好"使他们转过身去。尽管烈日炎炎，身材高大魁梧的拉乌尔脸色苍白，身穿一件做工精良的深色套装，头戴一顶卷边呢帽，嘴唇紧闭，说话语速快而清楚："我们去市区吧。加西亚，你不用跟来了。"

加西亚点了支烟，让他们三个人走了。拉乌尔夹在兰伯特和科达中间，快速走着。

"加西亚解释了下情况，这事能办成，不过您得花上整整一万法郎。"他说。

兰伯特同意了。

"明天到码头附近的西班牙饭店里和我一块吃饭。"

兰伯特说："好。"拉乌尔和他握手道别，脸上第一次露出笑容。他走后，科达说他明天不能奉陪了，因为有个约会。反正兰伯特不再需要他了。

第二天，兰伯特走近西班牙饭店，店里的人都转过头盯着他看。这个阴暗的地下室处在黄色小街的低洼处，去那个饭店光顾的只有男人，多数看上去像西班牙人。拉乌尔坐在屋子尽头的桌子旁，他示意记者过去，兰伯特走过去时，其他人脸上好奇的表情都消失了，继续低着头吃饭。拉乌尔旁边坐着一个瘦高个儿，留着胡碴，肩膀异常的宽，头发稀疏，还长着张马脸。他卷起的袖管里露出两只长满黑毛的细长手臂。拉乌尔给他介绍兰伯特时，他慢慢点了三下头。

拉乌尔没有提到他的名字，讲到他时只说"我们的朋友"。

"我们的朋友认为他能帮您的忙，他将……"

这时女服务员走过来问兰伯特要点什么，把拉乌尔的话打断了。

"他将让您和我们的两个朋友进行联系，他们会把您介绍给我们收买的几个岗哨。不过您还不能马上行动，要让哨岗决定最佳时机。最简单的办法是您在他们中的一个人家里住上几夜，他的家离城门很近。首先要做的是由我们的朋友帮您做必要的联系，等一切安排好了，您就和他结算账目。"

这位朋友又慢慢地点点头，不停地大声嚼西红柿和甜椒的凉拌菜，然后大口大口地吞下肚。随后，他开口了，带有一点西班牙口音。他叫兰伯特第三天早上八点在教堂的门廊下见面。

"还要等两天。"兰伯特说道。

"这事不好办。"拉乌尔说，"还得找人。"

马脸又一次点了点头，谈话中有一部分时间在找话题。兰伯特发现马脸是个狂热的足球运动员后，话题就找到了。他自己也热衷于足球。他们谈到法国足球锦标赛，英国职业足球队的战绩以及传球技术。午餐结束时，他情绪高涨，称兰伯特为老兄，并试图说服他足球队的最佳位置是中卫。他说："老兄，中卫主宰场上的一切，是足球比赛的灵魂，不是吗?"兰伯特同意这种看法，他经常踢中锋。谈话平心静气，但被广播打断了。原本收音机里播放的是一首首伤感的情歌，突然插播进前一天死于鼠疫的人数为一百三十七人的报道。当时饭店里的人面无表情。他只是耸了耸肩，站起身，拉乌尔和兰伯特也站起身。

出门时，中卫用力地握住兰伯特的手说："我叫冈萨雷斯。"

对于兰伯特来说，这两天简直长得没完没了。他去看望李欧，把最近发生的事原原本本讲给他听，然后陪医生到一个病人家看病。走到鼠疫疑似病人家门口前，他和医生道别了。那户人家正在等他，这时，从大厅里传来阵阵脚步声和人的说话声，他们在互相传达医生的到来。

"我希望塔鲁能准时来。"李欧咕哝着小声说。他看上去累坏了。

"疫情难以控制了吗?"兰伯特问。

李欧说那倒不是,曲线图上的死亡率上升得比以往慢,只是缺乏对付疫病的办法。

"我们缺少物力。世界上所有军队中,通常用人力来弥补物力的不足,但我们连人力也不够。"

"不是从别的地方遣派来医生和医务人员吗?"

"没错。"李欧说,"有十名医生和一百名医务人员,听上去人不算少,对付目前的情况,还能凑合,可要是疫情变糟了人员就不够了。"

兰伯特听到屋里传出的声音,向李欧投以友好的微笑。

"是啊,"他说,"您最好马上把事给办了。"这时,一片阴影掠过兰伯特的脸。他低沉地说:"不是因为那个我才会走。"

李欧说他很理解。但兰伯特继续说:"我认为自己是懦夫,通常来说,怎么说都不是,我经受过考验,只有在某些情况下,我不能自已。"

医生望着他的双眼。

"您会再看到她的。"他说。

"也许吧。但我想到这种情况还要继续下去,她在这段时间里会变老,心中难免惆怅,难以忍受。三十岁的人开始衰老,要抓住生命中一切机会。我不知道您是否理解。"

李欧回答他能理解,这时,塔鲁现身了,一副很兴奋的样子。

"我刚才邀请帕纳卢神甫加入我们。"

"是吗?"医生问。

"他想了想就同意了。"

"太好了。"医生说,"他本人比他的布道还好,这让我很高兴。"

"多数人都一样。"塔鲁说,"就是要给他们机会。"他笑着,向李欧眨眨眼睛。

"我一生的工作就是要给人创造机会。"

"不好意思。"兰伯特说,"我得告辞了。"

七点五十五分时，兰伯特在星期四约好的那天走到教堂的门廊里。空气比较清新。此时，空中飘浮着即将被阳光吞没的大片小白云。虽然草坪很干燥，但微湿的味道从那里散发出来。东面房子遮掩下的太阳只炙烤了圣女贞德的盔帽，在广场内盔帽被晒得闪闪发亮。一只大钟敲了八下。兰伯特在空荡荡的门廊下走了几步。从教堂里传来低沉的吟诵声，夹杂着陈腐的熏香味和阴湿的空气味。这时，吟诵声停止了。十个矮小的黑色身影从教堂里走出来，急速朝城市中心走去。兰伯特变得不耐烦了。另有一些黑色身影登上阶梯走进门廊。他点了一支烟，突然想到此地或许不能吸烟。

八点一刻时，管风琴开始舒缓地演奏。兰伯特也走了进去。一开始，他在昏暗的过道里什么也看不清，过了一会儿，他辨认出中殿里那几个在他面前走过的黑影。他们都聚在角落里，前面是一座临时祭台，上面摆着一座当地雕刻家赶刻的圣罗克像。这些身影跪着，人看上去比以往小，在烟雾缭绕中沉浮，那凝固的黑色身影不过是灰色薄雾般朦胧。在他们上方，管风琴不断地变换音调。

兰伯特走出教堂时，看见冈萨雷斯走下阶梯，走向城里。

"我想您应该走掉了，老兄。"他对记者说，"已经挺晚了。"

他继续解释说，他在离此很近的地方和几个朋友约好在七点五十分见面，可等了二十分钟也不见他们来。

"肯定有什么事耽搁了。干我们这行的有很多麻烦。"

他建议第二天同一时间在阵亡将士纪念碑旁再次会面。兰伯特叹了口气，往后推了推帽子。

"别难过。"冈萨雷斯大笑说，"在球赛中所有跑动，传球做完才能踢进一个球。"

"的确，"兰伯特同意说，"但是一场足球赛只要一个半小时。"

奥兰阵亡将士纪念碑是唯一可以俯瞰大海的地方，是一个短距离的散步场所以及俯视港口的悬崖边沿。第二天兰伯特先到了约会地点，读着阵亡将士的名单以此消磨时间。一会儿，走过来两个人，漫不经心地看了他一眼，然后肘部靠在散步场所的栏杆上，聚精会神地俯视空旷而死气沉沉的港口。两人身高差不多，穿着短袖毛线衫和蓝色的裤子。记者走开,坐在一张石凳上,不慌不忙地观察他们。他们显然还是年轻人,不超过二十岁。那时,他看到冈萨雷斯走了过来。

冈萨雷斯道歉说:"他们都是我们的朋友。"于是他把兰伯特带到两个年轻人那,介绍他们的名字,马塞尔和路易斯。他们看上去很相像,兰伯特猜想他们是兄弟俩。

"没错。"冈萨雷斯说,"现在你们认识了,来谈正事吧。"

马塞尔还是路易斯说两天后轮岗,为期一周。他们会在夜晚时分寻找机会下手。但问题是除了他们,守西门的还有两个人,是正规军士兵。这个人最好不要插手这事,因为他们靠不住的。再说这样还要增加不必要的费用。然而有几个晚上,这两个士兵会在附近酒吧的后屋内逍遥。马塞尔还是路易斯告诉兰伯特,他应该住到他们离城门比较近的住所,等待时机。这样,出城将很容易了。但不能再浪费时间了,听说城市外围还要设立双重岗哨。

兰伯特同意了,并从剩余的香烟中抽出几根给他们抽,那个没开口的人问冈萨雷斯费用有没有解决,是否可以预支一部分钱。

"不,"冈萨雷斯说,"不用这样,这是我的一个朋友,他走了会付钱的。"

他们又约定了下一次见面。冈萨雷斯建议过两天在西班牙饭店一块吃晚饭,然后去这两个守门人的家。他补充说:"第一晚我会陪你的,老兄。"

第二天,兰伯特上楼回旅馆房间时碰到了下楼的塔鲁。

"我要去见李欧。"他问道,"您想和我一起去吗?"

兰伯特犹豫了一下说:"我担心打扰到他。"

"我想您用不着担心,他经常说起您。"

记者想了一会说:"如果你们晚饭后有空的话,不管多晚,到旅馆酒吧间和我喝一杯吧。"

"那要取决于李欧和鼠疫。"塔鲁的口气听上去摇摆不定。

那晚十一点,李欧和塔鲁来到了这家又小又狭窄的酒吧间。三十个左右的人挤在那里大声聊天。从鼠疫肆虐的死寂城市来到这家喧闹的酒吧，他俩有些惊慌失措地站在门口。他们明白环境热闹的原因，这里还可以买到酒。兰伯特坐在酒吧角落里的高脚凳上，示意他们走过去。兰伯特泰然自若地将旁边一个吵闹的人推开，并把位置让给他的朋友。

"您忌酒吗？"

"不，"塔鲁回答说，"正相反。"

李欧闻了闻兰伯特递给他的酒，酒里有苦草味。喧哗声中很难听到别人讲话，但兰伯特似乎只专注于喝酒。医生不确定他是否已喝醉了。除了他们坐的半圆桌，剩下的空间里还有两张桌子，其中一张桌子旁坐着一个海军军官，左右手各搂抱着一个美女，他对一个红脸胖子讲述在开罗发生的斑疹伤寒的疫情。他说："那里扎了集中营，营房是为了当地人而建立起来的。搭帐篷是为了收容病人，但周围布有岗哨，如果病人家属私自将土方塞到帐篷里，就会马上遭到枪击。有点残酷，但无他法了。"另一张桌子旁坐着一帮穿着时尚的年轻人，谈话内容听不懂，声音淹没在上方扩音机传出的《圣詹姆斯医院》的音乐中。

"事情进展得怎么样？"李欧提高嗓音说。

"快了，"兰伯特回答说，"大概就在这星期中。"

"真可惜！"塔鲁叫道。

"为什么？"

"噢，"李欧插嘴说，"塔鲁这样说因为他觉得您可以帮我们的忙。但我非常明白您走的原因。"

塔鲁请大家又喝了杯酒。

兰伯特从高脚凳上下来，第一次直视他的双眼。

"我怎么帮你们的忙？"

"当然。"塔鲁慢慢把手伸向他的杯子，回答道，"到我们的卫生防疫组织里来。"

那副固执的沉思中的表情又出现在兰伯特的脸上，他又重新坐到他的高脚凳上。

"您难道不认为这些组织没有什么用吗？"塔鲁抿了口酒，死死地盯着兰伯特。

"肯定有用。"记者回答道，喝完了手中的酒。

李欧留意到他的手在颤抖，他确定那个记者已喝得烂醉如泥。

第二天，兰伯特再一次走进西班牙饭店，他从一群人中穿过，他们把椅子搬到门口，坐在绿莹莹闪着银光的月夜下，享受着第一阵凉爽的晚风。他们抽着味道辛辣的烟草。饭店里几乎没人了。兰伯特走到饭店里屋的桌子旁，这是冈萨雷斯第一次和他见面的地方。他告诉女服务员他还得等一会。这时，已是七点三十分。

三三两两的人走进饭店就座。服务员开始上菜，餐具发出的清脆响声以及嗡嗡的谈话声充斥了这家地势很低的饭店。到了八点，兰伯特还在等待。灯亮了，他的桌旁又换了一批人吃饭。他点了菜。到了八点半，用完餐后还是不见冈萨雷斯和那两个年轻人。他抽了几支烟。饭店里的人渐渐散去。店外，夜幕快速降临，海面吹来的暖风翻卷着门口的窗帘。到了酒店，兰伯特发现店里的顾客只剩下他，而女服务员正好奇地看着他。他结了账走了，看到对面咖啡馆开着，兰伯特坐到里面，密切注意饭店的入口处。到九点半，他慢慢走回旅馆，绞尽脑汁想出跟踪冈萨雷斯的方法，他不知道他的住址，对于前景渺茫，烦人的事情还得重新开始，兰伯特感到十分沮丧。

就在那个时候，救护车疾驶而过，他走在黑漆漆的街道上，就像他后来告诉李欧的那样，他突然意识到在这段时间里，他几乎忘记了他深爱的人，而一心一意地在把他们之间阻隔开的墙上寻找缺口。同时，一切路径又被切断时，他重燃起对她的渴望。这种愿望十分强烈，来得也很突然，使他狂奔回旅店，仿佛要逃避这钻心之痛，这样的痛楚就像野火般在血液里蔓延。

第二天一大早，他就去拜访李欧，问他在哪里能找到科达。

"我唯一能做的事就是再找回失去的线索。"

"明晚来这吧。"李欧说，"塔鲁叫我邀请科达到这，我不知道为什么。他应该十点到，您就十点半来吧。"

过了一天，科达到医生家时，塔鲁和李欧正在讨论李欧病人出乎意料治好的病例。

"十个里只有一个，他真走运。"塔鲁说。

"噢，好啦。"科达说，"这不可能是鼠疫吧。"

他们告诉他，这肯定是场鼠疫。

"他都康复了，所以不可能是鼠疫。你们和我都知道，谁得了鼠疫，谁就完了。"

"一般来说，确实如此，但要是顽强抵抗，就会有意料不到的事发生。"李欧回答说。

科达笑了。

"这种情况太少了，你们看到今晚发布的死亡人数吗？"

塔鲁友好地凝视着科达，说他知道最新的数据，局势非常严重。但这又说明什么呢？只能说明还要采取更严厉的措施。

"怎样的措施？现在的措施不是已经很严厉了吗？"

"是的，但每个人必须贡献出自己的一份力。"

科达迷惑不解地凝视着他，塔鲁继续说逃避责任的人太多了，鼠疫是每个人的事，人人应该履行其职责。卫生防疫组织欢迎任何健康的人。

"这是个好主意。"科达说，"但这样的目标无法实现。鼠疫掌控着人们，使人们对此无能为力。"

塔鲁小心地说："只有等试过一切方法了，才知道可不可行。"

在他们讲话时，李欧在桌上抄写报告。塔鲁仍然观察着这个坐在椅子里烦躁的小个子男人。

"科达先生，您为什么不愿意加入我们的队伍呢？"

科达站起身，拿起他的圆顶窄边帽，表情很生气。

"这不是我的职责所在。"他以示威性的语气说，"另外，我在鼠疫中过得不差，我觉得没有理由加入进来制止它。"

塔鲁突然想起来什么，拍拍前额说："当然，我忘了，要是没有鼠疫，你就被捕了。"

科达震颤了一下，抓住椅背好像要摔倒一样。李欧停笔，严肃而关注地观察着他。

“谁告诉你的?”科达几乎大叫起来。

“谁？就是你自己!”塔鲁惊讶地说，“医生和我至少都猜到了。”

科达沉不住气了，开始咒骂起来。

“别激动。”塔鲁平静地说，“医生和我都不会揭发您的。您所做的事和我们没有关系。反正，我们对警察局也从未有过兴趣。来吧，坐下吧。”

科达看着椅子，犹豫不决中坐了下来，长叹一声。

“这事过去很久了。”他说，“可他们就是要把这事揭发出来，我以为大家都忘了。但有人讲出来了，该死的! 他们传唤我，告诉我调查未结束前要随时接受传唤。我相信他们最终会逮捕我。”

“事情严重吗?”塔鲁问。

“取决于您怎么看这件事，反正不是谋杀案。”

“坐牢还是劳改?”

科达露出可怜的表情。

“噢，坐牢，算我运气。”过了一会儿，他又激动起来说，“这是一个错误。每个人都会犯错误。可我一想到要被抓走，与家庭分离，与我熟悉的人和事别离，我就不能忍受。”

塔鲁问：“就是这个原因您想到自杀吗?”

“对，这事糊涂透顶，我承认。”

李欧第一次开口说话了。他告诉科达他很理解他的焦虑，但也许这一切都会平安无事的。

“噢，目前我没什么担心的。”

“我明白了。”塔鲁说，“您是不会加入我们的组织的。”

他拨弄他的帽子，忐忑不安，科达躲躲闪闪的双眼看着塔鲁说：

“我希望您不要怀恨在心。”

“当然不会，但至少不要故意散播细菌。”塔鲁笑着说。

科达坚持说他从不希望鼠疫来，它的到来纯属巧合。目前他日子过得不错，这不是他的错。兰伯特走进来时，他又鼓足勇气，挑衅地说：

"此外，我相信你们将毫无进展。"

兰伯特发现科达不知道冈萨雷斯住的地方，让他十分懊悔。他提议再去次小咖啡馆等他。他们约好第二天前往。李欧希望能知道事情的发展经过，兰伯特就邀请他和塔鲁周末晚上来他房间，随时都可以。

第二天早上科达和兰伯特去咖啡馆，给加西亚留下个口信请他晚上见面，如果不行，就再等一天再见。那晚他们徒劳地等了一夜。第二天，加西亚出现了，他一声不吭，听完兰伯特的讲述，告诉他，他对事情的经过不了解，但他知道为了挨家挨户检查，有些地方已被隔离了二十四小时。很可能冈萨雷斯和那两个年轻人没法通过警戒线。他最多能帮他们再与拉乌尔取得联系。当然两天之内是不可能做到的。

"我明白了。"兰伯特说，"我得从零开始了。"

过了两天，兰伯特在街角碰到了拉乌尔，证实了加西亚的说法。低地地区实行隔离，禁止通行。接下来要做的就要和冈萨雷斯取得联系。两天后，兰伯特和那个足球运动员一起吃午饭。

"太蠢了。"冈萨雷斯说，"您早应该考虑好碰头的方法。"

兰伯特由衷地点了点头。

"明早，我们去看看那两个年轻人，要行动起来了。"

次日，两个年轻人出门了。他们只能留下约会时间和地点，定在第二天中午，中学外面。兰伯特回到旅馆，塔鲁突然注意到他的脸部表情。

"事情进展得不顺利吗?"他问。

"还要重新再来，真沮丧。"他又问，"今晚您会来的，对吗?"

那晚，两个朋友走进兰伯特的房间时，发现他躺在床上。他立刻起床在准备好的杯子里倒上酒。喝之前，李欧问他事情的进展。记者说他又把原来的环节做了一遍，和现在的程度一样。一两天之后，他要进行最后一次约会。他抿了口酒，垂头丧气地说："不用说，他们不会来的。"

"他们上次让您失望，这次应该不会的。"

"您还不理解吗？"兰伯特耸耸肩，无奈地说。

"不理解什么？"

"鼠疫。"

"啊！"李欧大叫道。

"不，您不理解，同样的事要重复一遍又一遍。"

他走向房间的角落，打开一台小的留声机。

"这是什么唱片？"塔鲁问道，"我以前听到过。"

"是《圣詹姆斯医院》。"

留声机播放音乐时，从远处传来两声枪响。

"要么是只狗，要么是个逃犯。"塔鲁说道。

一会儿，音乐停止，从窗口下传来救护车的警报声，慢慢远去，消失在一片寂静中。

"这唱片太无聊了。"兰伯特说，"我今天放了十遍了。"

"您真的那么喜欢它？"

"不，我只有一张唱片。"过了一会，他说，"就是我说的同样的事要重复一遍又一遍。"

他问卫生防疫组织工作进行得如何。李欧回答说，目前有五个小组在工作，希望能再组织几个。李欧一边坐在床上，一边关心起他的指甲。李欧观察着他蜷缩在床边的强壮体形。

突然，他发现兰伯特也在看他。

"您知道，医生，我对你们的组织考虑得很多。如果我不参与你们的工作，我有我的理由。我认为自己是个不怕冒险的人，我参加过西班牙战争。"

"是在哪一边？"塔鲁问。

"失败的一方。但从那时起，我思考了一些问题。"

"关于什么的？"

"关于勇气。现在我明白人们是有能力做大事的。但假如他没有高尚的情操，就不能引起我对他的敬仰。"

"人是可以做任何事情的。"塔鲁说。

"我不赞同这个观点，人不能长期受罪或过沐浴幸福的生活。因此，人做不出任何有价值的事。"他依次看着他们，于是问，"告诉我，塔鲁，您能为爱而死吗？"

"我不知道，但现在我想不会。"

"要知道，您能为理想而死，这是谁都知道的。就个人而言，我已经看够了为理想而死的人。我不相信英雄主义，我知道这并不难，但这是要命的事。我所感兴趣的是为所爱的生和死。"

李欧留意观察记者，一直看着他，随后，他平静地说："人类不是一种理念。"

兰伯特跳下床，激动得满脸涨得通红。

"人是一种理念，一旦人不理会爱情，就会成为一种渺小的理念。不过，这不是重点，我们人类失去了爱的能力。医生，我们必须面对这个事实。让我们等着获得爱的能力，如果不能得到，就等着大家都得到解救的时候，不需要装英雄，我就这点想法。"

李欧站起身，突然感到十分疲惫。

"您说得对，兰伯特，很对，我不会劝您不要做什么事，您的举动对于我来说，是正确的，也是高尚的。然而，我必须要告诉您，这一切不是要搞英雄主义，而是要脚踏实地。这种理念可能让某些人感到好笑，可是和鼠疫斗争的唯一办法就是脚踏实地。"

"您指的脚踏实地是什么意思？"兰伯特语气严肃。

"我不知道其他人怎么理解，但我认为它的意思就是做好本职工作。"

"您的工作！我只希望知道我的本职工作是什么！"兰伯特的口吻有些讥讽，"也许我错把爱情放在第一位。"

李欧看着他的眼睛。

"不，"他坚定地说道，"您没有错。"

兰伯特若有所思地盯着他们。

"你们两个，"他说，"我想，你们在这一切中不会失去什么，走正道的会容易些。"

李欧喝干了杯中的酒。

"来吧！"他对塔鲁说，"我们还有工作要做。"

他走了出去。

塔鲁跟在他后面，走到门口时改变了主意。他停了下来，回头看着记者。

"我想您大概不知道李欧的妻子在离这一百多公里的一个疗养院。"

兰伯特露出惊讶的神色，想要开口说话时，塔鲁已经离开了。

第二天一清早，兰伯特打电话给医生。

"在我找到办法离开这座城市之前，您能答应让我加入到你们的工作中吗？"

电话那头沉默无语，过了一会儿，传来了回答。

"当然，兰伯特，谢谢。"

第 3 章

因鼠疫而遭到囚禁的人们每周都与鼠疫做斗争。一些像兰伯特一样的人，甚至还幻想自己是自由人，拥有选择权。然而，事实上，到了八月中旬，鼠疫已吞噬了一切。个人命运不复存在，有的只是集体命运和鼠疫肆虐下所有人共有的情感。其中最强烈的情感就是两地分居和流放之感，还夹杂着人们反抗和恐惧的心绪。在酷暑和疾病达到高峰时，笔者认为应该要将大致情况描述一下，并配以说明，叙述活人过分的荒淫行为，死者的埋葬过程以及分隔两地的情人间的痛苦处境。

那时候，鼠疫横行的城市上空，大风一连吹了几天。奥兰市民特别怕风，因为城市建在高原上，缺少自然屏障，于是大风肆无忌惮地横扫街区。那几个月里，没有下过一滴雨，城市上空覆盖着灰蒙蒙的一层尘沙，风一刮，尘土飞落。灰尘和纸片一起绕着行人的腿飞旋，城市变得越来越空荡荡。可以看见这些人俯身用手帕或手捂住嘴，匆忙外出。到了晚上，过去人们通常聚在一起，设法把日子拖延得更长，因为人们认为每一天可能是自己的末日，现在只有少部分人急忙赶回家或去最爱的咖啡馆。几天来黄昏来得越来越早，街上空寂无人，只有那持久的狂风的呼啸声在街上回荡。从飘摇的风暴中，看不到的大海中飘来一股夹杂盐和海藻的气味。夜幕渐渐降临，灰尘笼罩在人烟稀少的城市，苦涩的海水味迎面扑来，凄厉的风声不绝于耳，仿佛一座迷失的小岛不断悲鸣。

迄今，在人口稠密、条件较差的外区，因鼠疫而死的人要远远多于市中心。鼠疫突然间进入了商业区，进行了一轮新的病菌攻击。市民们抱怨狂风带来了病菌，照旅馆经理的话来说，"四处散播细菌"。不管怎样，当住在市中心的人们听到每晚越来越频繁的救护车声响在窗下经过，响起了瘟神的阴郁呼唤声时，意识到要轮到自己了。

当局隔离开鼠疫特别猖獗的区，只允许一些因工作需要的组织跨过警戒线。住在这些隔离区的居民不禁认为这些禁令是专门针对他们的。对比之下，他们倒羡慕起其他地区的人拥有的自由。然而后者想到在这沮丧的时期，还有很多人的自由比他们更少。"反正，还有人比自己过得更差呢！"这句话道出了那些天唯一的慰藉。

就在同一时期，又暴发了几次火灾，特别是靠近西门的住宅区。据调查，检疫回家的人们是这些火灾的始作俑者。由于遭受失去亲人的打击，从而精神失常，焚毁屋子，以为能烧死瘟神。灭火花了不少精力，但在狂风的淫威下，纵火情况屡见不鲜，一些地区不时处于危险中。虽然当局尝试劝服纵火者，采取的房屋消毒措施可以有效消除感染危险，但依然无效，所以不得不颁布法令，对纵火者采取极其严厉的惩罚。使这些郁郁寡欢的纵火者望而却步的并不仅仅是监禁本身，而是人们普遍认为判处徒刑相当于判处死刑，因为市监狱的死亡率很高，这种想法是有依据的。理由很明显，鼠疫对那些过集体生活的人打击最凶，像士兵、囚犯、修道士和修女。虽然一些囚犯是单独禁闭的，但监狱就是一个群体，事实就是在市监狱中，看守死于鼠疫的人数和病死的囚犯一样多。瘟神面前人人平等，从典狱长到最卑微的犯人一视同仁，全都判了刑，也是第一次，监狱出现了公平。

当局推出一种阶级制度，来消除这种人人平等的现象，这种方法就是颁发勋章给执行任务时病死的看守，但结果仍是徒劳。由于戒严令已经颁布，从某个角度来看，看门人可以被看作是服现役的军人，因此，这些人死后可以追发军功勋章。虽然犯人是不会提出抗议的，但军界内部产生了异议，他们有理由指出，这样做会不幸造成公众思想的混乱。民事机关对这事抱有妥协的态度，想出最简单的办法，授予死去的看守抗疫勋章。尽管如此，由于第一批军功勋章已经颁发出，错误已经造成，再要回来也不可能了。军方对此表示不满。此外，抗疫勋章有其缺点，它带来的精神上的作用要远远小于军功勋章带来的。在鼠疫期间，获得这样的勋章是司空见惯的。没有人会因此满意。

此外，监狱的管理无法遵循修道院甚至是军队管理模式。城市里两个修道院里修道士已经疏散，暂住在虔诚的教徒家里。同样，如有可能，士兵们搬出营房，被安排住在学校和公共建筑里。因此疫病表面上使市民们在围困的城市中团结一致，但同时瓦解了早已存在的社会群体，使人们孤立地生存。这些，增加了人们的骚动不安。

这些情况，加上狂风作祟，对某些人产生了煽动的作用。城门口经常遭到袭击，攻击者携带武器。双方交火，有伤亡者，也有趁乱出逃的。于是，岗哨加强了，骚乱很快停息。暴力规模不大，可足以引发一场革命暴力。一些出于防疫的需要，被焚烧或封闭的房屋遭到了洗劫。然而，似乎很难看出这些放肆的行为是否是预谋的。通常一些偶然的事件会刺激原本老实本分的居民效仿他人，做出出格的事来。有时，一个疯狂的人会在悲痛万分、恍恍惚惚的房主眼皮底下，冲进熊熊燃烧的房子中。看到房主的无动于衷，许多旁观者会跟着做。闪烁不定的火光映衬下的漆黑街道上，人们四处狂奔，肩上扛着物品和家具，在摇曳的火苗的映照下，呈现出一个个驼背畸形的身影。这一系列事件的发生，迫使当局宣布戒严令，执行法律法规。两个抢劫犯被枪决了，但对人们是否产生影响令人怀疑。每天都会死很多人，这两人的处决只是大海里的一滴水，不会引人注意。说实话，这样的场景将会经常发生，可当局却漠然处之。唯一对居民产生影响的是宵禁令。从十一点起，奥兰陷入一片黑暗，仿佛是座死气沉沉的墓地。

　　在月夜里，漫长而笔直的街道，灰白色的墙壁，黑压压的树影，行人的脚步声和狗叫声隐没在一片寂静中，微光摇曳中，反衬出城市的苍白和萧条。死寂的城市不过是巨大而毫无生机的立方体建筑物的集合体。在建筑物之间，坐落着一些沉默的伟人青铜雕像。那石质或金属塑像的脸，让人们想起他们本人寒酸的外貌。阴霾的天空下，在没有生气的广场和大街上，这些粗俗的雕像，摆出一副目空一切的架势，对一切无动于衷，化身成掌控一切的主宰者，使人们麻木，动弹不得，反正这座死气沉沉的城市里，瘟神、墓石和阴暗使一切沉默。

　　人们心里也蒙上了一层阴影，关于埋葬的离奇故事使人们不安起来。笔者免不了要谈谈埋葬的事项，在此表示下歉意。他知道会因此而遭到人们的责备，他为自己辩解的理由就是有很多葬礼要在那段时期进行，他和所有人一样得留意埋葬的事宜。在任何情况下都不应该说他对此类仪式有病态的爱好。恰恰相反，他更感兴趣的是活人的社会，举个具体的例子，海水浴场。可是海水浴场已禁止入内，随着日子一天天过去，本来以活人为伴，如今只能冒险和死人相伴，这是不争的事实。人们确实可以拒绝面对这个讨厌的事实，闭上双眼，尽力不想，但不争的事实最终冲破了重重抵御。如果有一天您的亲人需要被埋葬时，您能弃之于不顾吗？

　　说实话，葬礼最明显的变化就是速度快。葬礼形式简易化，烦琐程序一并取消。鼠疫病人死时没有亲人陪伴身旁，守夜的习俗也被禁止了。结果死在夜里的，尸体只能放到天明，死在白天的，遗体将迅速下葬。不用说，亲属是接到通知的，但多数情况下，如果亲属曾接触过病人的，就要受到隔离检疫，如果亲属没有和死者待一起过的，就得按规定的时间来参加葬礼，尸体进行清洗，被放入棺材的时辰就是家属前往墓地的时间。

　　假设这些手续发生在李欧医生负责的辅助医院里。这家医院是由学校改成的，主楼的后面有个出口。通往走廊的一间大储藏室，堆放着不少灵柩。家属在走廊里可以看到已封盖的棺材。接下来最重要的事是由一家之主在表格上签字。然后将棺材装到汽车里，可能是辆真正的灵车也有可能是一辆改装的大救护车。送葬者坐进还允许通行的出租车里。车辆沿着一条避开中心城区的线路火速赶往墓地。城门口车子停下，警卫将印章盖在官方出口通行证上，没有这个印章就不能到达百姓称之为长眠的地方。这时，警卫靠后站，汽车开到一块地上，那里有许多墓穴打开着。由于葬礼上的哀悼仪式已被禁止，一个神父去接见送葬者。随着祈祷声响起，棺材从车上抬下来，用绳子绑起来，抬到墓穴边，滑下穴去，重重滑到了穴底。第一铲泥土刚铲到盖上弹起来时，神父就开始洒圣水。灵车已经开走，消毒剂喷在墓穴里，满满几铲子泥土投在棺材上的声音越来越沉闷，死者家属匆忙坐进出租车里，一刻钟后回到了家中。

整个过程以最快的速度来完成并将危险性降到最低。无可否认，一开始的时候，家属因简化葬礼而感到不快。但在鼠疫期间，这样的情感就没法考虑了，因为所有的牺牲是为了提高效率。刚开始，这一方法动摇人心，因为人们普遍希望葬礼举办得隆重得体。后来，幸好食物供应变得更紧张，市民们的注意力就转移到更迫切的需求上。人们把大量精力花在排队、填表格、找寻食物，于是顾不上别人是怎么死的，以及自己总有一天将怎么离开人世。生活上与日俱增的麻烦原本是个累赘，而后来因祸得福。正如先前提到过的，如果鼠疫停止蔓延了，这一切本会带来良好的结果。

此后，棺材慢慢少了，裹尸布短缺，墓地空间变小了，必须采取措施。很明显的一招就是为了便利，将葬礼仪式结合在一起进行，必要时，增加医院到公墓之间运尸的来回次数。此时，李欧医院里棺木的存量减至五具。一旦装满了尸体，救护车就马上运走。到了公墓，将棺材里铁青色的尸体放到担架上，存放在棚中先等着。同时，将清空后的棺材淋上消毒剂，运往医院，重复这个过程的次数视需要而定。这个方法运用得不错，得到了省长的赞同。他甚至告诉李欧，比起历史上记载的鼠疫时期雇黑人拉尸体的情况，这次算是大大改进了。

"的确。"李欧说，"虽然埋葬过程大致一样，但我们还做了仔细记录。这次的情况算是个进步。"

　　尽管这个方法很成功，但目前在仪式上的处理方式让人感到厌恶。省府就此感到责无旁贷，禁止死者家属出席葬礼，只允许他们走到公墓门口，这还不是官方批准的，因为仪式的最后阶段有所改动。墓地的尽头，满是乳香树的一块空地上，挖了两个坑，一个埋男尸，另一个埋女尸。因此，在这方面，当局仍然考虑到了礼节，可到了后面，局势所迫，连最后仅存的礼仪也顾不得了，男人女人任意丢进坑了。庆幸的是，鼠疫快结束时，才出现了这种现象。

　　我们所关注的是那段时期，还是男女分坑，政府对此也很重视。在坑底铺上厚厚的一层生石灰，沸腾中冒着蒸汽。坑边，生石灰堆成小丘，冒出的气泡在空气中纷纷破裂。救护车完成运尸任务后，担架一路纵队抬到了坑边，那裸着身子，有点扭曲的尸体滑落进坑内，一具挨着一具，随后盖上一层生石灰，埋上泥土。泥土并不厚，以省下地方给后来者。第二天，死者最亲近的家属被要求在登记册上签字，这意味着人和动物，比如狗之间的区别，死者记入登记册后，今后可以进行核查。

　　这些工作需要大量人手，但人手总是处于不足的边缘。掘坑者、运尸人等开始是政府雇佣的，后来志愿组织起来的，很多都死于鼠疫。无论预防措施有多严格，迟早会受到感染。然而，归根结底，最使人惊讶的是在鼠疫的猖獗期间，这些工作是从来不缺人的。疫病暴发达到最高峰的前段时间出现了极其危急的时刻，医生的担心是有道理的。不管是文员的职位还是他称之为粗活的职位全都人手短缺。然而，矛盾的是，一旦鼠疫控制全城，反而使事情好办多了，因为它的蔓延造成经济活动的无序，许多人由此失业了。这些人中适合行政职位的并不多，但能干粗活的倒是有不少人选。从那时起，贫困比恐惧更能刺激人，特别是因为工作危险的通常报酬高。卫生机构手头上有工作申请名单，只要有职位空缺，就通知名单上头几个人，除非他们已经很久不工作了，否则是不会不报到的。因此，省长正迟疑要不要雇佣短刑期或是判无期徒刑的囚犯，但看来不需要采用这令人不快的措施。只要还有失业人员，就不用担心缺少人手。

直到八月底，市民们才可以被送到那长眠的地方，虽然条件不尽如人意，但至少安排井然有序，当局认为对死者已仁至义尽。不过我们得把抗疫工作的最后一关叙述一下。从八月开始，鼠疫死者的人数远远超过了墓地空间所能承受的容量。像这样凿开墓地的墙，把死者放入临近土地上的权宜之计，仍于事无补，需尽快想别的方法。首先要做的是在夜里掩埋尸体，这样可以使过程更简化。堆积在救护车上的尸体越来越多。少数无视法规的夜行者在宵禁开始后仍逗留在偏僻的郊外，或因为工作需要而去那里，经常会看到长长的白色救护车飞驰而过，单调的警铃声回荡在深夜的街道上。尸体被匆忙丢进埋尸坑，还没掉进坑底，满满一铲子的生石灰就开始灼烧尸体的脸，接着盖上泥土。随着时间的推移，那些坑也越挖越深。

不久以后，人们就有必要寻找新的空间，开辟新的方向了。通过特别紧急措施，省府征用了永久出租墓地，将尸体挖出迅速送往火葬场焚烧。很快，鼠疫受害者的尸体也得送去焚化。城外东面的一个旧焚尸炉不得不利用起来。东门岗哨的位置向外挪动，有个政府职员提出的意见很大程度上帮助了备受困扰的当局，他建议应该沿海岸公路开辟条电车路线，这些电车那时已闲置不开。电车和拖车内部的装置全都拆除以便装运尸体，路线改往焚尸炉，这样焚尸炉成了电车路线的终点站。

在夏末和秋季，每天可见没有乘客的电车沿着俯瞰着大海的悬崖边摇晃行驶。这片海域的居民马上知道是怎么回事。虽然悬崖上日日夜夜有人巡逻，但仍有少数人设法挤过岩石，电车开过时，将花扔进拖车车厢里。夏日闷热，夜色黑沉，总能听到装满鲜花和尸体的车子行驶时发出的颠簸声。

最初几天，一股恶臭的烟雾弥散在东区的上空。所有医生都认同，这种气味虽难闻，但对人没有坏处。但这个区的居民相信鼠疫的病菌会从天而降，便扬言要离开此地。结果当局安装了一个能改变烟雾方向的复杂器械，以此来平息民众的怒气。从那以后，只要强风吹过来，一股微微发臭的气味从东面而来，人们才会想起现在的环境与以往有很大的不同，鼠疫的火焰每晚都会吞噬它的祭祀品。

　　这就是瘟疫的猖獗达到顶点时产生的后果。可幸好事态没变得更糟。否则人们就要怀疑行政机关的手段、官员的能力，甚至焚尸炉的燃烧容量，是否能完成任务。李欧知道当局已提出一些孤注一掷的办法，比如将尸体抛入大海，他的脑海中已浮现出这样的海面，可怕的残骸在悬崖峭壁下方的大海里四处漂流。他也清楚如果死亡率又上升的话，效率再高的机构都将对此无可奈何。尸体堆积成山，在街上就可以腐烂，当局显得无能为力。在市里的公共场所，可以看到垂死的人带着众人可理解的仇恨和疯狂的梦想，在癫狂中死死纠缠活人。

　　就是这些可怕的景象和恐惧的心情使居民处于颠沛流离的境况中。从这方面来说，作者十分遗憾没能记录下惊天地泣鬼神的大事，比如英雄的丰功伟绩或值得纪念的伟绩，就像老故事般让人激动。可是没有比瘟疫更耸人听闻的事了，大的灾难拖得时间很长，一般都是十分单调乏味的。经历过的人回忆起鼠疫期间那段阴森森的日子并不像熊熊烈火般燃不尽，烧不完，而像某种可怖的东西蓄意而缓慢地践踏一切。

　　不，鼠疫和疫情暴发时萦绕在李欧脑海里壮观的景象没有共同之处。这是一个狡猾的对手，要对付他就要做到天衣无缝，一网打尽。顺便说一句，笔者为了忠实于事实和自己，旨在做到客观。为了保留故事的艺术效果，不做任何改动，除非为了达到故事的连贯性，才会这么做。出于这样的顾虑，他只得承认，虽然最深沉、最普遍的痛苦是别离，但有义务把鼠疫之后发生的阶段详细描述一下，不可否认，甚至这种痛苦本身也失去了其沉重的一面。

　　那些对离别之痛感触最深的市民能不能适应没有亲人陪伴的环境呢？如果说能适应，那么这与事实是不符的。更确切地说，他们在情感上和身体上日益消瘦、日益萎靡不振。鼠疫发生初期，他们清晰地记起别离的爱人，和那相思之痛。虽然脑海中清晰浮现出爱人的音容笑貌，虽然无法忘怀种种幸福快乐的时光，可每当陶醉于回忆中时，他们无法想象远处的人在干什么。总之，是带着记忆而非想象度过那段艰难岁月。可在鼠疫的第二阶段，连回忆也不管用了。他们并非忘记了爱人的脸庞，而是，失去了爱人的肉体，回忆只剩下空白。其实都一样。

在开始的几个星期中，他们抱怨魂牵梦萦的爱人只剩下了个影子。后来意识到这个影子悄无声息中渐渐淡去，失去了那记忆中的一片色彩。长期分离以后，他们已无法想象曾经的情意绵绵，也无法理解曾经有那么个人融入到自己生活的情景。

从这方面来说，他们适应了鼠疫的境况，这境况越平淡，他们就越能适应。没有人还拥有什么高尚的情操，所有人的情感单调如一。"是时候停了。"人们这么说，因为灾难降临时，期盼能早日结束，而实际上，他们也确实这么盼望的。但讲这些话时，初期的激情和怨气已不存在，模模糊糊的头脑里仅仅存留着几点清晰的观点。开始几周的愤怒反抗已被消沉的意志所代替，如果说这是委曲求全显然是不对的，因为这种状态是被动的，只是暂时的顺从。

市民们同心同德，就像人们所说的，已经适应了环境，因为这是唯一的办法。当然他们仍会保留伤心和痛苦的心态，但却感受不到疼痛了。确实，包括李欧在内的一些人，认为这正是最令人沮丧的事，习惯于绝望的境遇比绝望的境遇本身更糟。迄今为止，分居两地的人并非算是真正的不幸，他们的不幸中带有一线希望，而现在连这一线希望都逐渐消失了。他们在街角、咖啡馆或朋友的家里，无精打采、漠不关心，表情如此倦怠，以致整座城市因为有了他们，看上去就像个候车室。那些有工作的人处理事务时是按鼠疫的发展速度来，枯燥乏味，一贯如此。每个人都变得谦虚谨慎。谈到与爱人的别离，第一次不再感到心中郁闷，他们用的是相同的语言，以看待瘟疫最新数据的态度来看待他们的分离。以前他们拒绝将个人的不幸和集体的痛苦一概而论，但现在把事物混为一谈。没有回忆，没有希望，他们活在当前。确实，对他们来说，此时此地意味着一切。毋庸置疑，鼠疫抹杀的不仅是爱情而且是友谊。因为爱情自然希望有个未来，但除了当下此刻，其余所剩无几。

然而，对这困境的讲述只交代了大致情况，虽然所有的别离者最终会进入这样的境地，但那还分先后。另外，一旦到了这种田地，灵光乍现，记忆破碎，触动了这部分流亡的年轻人敏感的神经，于是他们开始着手计划鼠疫结束后的生活，或者会出乎意料地感到一种不知所以的猜忌的刺痛，其他人在一星期的某几天突然神采奕奕起来，抛开垂头丧气的样子，因为当爱人还在身旁时，他们就习惯在星期天和星期六下午参加娱乐活动。有时夜幕降临，忧郁的感情爬上心头，意味着往事又在脑海中浮现，而这种感情并不令人愉快。夜晚时分是信徒忏悔的时刻，但对于囚犯和流亡者来说，是最艰难的时刻，因为他们无从忏悔，只有空虚感。一会儿，他们陷入紧张的状态，但之后，又倦怠起来，再一次身处囚禁中。

这种情况意味着放弃生活中更隐私的部分，而鼠疫初期，人们脑子里想的尽是琐碎之事，不关心别人的生死，只在乎自己的私事。现在，他们开始想人所想，和大众的想法一致，甚至爱情也变得抽象起来。他们完全受鼠疫的控制，有时，竟神思恍惚，渴求长眠："要是我得了鼠疫该多好，真是受够了。"但实际上，他们已恍如梦境，这段时期对他们来说只不过是南柯一梦。城市里满是白日做梦的人，偶尔几个晚上，愈合的伤口猛然迸开时，才会如梦初醒。惊醒过后，他们茫然而好奇地触摸着伤口处，嘴角一抽，却瞬时悲痛起来，爱人悲伤的面容突然在眼前浮现。一到早上，他们又回到平时的境况，换言之，就是又得在鼠疫的肆虐下死命挣扎。

人们要问，别离者给人的印象是什么呢？很简单，没有留下什么印象。换句话说，他们和别人一样，非常平凡。他们共同经历着城市的麻木不仁和孩子气的浮躁，完全失去了批判精神，神态也变得若无其事了。比如，他们中最聪明的人装得像其他人一样看报听广播，希望从中推论出鼠疫不久将要结束，似乎抱着不现实的幻想，或是读了无聊到打哈欠的新闻记者胡编乱造的报道，便过分恐惧。同时，人们不是喝喝啤酒，就是照料病人，不是萎靡不振，就是精神疲乏，不是整整文档，就是放放唱片，和别人没什么不一样。换言之，他们不能再挑三拣四，因为鼠疫把每个人的辨别力消磨了，所以没有人再会为衣服和食物的品质而伤脑筋了，事事顺其自然，一概不拒。

　　最后，应当说明的是那些两地分居的人无法享有占有爱人的奇怪特权，由此失去了爱情的自私心理，从中得到的好处也成为泡影。现在至少，情况很清楚，灾难关乎每个人。城门口回荡着砰砰的枪声，印章有节奏地敲出了人们的生与死，一份份档案，一场场火灾，一次次恐慌，通过手续登记下不体面的死亡。伴随着有毒的烟雾和喑哑的救护车警铃声，所有人啃着流放者的馊面包，不知不觉中等待着奇迹的出现，共同的重逢和共同的安宁。毋庸置疑，爱情持久永恒，可毫无用处，没有生机，就像牢狱生活那样枯燥乏味，爱情是没有结果的忍耐，却还顽固地期待。从这方面来说，一些市民们的态度让人想到食品店门口排着长队的人，相同的逆来顺受、长期受辱、不抱憧憬，没有出头之日。仅有的不同之处是这种精神状态远远弱于和亲人的分离之痛，后者已达到一种不知足的饥肠辘辘的状态。无论如何，要对这些流亡者的感受有个正确的概念，就必须再次回忆起朦胧烟尘、沉沉暮色中，那一成不变的夜幕笼罩在没有树荫的街上，这时，男男女女摩肩接踵，拥入街头。最后一片晚霞沐浴下的露台上能听到的已不再是城市里平时都有的机车声，而是喃喃低语声以及永不停歇的脚步声，闷热的天空中，连续不断的低沉声和着鼠疫可怕的呼啸声，一大群路人踌躇不前的脚步声，永无休止、沉闷的窃窃私语声，逐渐充满整座城市，一晚又一晚，这声音至真至悲，盲目忍耐中取代了心中爱情的地位。

第4章

到了九月和十月，奥兰任凭鼠疫的摆布，饱受摧残。几十万市民一周又一周无所事事，只能没完没了地消磨时间。雾霭、热浪和大雨接踵而至，天气变化多端。从南方而来的一群群欧椋鸟和画眉鸟悄无声息地从高空飞过，对这座城市避而远之，好像帕纳卢神甫所描述的瘟神在屋顶上空挥舞着巨大的长矛，发出刺耳的声音，把它们都吓跑了。十月初，瓢泼大雨把街道冲刷得干干净净。这段时间内，人们旷废时日，停滞不前。

李欧和朋友们都感到精疲力竭。说实在，卫生防疫组织的成员已经忍受不了这种劳累。李欧医生意识到自己和朋友们都发生了奇怪的心理变化，对凡事都漠不关心。比如，以前这些人会非常关注所有关于鼠疫的新闻，而现在却置之不理。兰伯特临时负责起隔离站，他住的旅馆已经改作隔离病房了，在隔离观察下，他能随时说出病房确切人数。他制定的那套规则的细节部分已深深印刻在他脑海里，一发现鼠疫病症，就立即对病人进行转移。对隔离病人使用的血清的效用数据，他都记得很清楚。然而，他无法说出每星期死于鼠疫的总人数，甚至不知道死亡率在上升还是下降。尽管如此，他还是期待有一天能逃离此地。

至于其他人员，孜孜不倦、通宵达旦地工作，他们既不看报也不听广播。如果有人告诉他们意想不到的发现时，他们虽会表现很感兴趣的样子，但事实上听到新闻时，却无动于衷。可以想象抗战中的战士已疲惫不堪，只对自身的职责心无旁骛，甚至对决战和休战不抱什么希望了。

格兰德虽然仍有条不紊地计算有关鼠疫的数据，但他无法说出数据背后意味着什么。他不像李欧、兰伯特和塔鲁那样看上去就精力充沛，他的身体状况一直不佳。除了市政府的工作以外，他还是李欧的秘书，并且晚上还得忙于文学创作。人们可以看到精神疲惫影响到他的状态，但幸亏有两三个计划促使他不断前进，其中一个是在鼠疫结束后，彻底休息至少一个星期，另一个计划是致力于使人"脱帽致敬"的工作。有时，他也会变得多愁善感起来，在这种情况下，他会向李欧吐露心声，谈起珍妮，不知道她在何方，以及她在看报时会不会惦记着他。有一次，李欧用十分平淡的口气和他谈到自己妻子的事，出乎格兰德意料的是，这在以前他从来不会谈这些的。

他妻子给他发的电报里一直是报喜不报忧，对此他有些怀疑，于是决定发一个电报给那个疗养院的内科医生。对方回复说他妻子的病情已经恶化了，但他会竭尽全力控制病情。李欧将此事深埋心底，只有在极其紧张疲劳的时候，他才会释放开，把这件事告诉格兰德。向医生提到珍妮以后，格兰德又问起他妻子的状况，得到医生的回答后，他就说："您知道，这种病现在是能够治好的。"李欧表示赞同，如果不是因为城市长期隔离，他早就已经帮助妻子恢复健康了。而她现在肯定感到十分寂寞。随后，他沉默不语，对格兰德的问题也只是含糊其辞。

其他人的遭遇也差不多，塔鲁更能适应状况，不过从他笔记中可以看出他爱刨根问底，探索深层次的东西，却不如以前多样化了。确实，在这段时期中，他只对科达感兴趣。旅馆改成隔离病房后，他就搬到李欧家里住。格兰德和李欧谈论一天的数据情况时，他并不关心。只要听到他们在说，他就把话题转到他最喜欢的内容，奥兰日常生活的细节。

相比之下，卡斯特尔医生显得更筋疲力尽。一天，他过来告诉李欧血清已准备就绪，他们决定要在奥东先生的儿子身上做第一次试验，他儿子的病情本来似乎是无药可救的。医生把最近的数据告诉卡斯特尔时，那位老朋友已瘫倒在椅子上，睡得很香。老朋友脸上表情的变化让李欧十分吃惊。平时，卡斯特尔脸上总会露出仁慈而讽刺的表情，显出他的活力四射，而此时他的脸不再神采奕奕，半张的嘴边挂着一丝睡沫，泄露出他的年老体弱和精力耗竭。看到这里，李欧的喉咙哽咽了。

每次陷入悲伤时，李欧都能感受到疲惫感。他情感脆弱，控制不了。平日，他总是压抑自己的情感，变得铁石心肠起来，有时也会变得敏感，似乎要完全崩溃了，受尽感情的折磨。他没有办法只能束缚情感，让自己心肠变硬，以便自我保护。他知道这是唯一能继续下去的办法。不管如何，他留下那仅有的幻想也被劳累消磨掉了。他知道，在这看不到头的一段时期内，他的职责不再是治疗而是诊断。发现、观察、描述和登记，然后宣告病人患了不治之症，这就是他目前的工作。有时，一个女人抓住他的衣袖，撕心裂肺地大叫："医生，您会救他的，对吗？"但是他在那不是为了救人命，而是为了下令隔离。他看到那些人的脸上充满憎恨，可这憎恨是无用的。"您没心没肺！"有一次一个女人这么对他说。不过，她错了，李欧是有的。正是这铁石心肠，使他能夜以继日地工作，看着原本该活的人死去。正是这铁石心肠，使他每天能开始新的一天。这心肠只够做到这些，还怎么够救人性命呢？

在这繁忙的时期，他提供给人的不是医疗援助，而是信息资料。当然，人们会认为这不算真正的工作，但是，归根结底，对那些胆战心惊、数量骤减的人群来说，有谁还会从事真正的工作呢？其实，在李欧看来，疲劳是因祸得福。如果哪一天不那么疲劳了，他就会警觉起来，那到处蔓延的死亡气息必然会使他多愁善感。但当一个人只睡四个小时，他就不会那么牵肠挂肚了。如实对待事物，也就是要用公正的原则看待事物，一种丑陋而无知的公正。那些气息奄奄的人也同意他悲观的看法。鼠疫发生前，人们把他看作是救星，几粒药丸和一剂针药就能让人恢复健康。人们挽着他的胳膊，一路走到病房。虽然有染上疾病的危险，但这是快乐的事。现在，正相反，他由士兵陪着，必须用枪把砸门，直到病人家属把门打开，就好像他们想把这一家子拖到坟墓去，也把全人类拖到坟墓去。确实，毫无疑问，人们不能过孤苦伶仃的生活，他和那些痛苦的人一样无助，也同样应该得到同情，因为一旦他离开这些痛苦的人时，就会自然产生同情心。

在这些没完没了的日子里，这就是萦绕在医生脑海里的想法，同时还夹杂着和妻子别离的痛楚思绪。从他朋友们的脸上也可以看出这些想法。参与鼠疫斗争的所有人渐渐开始疲乏，这种疲乏所产生的最危险的影响，不在于对外界事物以及对他人感情漠不关心，而在于他们自己对心不在焉听之任之。他们有一个倾向就是凡是不是绝对必要的事，或需要花大力气做的事，就都逃避不做。因此，这些人越来越经常打破他们定下的卫生规则，对于许多消毒措施，他们疏忽了其中的一些，有时甚至不进行预防措施，就连到鼠疫病人家去，因为他们是最后一刻接到通知去病人家里，有时嫌费事就不去离得很远的卫生服务中心给自己打很有必要的预防针。这存在着真正的危险，投身于抗疫战争倒使他们更易患上疾病。总之，他们在赌运气，但运气是可遇不可求的。

然而，有一个人似乎既没有无精打采，也没有垂头丧气，还显露出一副得意洋洋的神色，他就是科达。和李欧和兰伯特交往的过程中，他总是保持疏远的状态，但是他却乐意与塔鲁结交朋友，只要他一有空闲时间，科达就会去看他。一方面，塔鲁很了解他的状况，另一方面会热情接待他，让他感到轻松自在。塔鲁身上有一点引人注意，不管工作有多繁重，他既是个平易近人的倾听者，也是个令人愉快的同伴。即使有几个晚上他完全累坏了，但第二天就会焕发出新的活力。"我和塔鲁聊得来，"科达曾经对兰伯特说，"因为他好心肠，通情达理。"

在这段时期里，塔鲁的日记内容渐渐集中到科达的个性上。塔鲁试图以自己的理解或是科达告诉他的想法来反映出科达的真实个性。以《科达和鼠疫的关系》为标题的日记内容占了笔记本的好几页纸。笔者看来，有必要在这里总结一下。

塔鲁把对科达的总的印象概括为"他的性格在日趋完善，变得和善起来。"对科达来说，没有什么过不去的坎儿。有时，他在塔鲁面前说出了他的真实想法："情况变糟了？反正，大家的处境相同。"

"当然，"塔鲁写到，"他和别人一样面临着死亡的威胁，但重要的是他和大家同舟共济。我很肯定他并不真的认为他会得鼠疫。他会胡思乱想，可明显有个观点牵强附会，深受严重疾病或沉重焦虑的煎熬时，是不会再有别的疾病或焦虑。他对我说：'您注意过，有人会同时染上两种疾病吗？假设您得了不治之症，就像癌症或肺结核，您就永远不会得鼠疫或斑疹伤寒症的，这在生理学上是不可能的。说得过分点，您听说过癌症患者死于车祸的吗？'这种看法不管怎样，让科达欢欣鼓舞。他最讨厌的就是被隔离起来，他宁愿和他们一样被围困在一起，也不愿成为孤独的囚犯。鼠疫肆虐时，警察的盘问、跟踪和逮捕等都停止了，如今，警察局也好，旧的或新的罪行也好，罪犯也好，全都化为泡影，只有被鼠疫判有罪的人才会祈求它专横跋扈的赦免，这其中还有警察自己。"

因此，根据塔鲁所说的，科达有充分的理由以通情达理、宽容迁就和心满意足来审视周围人们的精神错乱和心理忧虑，他的表情好像在说："瞎扯吧，我可比你们经历得早。"

"我告诉过他，"塔鲁继续说，"不孤立的最有效的办法就是问心无愧，他眉头紧蹙地说：'如果真是这样，每个人都会被孤立开来的。'过了一会儿，他补充说：'您怎么说都行，塔鲁，不过我得告诉您，使人们聚在一起的唯一方法就是让他们中鼠疫的咒。您看看您周围的情况吧。'当然我明白他的看法，也明白现在的生活方式让他感到多么惬意。他没有意识到人们的反应常常和他相同；大家都努力和他人一团和气；有时候乐于助人表现在给迷路的人指路，也有时候怒容满面；人们拥进豪华的饭店，兴高采烈，坐在那里都不愿离开了；每天在电影院外排队，把剧院、音乐厅甚至舞厅挤得水泄不通，吵闹的人群像洪水般涌入广场和大道；逃避人与人之间的接触，尽管如此，对人性温暖的渴求促使人们互相靠近，摩肩接踵。科达显然已经经历过这些，就凭他的嘴脸，只有女人例外。我想当他想上妓院时，他总会担心某一天给自己招来臭名，所以就控制住了自己。

"总之，鼠疫给他带来了好处。鼠疫使这个憎恨寂寞的人成了它的同谋。是的，'同谋者'是适合他的，他就是从共谋中获得乐趣的。他兴致勃勃地看到那些人带着迷信、毫无根据的恐惧、敏感的神经；尽少谈论鼠疫，却又总提及它的固执想法；对于微微的头痛表现出的极度恐惧，因为他们知道头疼是得鼠疫的早期症状；还有他们易紧张和生气的脾气，这让他们会因为别人的疏忽而动怒，或是因为丢了一粒裤子纽扣而流泪。"

塔鲁经常和科达在晚上一起外出。他在笔记里描述他们如何在夜幕降临时，挤进黑压压的人群中，摩肩接踵地混在人群里，每盏灯之间隔着一段距离，灯光忽明忽灭。他们跟随人群去寻欢作乐似乎要防止鼠疫的侵袭。几个月前，科达在公共场所寻找奢侈而挥霍的生活，这是他朝思暮想却无法得到的纵酒狂欢的生活，而现在所有人随波逐流。虽然物价不可避免地高涨，但人们从来没有像今天这样挥霍无度，虽然人们经常缺少日常必需品，却从未像今天这样把大把的钱花在奢侈品上。由于失业率增长，所有休闲娱乐活动成倍增加。有时，塔鲁和科达在一对多情的情侣身后跟了好一会儿。这对情侣过去总是偷偷摸摸，而现在却在大街上光明正大地相互依偎，心神陶醉，沐浴在爱河里，旁若无人。科达沾沾自喜地说："不错啊！加油！"正如塔鲁写的，科达在群众狂热的气氛中，看到这堂而皇之的打情骂俏，听到咖啡桌上一片丢小费的响声，说话声音也变响了。

　　然而，塔鲁认为科达的态度中不存在什么敌意。他说过的"我已经历经磨难"，与其说是一种成就感，不如说是一种心酸感。"我怀疑，"塔鲁写道，"他开始关爱起关在城墙内，头顶一片小小天空的人们，比如，只要有机会，他就会向他们解释，其实鼠疫没有他们想得那么糟糕。'您听听他们怎么说的。'他说，'鼠疫结束后，我要做这做那。他们不想过安稳日子，倒想自讨苦吃，甚至不知道自己的优势。那我举个例子，我能说：在我被捕后我要做这做那吗？被捕是事情的开始，而不是结束。然而鼠疫……您知道我是怎么想的吗？他们发愁的原因仅仅是因为不让他们走。我可不是满口雌黄。'"

　　"的确，他并不是满口雌黄。"塔鲁写道，"他了解居民们矛盾的生活方式，虽然他们对人与人之间相互接触有本能的强烈欲望，但由于猜疑，导致双方的距离拉远，因此他们极为谨慎。人尽皆知，人们是不能轻信自己的邻居，因为他会在不知不觉中，在对方疏忽怠慢的时候，将疾病传染给对方。若有人像科达那样，花上数天的时间在他亲近的人里发现密探，就能很容易理解这种心情，同时也能同情有这些想法的人，他们在不慎防备时或在庆贺安然无恙时，鼠疫突然间降临到他们身上。他在恐怖感笼罩下，尽可能仍安然自得。但就是因为他在别人之前就历经沧桑，所以我怀疑他没有完全感受到别人遭受的惶惶不安的痛苦。归根到底，跟我们所有人还没有死于鼠疫的人一样，他充分意识到自己的自由和生命随时可能被剥夺。但由于他自己体会过老是处于恐惧状态的感受，他认为让别人来体验一下，也是很正常的。或者该这么说，在他看来，在这种情况下，大家都分担恐惧要比他一个人独自承受要强得多。在这方面来说，他想错了，这使他要比其他人更难被了解。然而，这就是为什么他比别人更值得我们了解的原因。

　　塔鲁的笔记末尾处讲述了一件事，说明了鼠疫横行下的科达和别的市民一样有着一种奇怪的心理状态。这件事大致解释了那个时期令人发狂的气氛，正因为此，笔者认为它很重要。

　　有天晚上，科达邀请塔鲁去市歌剧院看格鲁克的歌剧《俄耳甫斯与欧律狄克》①。此剧的巡回剧团在春天时来到奥兰演出。由于鼠疫的暴发，剧团处于孤独无助的境况，于是与市歌剧院达成协议每周重演一遍这部剧。因此，几个月来，每到星期五晚上，歌剧院里回荡起俄耳甫斯凄哀的歌声和欧律狄克无助的诉求。然而，这部歌剧仍然备受青睐，经常座无虚席。科达和塔鲁坐在票价最高的正厅前座，周围坐满了奥兰的社会名流。看到他们是如何小心翼翼地走到座位旁，优雅端庄，两人感到十分有趣。舞台灯光的大片强光照射下，乐师小心调音，穿晚礼服的人们从一排座位走到另一排座位，彬彬有礼地向朋友们鞠躬问好。在文雅的轻声交谈中，他们找回了原本走在黑暗的街道上失去的自信，晚装的迷人魅力抵抗住了鼠疫。

在整个第一幕中，俄耳甫斯为他失去的欧律狄克唱出幽怨的伤感，曲调荡气回肠。旁边几个穿长外衣的女人声泪俱下地讲述了他的痛苦遭遇，然后他用小叹咏调唱出了他情深似海的感情。观众欣赏歌剧时，报以沉稳的掌声。只有少数人发现第二幕的歌声中，俄耳甫斯带有不应有的颤音，在用眼泪向冥间的神灵乞求时，声音传递出近似夸张的感情。他的身体不停抖动着，还十分陶醉，而戏剧行家却把这种动作当作是头脑灵活的表现，认为有点夸张的效果倒是表达出了歌曲的情感。

到了第三幕，俄耳甫斯和欧律狄克唱二重唱时，恰恰在那个时候，欧律狄克与爱人分别时，剧院里出现了人们惊讶的神情。好像这位男演员正在等待观众的这反应，更好像是来自正厅的微弱响声

① 这部歌剧是德国音乐家格鲁克（1714—1787）谱写的。《俄耳甫斯与欧律狄克》讲述的是希腊神话一段感天动地的爱情故事。在希腊神话中，俄耳甫斯是太阳神阿波罗和司管文艺的女神卡利俄帕的儿子。自从妻子欧律狄克被毒蛇夺取生命后，俄耳甫斯痛不欲生，在爱神的帮助下他义无反顾前往冥府解救妻子，但有两个条件：第一，在返回的路上，他不能回头看欧律狄克；第二，此戒令不可外泄。结果在回来的路上俄耳甫斯抵御不住对妻子的思念，回过头看了她一眼，导致妻子第二次死去。被人类和众神遗弃的俄耳甫斯想到了自杀。

证实了他当时的感受，他选定这个时刻穿着古装，伸开四肢，步履蹒跚，怪异地走到舞台脚灯那，在道具羊圈中倒了下去，看上去格格不入，观众感到，这个场景真是糟糕。同时，乐队停止了演奏，观众们站起身陆续离场，起先鸦雀无声，就像教徒做完礼拜离开教堂，又像和死者告别后走出停尸房，女人们提着裙子，低头离去，男人们手挽着女伴离场，避免让她们碰到过道旁的翻椅。但渐渐地人们动作加快了，从交头接耳变成大声尖叫，最后，人群蜂拥而至出口，挤在一起，涌向大街，一片混乱，大声叫喊。

这时，科达和塔鲁站起身，俯视着这生活中戏剧性的场景，舞台上是鼠疫装扮成关节外倾的演员，剧院里奢华的装饰物品以及红色豪华座椅上被遗忘的折扇和花边披巾。这一切都是毫无用处的。

九月的头几天，兰伯特和李欧一起勤恳工作。他只请了几个小时的假，因为当天他要在男子中学外面见冈萨雷斯和那两个年轻人。中午，冈萨雷斯守约了，正和记者聊天时，看到那两个年轻人笑着向他们走来。他们说上次运气不好，不过这是可以预料到的。总之，这星期没有轮到他们值班，兰伯特只能耐心等到下个星期，这样就能再试一次。兰伯特同意干这行的需要耐心。冈萨雷斯建议下星期一再见次面，而这次兰伯特最好能住到马塞尔和路易斯家里。冈萨雷斯说："我们约个时间，如果到时我不来的话，你就直接到他们家去。我会把地址告诉你的。"但马塞尔还是路易斯告诉他说，最可靠的办法是带他的朋友立刻到他们那去，如果他不挑剔的话，家里有足够让四个人吃的食物。这样，他就知道住所地址了。冈萨雷斯认为这是个好主意，于是四个人就向港口走去。

马塞尔和路易斯住在码头附近的郊野，靠近通往悬崖边的关卡。这是一幢西班牙小房子，花花绿绿的百叶窗，阴暗的空房间。年轻人的母亲是个满脸皱纹、面带微笑的西班牙老妇。她用大米饭作为主食来招待客人。冈萨雷斯显得很吃惊，因为城里已有一段时间不供应大米了。马塞尔解释说："我们在城门口附近想的办法。"兰伯特热情洋溢地边吃边喝，冈萨雷斯夸奖他好样的。而事实上，那名记者只想着下星期会发生的事。

原来他还要等两个星期，为了减少轮班的次数，一次值班时间延长到两个星期。在两周里，兰伯特几乎闭着眼睛从黎明到深夜不知厌倦地拼命工作。他很晚才上床睡觉，而且经常睡得很熟。从懒散的生活突然转变到没日没夜的工作，使他几乎丧失了思考和活力。他很少谈到即将出逃的事。只有一件事值得注意，一星期后，他向医生坦白，有天晚上，他第一次喝醉了。离开酒吧时，他觉得自己的腹股沟开始肿胀，活动双臂时有疼痛感。他想他得病了。他坦诚地告诉医生，他唯一的反应很可笑，就是跑到上城区，在一个小广场上仰望辽阔的天空，虽然看不到大海，在那大声呼喊他妻子的名字，喊声穿过城墙。回到屋里，他没有发现自己身上有任何鼠疫的症状，于是为自己的这种做法感到有点惭愧。然而，李欧说他很理解在这种情况下会变得冲动，但是，不管怎样，在这样的形势下，人们很有可能会那样做的。

兰伯特向李欧道别时，李欧突然说："今天早上，奥东先生向我提到了您，他问我是否认识您，我说认识。然后他问：'如果他是您的朋友，就劝他不要和走私犯来往。这样肯定会引起别人的注意。'"

"这是什么意思？"

"意思是您得快点行动了。"

"谢谢。"兰伯特握住医生的手说。

他走到门口突然转过身。李欧发现自从鼠疫暴发以来，兰伯特第一次笑了。

"那么您为什么不阻止我走呢？您很容易做到的。"

李欧以一向沉稳的态度摇了摇头。这是兰伯特自己的事，他说。兰伯特已选择了幸福。而他也就没什么理由反对。像兰伯特这样的情况，他自己没法断定哪是好的，哪是坏的。

"如果是这样的话，为什么要叫我赶紧行动？"

现在轮到李欧笑了。

"也许因为我也想为幸福做点事吧。"

第二天，虽然绝大多数时间他们还在一起工作，但没有提到那个话题上。第二个星期，兰伯特搬进了这幢西班牙小贩子里。他睡在卧室里的一张床上。由于俩兄弟不会来吃饭，而且还告知他尽量少出门，他通常单独待着，偶尔会和年轻人的母亲聊聊天。她身体纤弱，但总是忙忙碌碌，穿着黑衣服。一头白发下一张长满皱纹的棕色的脸。她不是很健谈，看着兰伯特时，只是笑脸盈盈。

有时，她问他担不担心把病传给他的妻子。他回答可能会有这种危险，但可能性不大。可如果他留在城里，那么他俩永远分别的可能性就很大了。

老妇人微笑着问："她人好吗？""很好。"

"漂亮吗？"

"我想是的。"

"啊！"她点头同意说，"这就说得通了。"

兰伯特若有所思。毫无疑问那是可以说得通的，但那不是唯一说得通的理由。

老妇每天早上要做弥撒，她问兰伯特："你不信上帝吗？"

兰伯特承认他不信，于是她又说："这就说得通了。你是对的，应该回到她身边。否则，你留在这还有什么意义呢？"

兰伯特大部分时间都在房间来回踱步，茫然地望着刷着厚厚涂料的墙壁，漫不经心地拨弄着墙壁上装饰用的扇子，或者数数台布边的羊毛球。到了晚上，年轻人回来了，没说什么，只说了声时机还未到。饭后，马塞尔弹吉他，大家喝茴香酒。兰伯特似乎想得出神。

星期三，马塞尔告诉他："明天半夜及时准备好。"还有两个和他们一起值班的人，一个得了鼠疫，而另一个因为和他同处一室，已经被隔离观察了。因此在两三天内，只有马塞尔和路易斯值班了。晚上，他们得搞定最后的细节问题，这样就能指望他们把事办成了。兰伯特表示感谢。

"高兴吗？"老妇问道。

虽然嘴上说是，但脑子里却想着另外的事。

第二天，天气又热又潮湿，太阳蒙上了一层热雾。死亡总人数又上升了。但是西班牙老妇却仍然很平静。她说："这世上有太多的邪恶，你还指望什么呢？"

像马塞尔和路易斯一样，兰伯特光着上身，但尽管如此，汗水还是从他的胸部和肩胛骨之间流了下来。在紧闭的房间和昏暗的灯光下，他们的上身呈发亮的棕色。兰伯特继续在房中徘徊，一语不发。下午四点时，他突然说他要出去。

"别忘了，"马塞尔说，"午夜一切准备就绪。"

兰伯特走到医生家里。李欧的母亲告诉他，他可以在上城区的医院找到他儿子。在入口处总有一群人踌躇不前。一个长着水泡眼的警官大声叫嚷道："快走，快走！"人群虽然走动了，但还是在徘徊。那名汗水湿透上衣的警官叫道："站在这里也没用。"他们知道没有用，尽管酷热难忍，但他们还是待在原地。兰伯特向警官出示了通行证，然后被告知去塔鲁的办公室。办公室的门对着院子。他碰到了刚从办公室走出来的帕纳卢神甫。

这间刷成白色的小房间里，弥漫着一股药味和湿布的味道。塔鲁坐在一张黑色的木桌后，袖子卷起，拿一块手帕擦拭肘部的汗水。

"您还在这？"塔鲁问。

"是的，我想和李欧谈谈。"

"他在病房里。要是您能解决的问题，就不要找他了。"

"为什么？"

"他太过劳累了。我有事也尽量不找他。"

兰伯特看了看塔鲁，陷入了沉思。他瘦了，双眼模糊，面貌消瘦，疲惫不堪，一副宽肩也塌下来了。门外有人敲门，一个戴白口罩的男护理走了进来。他把一沓病历卡放在塔鲁桌上，透过口罩，声音厚重，说了声"六个"，接着就走出去了。塔鲁看着记者，把病历卡摊成扇形给他看。

"好看吧？这些是昨晚病死的人的病历卡。"他眉头紧蹙，把卡片收了起来说，"剩下唯一要做的事，就是结账了。"

他紧抓住桌子，站起身，说："您马上要动身了吗？"

"今天半夜。"

塔鲁说他很高兴听到这个消息，叫兰伯特多保重。

"你说这话是发自内心的吗？"

塔鲁耸了耸肩膀。

"像我这种岁数的人说话都得真诚。撒谎太费力了。"

"请见谅，塔鲁。"记者说，"我很想见一下医生。"

"我知道。他比我更通情达理。好吧，跟我来吧。"

"不是那样的。"兰伯特一下口吃，突然不说话了。

塔鲁看看他，随后出人意料地破颜一笑。

他们走过一条狭窄的通道，两面的墙漆成淡绿色，连灯光也是灰绿色的，仿佛身处于水族馆。走道尽头有两扇玻璃门前，他们看到门后有几个人影隐约在移动，塔鲁把兰伯特带到一个小房间，四周都是壁橱。他打开其中一个壁橱，从灭菌器里拿出两只纱布口罩，递了一只给兰伯特，并告诉他戴上。记者问他是否有用。塔鲁说没有用，但可以让人放心。

他们打开玻璃门。里面是个大房间，尽管夏日炎炎，所有窗户还是都关闭着。天花板旁的电风扇在唧唧作响，搅动着两排灰色病床上方浑浊而燥热的空气。房间内四处响起呻吟声和尖叫声，混合于一片单调的哀号声。强光射进高高的铁栅栏窗户，穿白衣服的男人缓慢地走来走去。病房里的酷热让兰伯特感觉不自在。李欧正在俯身查看一个呻吟的病人，兰伯特几乎认不出他来了。医生正在切开病人的腹股沟，而一边一个护士帮忙把他的双腿分开。李欧站直身时，一个护士把托盘递过来，他把手术刀具扔进盘里，动也不动地注视着那个伤口正在包扎的病人好一会。

塔鲁走近时，他问："有什么消息吗？"

"帕纳卢神甫准备代替兰伯特在隔离站的工作。他在那已经做了很多有意义的事。剩下的就是在兰伯特走后重组防疫第三小组。"

李欧点点头。

"卡斯特尔已经准备好第一批血清。"塔鲁回答说，"他赞成立刻做一下试验。"

"不错。"李欧说，"这是个好消息。"

"还有兰伯特来了。"

李欧回过头，看到记者时，口罩上的双眼眯了起来。

"您为什么来了?"他问，"您现在应该在别的地方吧?"

塔鲁解释说事情要在半夜搞定，兰伯特补充说："就是这个意思。"

只要他们中的任何一个人说话时，纱布口罩就隆起来，嘴唇边湿润了。给人一种不现实的谈话感觉，仿佛是在跟雕像说话。

"我想和您说几句话。"兰伯特说。

"好，我正好要走了。到塔鲁办公室等我吧。"

过了一会儿，兰伯特和李欧坐在李欧汽车的后座上，塔鲁坐在前面开车，发动车子时，他转过头，说："没油了。明天我们得步行了。"

"医生。"兰伯特说，"我不走了，我想留下来和你们在一起。"

塔鲁无动于衷，继续开车。李欧似乎仍然十分劳累。

"可是她呢?"他小声说道。

兰伯特说他经过深思熟虑，想法虽没有改变，但假如他走了，他会为自己感到羞愧，而且还会妨碍到他和那个深爱着的女人的关系。

李欧精神抖擞起来，告诉他说这完全是胡扯，追求幸福没有什么羞耻感。

"当然。"兰伯特回答说，"但是如果只追求自己的幸福，那就是可耻的。"

一直没有说话的塔鲁头也不回地说，假如兰伯特愿意分担别人的不幸，那么他就没有时间去享受自己的快乐了。所以必须要做出决定。

"我不这么想。"兰伯特说，"我以前一直觉得自己是外地人，我也不关心这里的人。但现在我亲眼所见发生的事，我知道，不管我愿不愿意，我是这里的人了。这事和人人都有关系。"两人都没吭声，兰伯特似乎生气了："你们和我一样明白这点的，否则你们在这医院做什么呢?你们有没有做出明确的选择并且拒绝了幸福?"

李欧和塔鲁仍然沉默不语，直到汽车开到医生家附近时，兰伯特用更加强调的语气又提出他的最后一个问题。

只有李欧转过身看着他，费力地直起身。

"请原谅，兰伯特。只不过我并不明白这点，但如果您愿意的话，就和我们待在一起吧。"汽车突然转向一边，打断了他的话。然后，他直视前方，说："世界上没有一样东西是值得人们为了它而放弃爱情的。然而不知道为什么，我也放弃了爱情。"他深陷在沙发上，疲倦地说："事情就是这样，我无能为力了，让我们承认这一事实，并由此总结出些结论来吧。"

"什么结论？"

"啊！"李欧说，"我们是不可能在给别人治病的同时，就知道结论的。我们还是尽快治疗病人吧，这才是要紧的事。"

到了半夜，塔鲁和李欧给兰伯特看他将要监督的那个区的地图。塔鲁扫视了下手表，于是抬起头，正好和兰伯特的目光相遇。

"您告诉他们了吗？"他问。

记者把视线挪开。

他费力地说："我来看你们之前，就已经写了条子叫人送过去。"

卡斯特尔研制的血清将在十月底做第一次试验。实际上，这是李欧的最后一张牌了。如果失败了，那么医生就确信这座城市将会任凭瘟疫的摆布，这场瘟疫要么继续无期限地肆虐下去，要么突然自行消失。

卡斯特尔看望李欧的前一天，奥东先生的儿子病了，全家不得不去隔离区。刚从那里出来不久的奥东妻子又要被隔离了。那个地方法官一发现孩子身上的病症，就按照规定，马上派人去请李欧医生。李欧进屋时，孩子的父母亲正站在床边。男孩正处于奄奄一息的状态中，不哼一声，任凭医生给他检查。李欧抬起头时，正好和地方法官的目光相遇，而站在其身后的妻子脸色苍白。她用手帕捂住嘴，睁大双眼一直注视着医生的每一个举动。

"他是不是得这病了？"地方法官平静地问。

"是的。"李欧又看了看孩子。

孩子母亲的眼睛睁得更大，但她仍然一语不发。奥东先生也沉默片刻，以更低沉的口气问："噢，医生，我们应该公事公办。"

李欧的视线避开了奥东太太，她仍在用手帕捂住嘴巴。

他很为难地说："如果您能让我打个电话，就能很快办完了。"

法官说他会带医生去打，走之前，医生转身对奥东太太说："我很抱歉，但恐怕您得马上准备下东西，您是明白这点了。"

奥东太太显得有些不安，她看了看地板。

"我明白，"她小声咕哝着，轻轻点了点头说，"我马上准备的。"

出发之前，李欧忍不住问奥东夫妇是否还需要什么。母亲注视着他，沉默不语。于是法官移开了视线。

"不需要。"他说，然后咽了口水，又说，"但是，请救救我的儿子。"

隔离开始几天只是走走形式，可后来经过李欧和兰伯特的重组，现在已经十分严格。

特别是他们坚持病人的家属也必须隔离。如果其中一个家庭成员不知不觉地受到了感染，就必须抑制细菌的扩散。李欧将这些解释给法官听，法官也表示同意。然而，他和妻子依依不舍的眼神，使李欧感到强行将他们分开，会让他们多么痛苦。奥东夫人和她的小女儿被分在兰伯特管理的隔离病房里。但对于法官来说，他无处可去，除非去当局在市体育场上搭建的隔离营，隔离营的帐篷是公路局提供的。李欧对此表示道歉，奥东先生回答说制度面前人人平等，只能遵守它。

那个男孩被送到辅助医院的一间放有十张床的病房，病房原本是间教室。二十小时后，李欧确信孩子的病没有希望了。病菌在体内逐渐扩散，男孩已毫无抵抗之力。半成型的小的腹股沟肿块让人疼痛难忍，妨碍了孩子瘦弱的四肢关节的活动。和病魔的这场斗争明显毫无成功的希望。

在这种情况下，李欧毫不迟疑地将卡斯特尔研制的血清用在孩子身上做试验。当晚，晚餐过后，他们花了很长时间进行接种，可孩子没有丝毫反应。第二天黎明，他们聚在孩子的病床边，观察这一决定性的试验的效果。

男孩从虚脱中苏醒过来，在床上翻来滚去地抽搐。早上四点以来卡斯特尔医生和塔鲁一直在观察和记录，关注着病情的起伏。塔鲁站在床头边，高大的身躯微微下倾，而李欧则站在床尾边，卡斯特尔坐在他旁边，读着一本旧皮书，看上去很平静。天渐渐亮了，其他人陆续来到了这间原本是教室的病房。第一个来的是帕纳卢神甫，他站在床的另一头，对着塔鲁，靠在墙上。他的脸上挂着痛苦的表情，由于长时间的不辞辛苦，疲惫在他突出的前额留下了深深的皱纹。接着格兰德来了，那时是七点钟，他上气不接下气，并且向大家道了歉；他只能留一会，但想知道在孩子身上是否观察到任何确切的结果。李欧一声不吭，指了指那个孩子。他双眼紧闭，牙关咬紧，面部僵硬，表情痛苦而扭曲，头在长枕上左右滚动。房间的尽头有块挂在墙上的黑板，光线亮得足够看得清黑板上擦掉半边的方程式时，兰伯特走了进来。他靠在旁边一张床的一边，从口袋里掏出一盒烟。但在他看了小孩一眼之后，就把烟放回了口袋。

卡斯特尔坐着从眼睛的上方看着李欧。

"孩子的父亲有什么消息吗？"

"没有。"李欧说，"他在隔离营里。"

医生抓住病床的护栏，双眼紧盯着那个痛苦的孩子。突然他身体僵硬起来，身子有点弓了起来，四肢慢慢张开。军用毯子下盖着的赤裸裸的小身体，发出一股潮湿的羊毛和汗臭味混在一起的味道。男孩又咬紧了牙关，接着孩子的身体放松了下来，四肢也向床中央靠拢，却仍然一声不响，双眼紧闭，呼吸急促。李欧看了看塔鲁，对方马上低下了头。

他们已经看到过一些孩子的死亡，长时间以来，死亡面前并不是人人都平等的，但是他们从未像今天早上这样每时每刻看着孩子在痛苦中挣扎。不用说，这些无辜的小受害者遭受到这样的折磨，对他们来说是件十分可憎的事。但迄今为止，他们感到的憎恶是抽象的，他们从没有在这么长时间内目睹一个无辜孩子濒死的痛苦。

这时，男孩胃突发痉挛，好像被什么东西咬了一样，忍不住发出刺耳的尖叫声。好一会儿，他的身体一直保持着古怪而扭曲的形状，惊厥性浑身颤抖让他饱受折磨。好像他脆弱的躯体在鼠疫的淫威怒吼下弯曲起来，在不断的高烧侵袭下断裂开来。狂风过去，接着一片平息，他稍微松弛了一下，热度似乎退去，他被遗弃在潮湿而毒气蔓延的海滩，微微地喘息，衰弱无力看上去就像死了般。当热浪第三次向他袭来时，把他托起，男孩蜷曲成一团，缩到了床的一边，仿佛恐惧的火焰向他逼近，就要烧到四肢了。过了一会，他疯狂地来回摇晃着脑袋，甩开毯子，大颗的眼泪从红肿的眼皮下涌出，沿着凹陷的铅灰色脸颊流下去。抽搐过后，男孩已疲惫不堪，四肢蜷曲，在四十八小时内，双腿和胳膊已瘦得只剩皮包骨。孩子受尽折磨，直挺挺地躺在弄乱的床上，他的动作犹如钉在十字架上的样子，十分奇怪。

塔鲁俯身用大手轻轻擦去孩子沾满泪水和汗水的脸庞。卡斯特尔不久前就把书合上，双眼紧盯着孩子。他想说话，但是因为嗓音变得粗哑，所以他不得不咳嗽几声，才开始说话。

"李欧，今天早上这孩子的病情没有减轻过，是吗？"

李欧点点头，补充说道，这孩子的毅力比人们想象得还要强。帕纳卢神甫慢慢靠在墙上，低声说："如果他还是要死，那他受罪的时间会更长。"病房里的光线越来越强。病人在其他九张床上翻来滚去，不停呻吟，但声音似乎刻意压低。只有在病房尽头的一个病人尖叫着，确切地说，每隔一段时间就发出轻轻的惊呼声，这声音表达的像是种惊吓，而不太像是痛苦。甚至在早期对病情极度恐慌的病人，现在却只能悲哀地屈从病魔。只有那孩子凭着微薄之力顽强地做着抵抗。李欧不时地摸着他的脉搏，这样做并非有用，而是因为想逃避身不由己的处境，他似乎感到这种心烦意乱和热血沸腾的感觉混合在一起。他和那痛苦的孩子已融为一体，努力用尽所有的力量来维持这孩子的生命。但他们的心仅仅维系了一会儿，心跳的节奏马上就不一致了，那个孩子挣脱了他，他无能为力了。他将孩子瘦小的手腕放下，又站回了原处。阳光照射在刷得雪白的墙上，光线从粉色变成了黄色。早晨第一波热浪如火般照晒在窗户上。格兰德走时说他会回来的，但大家几乎没有听到。所有人都在等待。孩子的双眼仍然紧闭，似乎平静了一点。爪状的手指虚弱地抓着床的两侧。接着他举起双手，去抓膝盖边的毯子。突然他双腿蜷曲，将双腿抬到腹部的位置便一动不动。他第一次睁开双眼凝视着站在他面前李欧。在那张灰白色僵硬的小脸上，嘴巴慢慢张开，发出一串连续不断的长长的尖叫声，叫声不因呼吸而发生变化，房间里充满了极度愤慨的抗议声，这声音不是一个人发出的，倒像是所有病人发出的叫声。李欧咬紧牙关，塔鲁则把脸别了过去。兰伯特走过去站在卡斯特尔身边，卡斯特尔合上了那本摊在膝盖上的书本。帕纳卢神甫注视着孩子满是污垢的小嘴，发出了穿越人类好几个世纪，临终前狂怒的惨叫声。神甫跪在地上，在难以名状、不绝于耳的哀号声中，大家自然而然听到他嘶哑而清晰的嗓音说："我的上帝，救救这个孩子吧！"

男孩不断地哀号，而且别的病人也烦躁不安起来。在病房另一头的病人连续发出虚弱的叫声，随后加快了呻吟的节奏，声音交汇，毫不间断。同时，其他病人的呻吟声也越来越响。一阵阵呜咽声在病房里传开，淹没了帕纳卢神甫的祈祷声。李欧紧紧抓住病床的围杆，闭上双眼，疲惫和厌恶使他晕眩。

他再次睁开眼睛时，塔鲁站在他身边。

"我必须走了，"李欧说，"我再也不忍听到他们的声音。"

但是突然其他病人一声不吭了。这时，医生渐渐意识到孩子的哀号声越来越虚弱，最后默不作声了。在他周围的病人又开始呻吟起来，但声音微弱，好像远方传来的战争结束的回音，因为这场战争已经结束。卡斯特尔绕到床的另一头说，告终了。孩子的嘴还张开着，但一声不响，他躺在弄乱的毯子里，身体缩成一团，脸上依然挂着泪水。

帕纳卢甫走到床边，做个祈福的手势。接着他拿起法衣，从过道走了出去。

　　这时，他听到后面有人说："刚才为什么和我说话发这么大火？这样的场景我看了也受不了。"

"一切得重新开始吗?"塔鲁问卡斯特尔。

医生缓缓点了点头,露出一丝笑容。

"也许。毕竟,他的持之以恒的毅力让人吃惊。"

李欧已经出门了,走路如此之快,神情如此奇怪,以致他走到帕纳卢身边时,神甫伸手拦他。

"得了,医生。"他说。

李欧猛然转向他说:"啊!不管怎么说,那孩子是无辜的,您也是懂的!"

他转过身,和帕纳卢神甫擦肩而过,径直大步走过学校的操场,坐在满是灰尘的小树下的一条木凳上,擦了擦已经流到眼睛里的汗水。他真想大声咒骂一声,好像要解开那锁住心头的枷锁。滚滚热浪沿着树枝上一倾而下。早晨,一层白雾很快覆盖住蓝天,空气变得更闷热。李欧疲倦地仰靠在椅子上,抬头看着粗糙的树枝和闪耀的天空,慢慢喘过气来,努力克制住疲乏感。

这时,他听到后面有人说:"刚才为什么和我说话发这么大火?这样的场景我看了也受不了。"

李欧转身向帕纳卢说:"我知道,很抱歉,可劳累是种疯狂。有时我会承受不住。"

"我明白,"帕纳卢神甫低声说,"这种超越我们忍受限度的,会让人厌恶。但也许我们应该去爱我们无法理解的东西。"

李欧慢慢站起身,使劲盯着帕纳卢,然后摇了摇头。

"不,神甫。我对爱有不同的观点。直到我死的那天我也不愿接受上帝对事物的这种安排,让孩子们遭罪。"

神甫的脸上掠过一丝焦虑不安的阴影。"啊,医生。"他悲哀地说,"我才明白什么叫'上帝的慈悲'。"

李欧又坐回长凳上,又没精打采起来,对于神甫深层次讲话的含义,轻轻地回答道:"这正是我没有的,我也知道。但我宁愿不和您谈论此事。我们并肩作战,是为了一项超越渎神和拜神的事业,而这个事业将我们团结在一起。这是唯一要紧之事。"

帕纳卢坐在李欧的身旁,显然他被深深打动了。

"是的，是的。"他说，"您也是为了人类的救赎而工作。"

李欧勉强笑了笑。

"救赎这个词对我来说太大了。我的志向并不十分远大，我关心的是人们的健康，首先要考虑的是人们的健康。"

帕纳卢似乎犹豫了。"医生……"他说着就沉默了，汗水顺着脸颊流下来，他喃喃地说："再见。"他站起身，泪眼湿润。他要走时，李欧突然从沉思中惊醒，站起身，向他走近一步说："请再原谅我一次。我保证不会再那样冲动了。"

帕纳卢伸出手，懊悔地说："可是，我没有说服您！"

"那有什么关系呢？我憎恨的是死亡和疾病，您是知道的。无论您愿不愿意，我们是同伴，要共同面对它们，与它们抗争到底。"李欧仍然握着帕纳卢的手，但他忍住没看神甫，说，"您看，现在上帝没法将我们分开了。"

自从帕纳卢加入李欧的抗疫队伍以来，他把自己所有的时间都贡献给了抗疫事业，一直待在医院和鼠疫流行区。他把自己置身于抢救人员的行列里，待在他认为自己应该待的地方，加入了抗疫的第一线工作。在那里他多次目睹了死亡。虽然理论上讲，他定期打过防疫血清，应该有免疫力，但他自己很清楚还是有随时感染上这病毒的可能性，而且他早就想到了这点。表面上他一直很镇静。不过，自从看到一个无辜的孩子死去后，他就变了。他的脸上总挂着一丝紧张和不安。有一天，他笑着告诉李欧，目前他正在准备一篇小论文，题目是《牧师该不该去看医生？》。李欧认为，这篇论文的内容应该比牧师讲道时的语气更为严肃。于是李欧说希望有机会能看看这篇论文。帕纳卢回答，正好最近他将在为男教徒做弥撒时举行一次布道，到时他至少会谈一些自己对这个问题的看法。

"希望您能来听听，医生。相信您会对这个题目感兴趣的。"

帕纳卢神甫做第二次布道的那天，风很大。不得不承认，听众席比第一次布道时空多了。一方面可能是人们对此类布道已经没了新鲜感。而且，眼下大难当头，"新鲜感"这个词本身也变得毫无意义了。另一方面，大多数人都是没有完全放弃参加宗教仪式，边参加宗教仪式边过着极端不道德的生活，甚至用奢华的迷信活动代替平时的宗教仪式。因此，他们宁可戴着避邪的徽章或圣洛克的护身符，而不愿去做弥撒。

一些预言在报纸上有长篇报道。春天，疫情可能突然结束没有人会去想它究竟要持续多久，因为每个人都深信，疫情不会儿持续太久的。然而，随着时间的推移，人们开始担心这疫情会没完没了，疫情退去成为每一个人的希望。因此，占星术的预言和天主教会的一些圣人的箴言印成小册子后非常畅销。地方的印刷商很快发现了这里面的暴利，于是，他们就迎合大众的这种狂热，大量印刷出版了关于这类预言的书。当他们发现人们对此的好奇心永无止境时，他们便到市图书馆继续搜索相关资料，无论是野史还是回忆录，都不放过。等到这些资料全用完了，他们就请一些新闻记者来撰稿，至少，这些人的才华跟他们历代的同行比，应该差不了多少。

某些预言甚至还在报纸上连载，其受欢迎的程度可以跟正常时期的言情小说相媲美。有些预测是经过怪异的计算得出的，包括鼠疫发生年代，死亡人数和鼠疫持续时间。还有些预测通过跟历史上最严重的一次鼠疫作比较，从而得出历次鼠疫的共同点（预言家把它们称作"常数"），甚至根据这些可以得到这次鼠疫的一些启示。不过，毫无疑问其中最受欢迎的一种是采用《圣经》里世界末日的启示的形式来预测接下来发生的一系列的事，而其中任何一件都很可能在这座城市里应验，而且事件又很复杂，可以有各种各样的解释。甚至，人们每天向诺斯特拉达米斯和圣女奥迪尔请教，而且，每次都能有满意的结果。实际上，所有的预言都有一个共同点——讲到最后总能给人带来安慰。但不幸的是鼠疫却是个例外，不能给人带来丝毫安慰。

在这个小城里，迷信活动已经取代了宗教，这就是为什么帕纳卢在教堂讲道时只有四分之三的座位有人。帕纳卢讲道的那天晚上，李欧到达时，一股股风正透过弹簧门，穿过过道，最后在听道者中间盘旋。那晚，李欧注意到，来这个又冷又安静的教堂参加布道的全是男性。接着，他目送帕纳卢神甫走向讲坛。这次，神甫用一种更温柔更深思熟虑的语调讲，不过有好几次，听道者发现神甫讲话时有一种犹豫不决的神态。给人印象最深的是他称呼"我们"而不再是"你们"。

然而，他的声音变得越来越坚定了。他开始提醒大家，鼠疫在我们中间，已经有好几个月了。看到它经常坐在我们桌子旁边或者我们至爱的人的床边，现在我们对它有了更清醒的认识。看到它从我们身边走过，或在我们工作的地方等我们。而现在我们可以更好地理解它不断对我们说的话。可能起初我们听完这些话时，根本没把它放在心上。帕纳卢神甫在第一次布道时讲的也是正确的，而且对此，他深信不疑。甚至每个人都会发生这种情况（说到这里，他捂着胸口），他讲的和想的都缺乏慈悲之心。不过，有一点是毋庸置疑的，而且无论在什么情况下，我们都应该深信不疑——大家一起经受的考验虽然残酷，但对基督徒来说，也是一种恩惠。而且，一名基督徒毕生追求的东西是既要知道这种恩惠是什么，还要想方设法找到这种恩惠。

这时候，坐在李欧旁边的听众在摆弄椅子的扶手，并且尽可能坐得舒服些。进口处的一扇很大的隔音门被风吹得一直响。一个人过去不让它发出声音。李欧的注意力被这嘈杂声分散了，因此没有听清楚神甫后面说的内容。不过大意是——可能我们很想尽力去解释鼠疫，不过，最重要的是我们从中学到了什么。按李欧理解的意思，神甫是说实际上没什么好解释的。

神甫用有力的声音讲道，就像有人信上帝有人不信一样，有些事是可以解释的，有些事就是没法解释。毫无疑问，世上有善恶，而且一般情况下，人们很容易区分二者。不过，若要我们解释这"恶"的本质和内容，其中必然包括人类遭受的苦难，这就难多了。因此，我们有必要的和不必要的痛苦，有像唐璜（西方文学中的一个风流放荡，藐视神鬼的人物形象）一样的人到阴间，同样也有无辜的孩子死去。如果说像唐璜这种风流好色之徒遭雷劈是罪有应得，那么让一个无辜的孩子承受这种苦就是难以理解的。在这个世上，没有什么比让一个孩子的痛苦和由这个痛苦产生的恐惧更重要的了，因此，我们必须找到让孩子痛苦的原因。上帝给了我们一切生活上的便利，而在这之前，宗教是没有什么价值的。然而，现在呢，上帝把我们置于面临绝壁，走投无路的境地，我们都活在鼠疫的阴影下，只能在这致命的阴影下寻求上帝给我们的恩惠。帕纳卢神甫拒绝用一些简单的现成话来越过这道墙。他本可以很简单地对众人说，必定有天国永恒的幸福补偿孩子的痛苦。但是，他自己对此都一无所知，又凭什么给孩子做那样的担保呢？谁又能确定天国永恒的幸福一定会补偿人类一时遭受的痛苦呢？不过这一点倒是肯定的，那就是谁如果这么说，谁就不是一个真正的基督徒。上帝之子耶稣曾饱尝肉体和灵魂之苦。不，帕纳卢神甫面对一个孩子的痛苦的问题，他坚信十字架下艰苦的考验，于是宁愿处于绝壁之下而不逾越。接着他勇敢地对台下的听道者讲："我的兄弟们，考验我们的时刻来了。我们必须相信一切或者否认一切。不过，我想问问，你们中间，有谁敢说全不信？"

李欧刚想到帕纳卢神甫讲的是异端学说，不过他没有时间继续想下去，因为神甫又接着激情地往下讲了。他说，这个不容置疑的命令，这个纯洁的要求，就是上帝赐予基督徒的恩惠。神甫明白，在这里他要讲的德行不是一种更宽容、更传统意义上的道德观，而是听起来可能让人很沮丧甚至很生气的德行。但是在鼠疫横行的特殊时期宗教跟往常是不一样的。如果上帝同意或者希望人类的灵魂在幸福的时期能安息和快乐，而在这鼠疫肆虐的非常时期，他又会提出新的特殊要求。今天上帝赐予他所创造的人类一种考验，在这场考验里，人类只能要么全盘接受它，要么全盘否决它。

几个世纪以前，有个非宗教的作家宣称自己解开了教会的秘密，还断言这世界不存在什么炼狱①。他的弦外之音是说在天堂和地狱之间没有什么中间地带，也没有所谓的炼狱。人要么升天堂的永生，

---

① 又名涤罪所。按照天主教教义，是指人死后暂时受苦的地方。若善人生前罪没有赎尽，死后升天堂之前要在涤罪所接着赎，直到罪赎尽为止。

要么下地狱受永罚。然而，帕纳卢认为这是一种异端邪说，一种只能出自盲目和无序的灵魂的邪说。不过，有那么一段时期，人们不应该对炼狱抱有太大的希望。也有那么一段时期，谈不上什么罪是可以宽恕的。凡是罪都要受到惩罚下地狱，所有的冷漠无情也都是一种罪。也就是说，要么有罪要么无罪。

　　神甫停了下来，透过门缝，李欧可以更清楚地听到外面的风呼啸得越来越厉害了。接着他又听到了帕纳卢神甫的声音。他说，全盘地接受一切的品德，按照人们理解的狭隘意义是很难解释的。这不是简单的逆来顺受，也不是勉强的谦让，而是自取其辱，并且是一种心甘情愿的自取其辱。当然，让一个无辜孩子受苦是人类心灵上的耻辱。然而，这正是因为我们投身于这种痛苦之中的原因。而且，正因为如此，帕纳卢让听道者相信，他所讲的不是随便讲出来的——既然这是上帝的意愿，我们就应该主动去"担"这种痛苦。因此，只有这样，基督徒们才会勇敢地正视这种痛苦，甚至对这个痛苦嗤之以鼻，坚持这条路并且一直走到底。为了避免被迫否认一切，我们只能选择——必然是相信一切。当那些良家妇女听说人体上肿胀的淋巴结是排除身上罪恶的自然通道的时候，她们就到教堂祈祷"我的主啊，让我身上长淋巴结吧！"基督徒也会像这些妇女一样，把自己交到天主的手里，听从他的圣意安排，即使他们无法理解这些圣意。"这个我理解，那个我不能接受。"说这些是不对的。我们应该冲着"不能接受的事物"迎上去，因为这样也是帮助我们自己做出选择。孩子们的痛苦就是我们的一块苦涩的面包，然而，若没有这块苦涩面包，我们的灵魂就会因缺少"精神食粮"而饿死。

　　神甫讲话稍微停下来的时候，听众就开始喧哗，这声音就像是打牌中间停下来洗牌的声音。不过，这次喧哗声刚响起，神甫就更提高了声音以听众的口吻发问：接下来该怎么办呢？他料到听众一定会回答"宿命论"这样丑陋的词。不过，只要大家允许他在"宿命论"前面加上"积极"这个形容词，他会毫不畏惧地使用这个字眼。而且，这里还需要指出没必要去模仿之前他提到的那些阿比西尼亚基督徒，也不应该学波斯的那些鼠疫患者，这些患者把他们已经感染的衣服扔向由基督徒组成的防疫纠察队，甚至大声祈求上苍把鼠疫降到这些异教徒身上，因为这些异教徒妄想战胜天主所赐的灾难。不过，另一方面，最好也不要去学习开罗的修道士，当鼠疫蔓延的时候，为防止受到感染，他们避免接触圣徒们又湿又热的嘴，还用镊子夹住圣体饼做弥撒。因此，波斯的鼠疫患者和开罗的修道士的做法都是错误的。前者对一个无辜的孩子的痛苦漠不关心，后者，正好相反，他们把对疾病的害怕心理置于至高无上的位置。但是，这两种做法都巧妙地推卸了问题本身。他们对天主的声音充耳不闻。

这时，帕纳卢还想再举一些例子，如果黑死病编年史的记载是正确的，那么在马赛发生的鼠疫，导致了八十一个僧侣中只有四个人活了下来。而且这四个人当中有三个都是逃走的。根据编年史的作者记述的，限于他们工作的性质，不能提供更详细的资料记载。但是，当帕纳卢神甫读这篇文献时，他的心思全部集中在那个没逃跑的活下来的僧侣身上，尽管他的七十七个弟兄都已经死了，甚至三个弟兄还逃跑了，但他还是留了下来。说到这里，帕纳卢神甫边用拳头敲打着讲坛的边沿，边大声说："亲爱的弟兄们，我们都应该向那位僧侣看齐！"一个社会，为了对付像鼠疫这样的大灾难，不采取一些预防措施是不可能的。而且我们应该采取合作的态度。不要听一些伦理学家的话，企图让我们跪下屈服，放弃抗争。恰恰相反，我们应该勇往直前，敢于在黑暗里摸索，哪怕有时候会摔跤，我们也要尽我们最大的努力做对社会有益的事。除此以外，我们应该坚定信仰，哪怕是关于一个无辜的孩子的死，也不要寻求个人的解救方法，要充分相信天主的安排。

这时，帕纳卢神甫讲到了马赛遭受鼠疫时，贝尔增斯主教的伟大形象。神甫提醒听道者回想当鼠疫将要结束的时候，这位主教做完他该做的事之后，他储备好足够的食物后，就把自己关在自己屋里，还叫人把他的屋子四周用围墙围起来。而那些一直把他当偶像的居民在鼠疫风行的特殊时期，竟然一反常态，转而反对他，甚至成堆地把尸体扔向主教家的围墙，好让他也染上鼠疫死掉。这位主教在最后绝望的时候，做出如此懦弱的决定，试图通过与世隔绝来避免死亡，可尸体还是像雨一样地落到了他的头上。这就告诉我们一个教训：面对鼠疫，我们必须明白这是无处可逃的。而且是没有中间的安全地带的。我们必须接受这种令人为难的境况，要么选择爱上帝，要么就是恨上帝。但是谁又愿意选择恨上帝呢？

"我的兄弟们，"帕纳卢神甫的语气里透露着布道已经接近尾声，"对上帝的爱是一种艰苦的爱。这种爱需要一种彻底的顺从和忘我精神，放弃作为人类的个性。只有这种爱可以缓和与摆脱孩子的死亡带来的痛苦，既然我们不能理解死亡，那就只能按照上帝的意志来坦然去寻求死亡。这就是今天我想跟大家一块儿分享的。这种信仰，在人们看来是残酷的，在天主看来是关键的。这种信仰是我们必须坚持的。而且，我们还应该立志朝这个崇高而骇人的信仰奋斗。等达到这种高处不胜寒的境界时，真理就会从似乎不公正的表层中闪现。法国南部的教堂就是很好的例子。几个世纪以来，鼠疫的受难者一直沉睡在祭坛的石板下面，牧师就在他们的墓碑前布道，他们所宣扬的精神正通过这墓碑从这些包括那些死去的孩子的骨灰里发散开来。"

李欧正要走出教堂，一阵疾风从那扇半开着的门里吹来，吹打着听者的脸。风里夹杂着一股雨的气息和人行道的潮湿味儿。透过这些，大家都猜得出外面的天气。走在李欧前面的是一位老牧师和年轻执事，他们边走边捂住他们的帽子防止被风吹下来。不过，这些都没能阻止这两位继续津津乐道地谈论今天的布道。他们很佩服神甫的口才，但是布道中传达的大胆的思想让他们感到不安。他们认为，这次布道更多是含有忧虑思想，并没有完全表现布道的力量。在他们看来，像帕纳卢这么年轻的神甫是不该有那么多忧虑的。年轻的牧师一直低着头走，好防止脸被风吹到。他说，他经常跟这位神甫交流，理解他的思想演变过程，指出他的论文里表达的思想可能更大胆一些，不过，教会很可能会拒绝出版。

"您不该这么说的！您知道他论文的主要观点吗？"老牧师问道。

现在，他们走到了大教堂广场。有那么一刻，风在怒吼，让年轻执事很难张口说话。当风稍微变小点的时候,他简洁地对同伴说:"观点是如果一个牧师要看医生,就是矛盾的。"

当李欧告诉塔鲁,他听到的帕纳卢神甫的布道内容时,塔鲁说他认识一位神甫,神甫亲眼看到一个年轻人在战争中失去双眼后,他就失去了信仰。

"帕纳卢是对的,"塔鲁接着说,"当一个基督徒看到一个无辜的年轻人被挖掉了眼睛,那么这个基督徒要么失去信仰,要么认同挖掉眼睛。帕纳卢不愿意失去信仰,只能坚持到底,这就是他在布道时想说明的问题。"

塔鲁的解释能否说明,当后来发生一些不幸的事时,帕纳卢神甫莫名其妙的行为?读者后面自会做出判断。

布道后的几天里,帕纳卢不得不搬家。这段时期,由于鼠疫肆虐,许多家庭都不得不转换住所。塔鲁原来住的旅馆也被征用了,所以塔鲁就搬到李欧家里住了。帕纳卢也不得不离开他的教会分给他住的一套公寓,搬到了一个还未染上鼠疫的非常虔诚的老女教徒家里。搬家时,神甫感到比以前更焦虑了,而且是身心憔悴。这给房东留下了不太好的印象。一天晚上,房东激情澎湃地讲圣女奥迪尔的预言时,神甫太疲倦了,就流露出了一丝不耐烦。后来,神甫费了好大的劲想讨好房东,好让她不那么讨厌自己,可惜都失败了。坏印象一旦留下,就很难改善了。所以,每晚他回自己那用很多针织物装饰的房间之前,路过大厅时,房东总是给他一个冷冷的背影,身子也不回一下,冷冷地说:"晚安,神甫。"一天晚上,神甫感到头昏脑涨,潜伏在他体内好几天的热气突然想要冲破手腕和太阳穴涌出来。

之后的事都是通过女房东的口述得知的。第二天早上,她像往常一样起得很早。大约一个小时后,她还没有看到神甫出门,于是,她就毫不犹豫地急忙敲了敲神甫的门。一进门就看到神甫仍然躺在床上,脸色苍白,很明显昨晚他度过了一个无眠之夜。神甫呼吸急促而且脸比平时更红了。她说,她很礼貌地劝他请医生过来看看。但她的建议被神甫"粗暴地"拒绝了。最后,她只好离开了。第二天神甫打电话给她，问他可否见见她。见到她后，神甫首先为自己那天的粗鲁行为道歉，还向她保证，他绝对没有染上鼠疫，因为他身上根本没有鼠疫的症状，只不过是很普通的感冒发烧而已。房东也郑重其事地回答，她之所以建议他看医生，只是出于对一个住在自己家里的人的生命安全负责，她从没想到过她的个人安危，因为她的命全都掌控在天主的手中。根据房东所述，神甫什么也没说，不过她认为她有责任再次建议他看医生。不过，神甫还是说不必麻烦，还解释了一些房东听不太懂的话，不过，房东有一点是肯定的，神甫说看医生有悖于他的原则。在房东看来，神甫是高烧导致了神志不清，所以她决定给他端杯茶来。

在这种情况下，房东决定百分百地履行她的义务，即每隔一两个小时就去看一下这位病人。让她吃惊的是神甫整天都处于焦躁不安之中。他一会儿把毯子蹬开，一会儿又盖上，手不停地拨弄那大汗淋漓的额头。他还时不时地坐起来，为了清清嗓子，他忍不住地咳嗽，那干呕的声音听起来就像是被人掐住了喉咙，沙哑而带痰。可他就是咳不出仿佛卡在喉咙里的东西，所以他只好精疲力竭地躺下。不一会儿，他又坐起来了，顷刻间，眼睛直直地盯着前方，这次的神情比先前更焦躁不安。这个时候，房东也不愿意拿请医生这件事来烦神甫。毕竟，这也可能只是高烧的一次突然发作。

不过，下午，她关切地询问神父的病情，可只能从神甫嘴里听到几句含糊的回答。她又一次建议他看医生。这时，神甫又坐了起来，气喘吁吁地再次拒绝看医生。在这种情况下，房东认为，只好等到明天早上再说。如果第二天神甫的病情还是不见好转，她就拨打朗斯多克情报资料局每天通过无线广播重复十几遍的那个电话号码。鉴于她认为自己身上的责任，在夜里也时不时地去看神甫，满足他需要的帮助。给他送去煮好的药茶后，她决定躺一会儿。然而，等她醒来时，天就已经亮了。于是，她急忙跑到神甫房间去看他。

帕纳卢神甫安静地躺在那里。昨天他的脸还因极度充血而通红，可是现在却是吓人的苍白，只有脸颊还是饱满的。神甫端详着挂在床头天花板上的彩色珠子吊灯。房东走进来时，神甫转过头来望着她。按照房东说的，昨天夜里他好像经过了一场浩劫，现在已经毫无抗争的力量了，他看上去就像一个空壳。更让房东吃惊的是，当她问他感觉好点了没时，他的声音冷漠得出奇。他说，他情况不太好，不用叫医生了，直接把他送医院，一切按规则办就行了。房东吓坏了，匆忙去打电话。

中午，李欧医生过来了。听房东讲完，李欧简洁地说，帕纳卢是对的，一切都太迟了。神甫以同样冷漠的态度欢迎李欧医生。李欧给神甫做了检查，却惊奇地发现，神甫身上没有任何淋巴腺鼠疫或肺鼠疫的症状，只发现神甫肺部肿胀，且病人也感到肺部压抑。然而，神甫的脉搏是如此的微弱，总的形势非常不妙，救过来的希望渺茫。

"目前，您身上没有鼠疫的任何症状。"李欧对神甫说，"但情况仍可疑，所以我不得不把您隔离起来。"

帕纳卢奇怪地笑了笑，好像只是出于礼貌，不过什么也没说。李欧离开房间去打电话，回来后，他望着神甫温和地说："我会陪着您的。"

帕纳卢神甫又有了些激情，他望着李欧，目光里展现出一种温暖和热情。他讲话很吃力，很难辨出声音里是否带着忧伤。他说："谢谢，但神甫是没有朋友的。他把一切都交给了上帝。"

他请李欧把放在床头的十字架拿给他。拿到后，他就目不转睛地望着它。

在医院里，帕纳卢神甫一句话都没说。他被动地接收着医院给他进行的各种治疗，却始终没放开过手里的十字架。然而，神甫的病情仍然难以断定，李欧不确定该怎么给他治。几周以来，神甫的病情还是非常复杂，难以断定。不过，后来发生的情况证明，像帕纳卢这个病例的断定是无关紧要的。

神甫的体温在上升。病人咳嗽得越来越厉害了，虚弱的身体备受折磨。最后，一天夜里，帕纳卢终于咳出了卡在喉咙里的东西——那是红色血块儿。尽管一直发着高烧，但帕纳卢的眼神里还是透着一丝宁静的神情。不过，第二天早上，人们发现神甫永远地走了，他一动不动地，半个身子搭在床边。最后，他的病历卡上写着"病情可疑"。

这一年的亡人节①与往常很不一样。天气还是很不错的，毕竟天气已经慢慢转凉，热气渐渐退去了，秋天的脚步近了。像往常一样，每天凉风吹过，大块大块的云从地平线的一头飞到另一头，在房顶上形成一层阴影。当云过后，十一月的天空里苍白的金色阳光又照在房屋上。

第一批雨衣开始出现。而且，人们发现，光滑的雨衣涂上橡胶，数量就非常多了。这么做的理由是，我们的报纸报道说，二百年前在南欧发生过特大鼠疫，医生为防止感染上鼠疫就穿上了涂油的衣服。这时，那些商店充分抓住了这个机会，把一批过时的雨衣从仓库拿出来出售，因为购买者都殷切地希望通过穿上这雨衣防止感染上鼠疫。

然而，亡人节的这些特征并不能让人们忘却，去公墓扫墓的人还是非常稀少。往年这个时候，电车上都充满了菊花的芳香，妇女们排着长队到公墓给她们已过世的亲人扫墓，并把鲜花插到亲人的坟头。这个日子，人们往往会为那些被遗忘的、孤零零地躺在棺木里的亲人做些补偿。不过，在这鼠疫风行的非常时期，没有人愿意去想念死者，而这正是因为过去他们对已故的亲人想得太多了。人们也不愿意带着些许遗憾些许悲伤去给他们扫墓了，他们也不再是每年的这个时候需要祭奠的死者了。他们是我们生活的贸然闯入者，我们要做的就是忘记他们。这也是为什么今年的亡人节如此安静，人们是故意忽视这个节的。按照科塔尔的说法——塔鲁发现他讲话讽刺意味儿越来越浓了——现在对我们来说，每天都是亡人节。

实际上，在火葬场上鼠疫之火越烧越旺。不过，死者的数目倒没有增加也是事实。这样看来，鼠疫已经达到了顶峰。它就像一个

---

① 天主教定于十一月二日为亡人节，以追思死去的人。按照法国习俗，扫墓通常要提前一天。

认真工作一丝不苟的公务员，每天准确而圆满地完成它的杀戮任务，从理论上来分析，根据权威人士的分析，这是一个很好的预兆。比如，鼠疫形势图情表由起初的直线上升到现在基本上是按横向发展。正如理查德医生边搓手边说的，"今天这张图表显示的情况非常好"。他认为，鼠疫已经到了他所谓的顶点。以后只可能是退潮，且越来越少。他把这一切归功于卡斯特尔医生最近新研制出来的血清，这种血清的确带来了意想不到的效果。对这一点，老卡斯特尔医生并不否认，不过他还是提醒李欧，未来还是不确定的。历史经验表明，人们是很难对鼠疫做出推测的。很久以来当局一直都想提高一下民众的士气，安慰民心。不过，这该死的鼠疫一直阻挡着当局的步伐。然而，现在当局决定召集所有医生就疫情来开个宣布会。不幸的是就在这个时候，理查德医生也被这可恶的鼠疫夺去了生命。而这个时候鼠疫已经进入"稳定期"了。

这件遗憾的事虽然令人惋惜，但也说明不了任何问题。不过，这下我们的当局突然又变得悲观主义了，像过去沉溺于毫无逻辑的乐观主义一样。至于卡斯特尔，他还是继续全身心地投入他的血清研制中。到目前为止，几乎所有的公共场所都已经改成了医院或隔离所，只有省政府工作机关没改，这是为了满足行政需要和开会时用的。但是，总的来说，根据目前的情况来看，疫情相对稳定，李欧的医疗机构还可以应付局面。尽管顶着很大的压力，李欧跟他的助手们没必要再担心还需要付出更多的心血和更大的努力。他们需要做的，就是一切如故，继续坚持完成那些非人的任务。肺部受到鼠疫感染的种种病症，现在已经确诊了，并且正在整个城镇蔓延开来。人们可以相信，这些病症就像风一样，在人们的肺里吹燃起一场大火，而且越烧越旺。肺部染上鼠疫的可怜病人，在咳出带血的痰后，很快就死去了。这种新病例比以往的更易感染也更加严重。不过，专家们对这个问题有不同意见。为了安全，所有的卫生防疫工作人员都继续戴着消毒纱布口罩。从表面上看，这种新疫病已经蔓延开来，但是，淋巴腺鼠疫的病例这段时间一直在减少，这样看来，死亡病例总数还是不变。

同时，摆在当局面前的还有一大难题，这就是粮食供给紧张。投机商就趁机高价出售商店里一般买不到的或者市场上缺少的食品，从中牟取暴利。结果就是，穷人生活穷困潦倒，富人们甚至还有闲钱享受奢侈品。按照公平的原则，鼠疫面前本来应该是人人都平等的。可是现实却恰好相反，由于人们的自私和贪心，鼠疫反而加剧了人们心里的不平衡感。最后，只剩下死神面前人人平等了。不过没有人想要这样的平等。穷人们更羡慕邻近的城市和乡村。那里有便宜的面包和自由。实际上，这只不过是一种本能的选择，至少那里可以不用再挨饿，而且甚至不合情理地认为早该允许他们搬到这些幸福的地方去了。这种想法正好体现了大街小巷里叫喊的、墙上张贴的"不给面包就给新鲜空气"！这种带有讽刺意味儿的话就是一些游行示威的信号。尽管游行示威被轻易地镇压下去了，但至少让大家都意识到了问题的严重性。

报纸当然是响应政府的号召，大肆宣扬乐观主义。打开报纸，人们总能读到——我们的民众在鼠疫面前，充分显示了"大无畏的勇气和沉着镇静的心态"。但是在这个与世隔绝的孤单的奥兰城里，所有的一切都很难保密。没有人会相信报纸上的这类吹捧民众的言语。若想真正地了解记者所宣扬的我们民众所表现出的"勇气和沉静的心态"，就应该去隔离所或者地方当局组织的某个隔离营瞧瞧。不过，正好赶上这书的作者在别处有事，根本没有时间去参观，所以只能根据塔鲁的日记来了解隔离场所的情况了。

塔鲁在他的日记里记载了兰伯特陪着他一起拜访了市体育场里的一个隔离营。

体育场就在城郊，夹在一条通有电车的街道和一大块空地中间，这块空地一直延伸到奥兰城所在高原的边缘。这一片四周都是高高的水泥墙，如此一来，只要在四个城门口各安一个岗哨，就没有人能逃出城。城墙还有一个用处：可以阻挡城外那些爱谈论是非的人打扰因鼠疫而接受检疫的不幸者。尽管这些不幸者每天都看不到电车，但是天长日久，他们却可以根据电车里的喧闹声来判断是上班时间还是下班时间。这样，他们就感觉虽然与外界的生活隔离了，但是其实生活距他们只有几步之遥，虽然这些高墙好像分成了两个不同的世界，正如不同的星球一样。

一个周日的下午，塔鲁和兰伯特一起去访问那个体育馆。足球运动员冈萨雷斯也陪他们一块儿去了。冈萨雷斯一直跟兰伯特保持着联系，而且是在听了记者的话后决定去加入轮流看管体育场的任务。通过这次拜访，兰伯特还介绍冈萨雷斯和隔离营主管认识。那天下午，他们一见面，冈萨雷斯就说，在鼠疫发生以前，以往这个时候，他通常是穿着球衣正比赛呢。现在一切都已成为往事，运动场已经被征用做隔离区了，他现在无事可做，闲得难受，说到这里，冈萨雷斯满脸的遗憾。所以，他就接受兰伯特的建议，去做这里的看管的工作，不过他有个要求：只在周末工作。

抬头望着多云的天空，冈萨雷斯很遗憾地说，这样不太热也不下雨的天气正好适合打比赛。这时，他尽力地回忆以前的一幕幕——比赛开始前，在更衣室里涂松花油的味道。摇摇晃晃的看台挤满了人。球员身上花花绿绿的球服，在黄褐色的球场上显得特别艳丽。还有中场休息时的瓶装柠檬水和清凉爽口的汽水等等。塔鲁还记下了下面这件事。一路上，穿过郊区高低不平的马路的时候，冈萨雷斯看见石子儿就当作足球踢起来，他瞄准阴沟往里踢，踢中时就兴奋地叫："进球！"吸完一支烟，他就把烟头往前吐，然后试图在烟头着地之前用脚接住。一些孩子在体育场附近玩，其中一个把球踢向了他们三个，冈萨雷斯及时地非常灵活地把球踢回去了。

一进体育场，他们发现站台上站满了人。运动场上搭起了几百个红色的帐篷，可以瞥见里面有一些床上用品和装衣服的包裹。这个地方一直开放着主要是以备大热天或下雨天，让住这里的人暂时乘凉或避雨的。但是，在太阳落山后，所有人都必须回自己的帐篷。站台下面还安了淋浴设施，曾经这里是运动员的更衣室现在却改成了办公室和医务室。隔离营的大部分人都在看台上，另一些人常在运动场边缘散步，还有一些常常蹲在自己的帐篷入口处，无精打采地打量着周围的人。躺在站台上的许多人还是怀着朦胧的希望的。

"他们每天都干什么呢？"塔鲁问兰伯特。

"什么也不做。"

确实几乎所有人在这儿都两手空空，无所事事。令人好奇的是这么被隔离的人总是非常沉默。

"刚到这里时，由于大家都不怎么合得来，整天吵吵闹闹的，"兰伯特说，"不过，渐渐地大家都变得越来越沉默。"

在日记中，塔鲁说他可以解释这种变化。开始时，他看到这些人挤在帐篷里，听着苍蝇嗡嗡地闹声就忍不住地在身上抓挠。一旦找到一个耐心的听者，他们就抓住机会狠狠倒出肚子里的苦水，又害怕又愤恨。然而，随着隔离所里的人越来越多，愿意耐心听人诉苦的听众也越来越少。因此，他们不得不闭上嘴巴，保持沉默，甚至互不信任。实际上，这里的人都变得互相猜疑，就像从灰色而发亮的天空倾泻下来，笼罩着这红墙隔离所。

不得不强调，这里的每个人脸上都带着猜疑的神色。很明显，他们一定在思考为什么把他们隔壁的人隔离开，他们一直被这个问题困扰着甚至还很害怕。塔鲁看到，这些人目光呆滞，一看就知道自从被隔离后，他们非常痛苦而且生活是一团糟。既然不能总想死的问题，那个就什么也别想了，干脆当成度假假了。"不过，最糟的是，"塔鲁写道，"他们早就被人遗忘了，而且这一点，他们自己也非常清楚。他们的朋友把他们忘了是因为有其他事要做，这是很正常的。不过，那些深爱他们的人之所以会忘记他们，是因为这些人绞尽脑汁，费尽心思要把他们从隔离所弄出来。然而，他们的亲人整天想着筹划着把他们弄出来这个问题，把他们本人忘了也非常自然的。最后，事实变成了即使在最艰难的时刻，也没有人会在乎想着谁了。因为，若要真正想念一个人就意味着无时无刻不在想着这个人，不会被任何其他事情分心——像吃饭，扑到脸上的苍蝇，琐碎的家务，或者身上某个部位突然很痒等。因为总是有苍蝇，而且身体某个部位也经常发痒。这就是为什么生活这么不容易的原因。对这一点，这些人是非常清楚的。"

隔离所的主管走过来了。他说，有个叫奥东的先生想见见塔鲁他们。主管先把冈萨雷斯留在了办公室后，带着塔鲁他们三人来到站台的一个角落里。奥东先生正好一个人坐在这个角落里。塔鲁他们走过来时，他便起身迎接。这位法官穿着跟原来一样，仍然戴着一个硬领。塔鲁注意到，奥东先生唯一的变化是两鬓的鬈发往前凌乱地耷拉着，而且一只鞋带儿也开了。他看起来非常憔悴，一直没有抬头看塔鲁他们三个。他说，见到塔鲁他们非常开心，请他们代他谢谢李欧医生为他所做的一切。

接下来是一阵沉默。过了一会儿，这位法官很费劲地接着说："我希望雅克没有受太多的苦。"

这是塔鲁第一次听到他叫自己儿子的名字，很明显他已经意识到了事情已经发生了变化。夕阳西下，太阳夹在几朵白云中间，阳光斜照在站台上，仿佛把他们的脸涂上了一层金色。

"不，"塔鲁说，"可以说他走时没受什么苦。"

塔鲁他们走时，这位推事仍然一直望着太阳落山的方向。

他们还到办公室跟冈萨雷斯告别。这会儿，冈萨雷斯正在研究着勤务表。这位球员笑着跟他们握手告别。"无论如何，我已经回到了不错的更衣室，"他边笑边说，"差不多还是老样子呢。"

不久，隔离所主管就把塔鲁和兰伯特送到了门外，他们还听到了站台上想起了啪啪的声音。不一会儿，原来用来宣布比赛结果的扬声器，现在正广播通知被隔离人员回到他们的帐篷去，因为要发晚餐了。听到后，每个被隔离人员都离开了站台，慢吞吞地拖着步子走回各自的帐篷。等他们都回到帐篷后，就有两辆装有两个大锅的电动车开到两个帐篷中间。这种电动车，原来是在火车站运输包裹时用的。这些被隔离人员都伸出两只胳膊，两只长柄大勺伸到两只大锅里，再把捞出来的食物放到两只饭盒里。然后，车继续开往下一个帐篷。

"效率真不错。"塔鲁说。

隔离所主管一边同塔鲁握手一边说："是啊，隔离所里的人效率观念都很强。"

夜幕降临时分，天空万里无云，柔和而清凉的月光洒在隔离所里。宁静的夜晚传来了一阵锅碗瓢盆的声音。帐篷上面，几只蝙蝠

147

盘旋，又一下子消失在黑暗里。从墙外传来了有轨电车在转方向时发出的声音。

"可怜的奥东推事！"当隔离所的大门关上后，塔鲁小声嘀咕，"真想帮帮他。可又怎样去帮助一位推事长官呢？"

这座城里还有几家跟这个一样的隔离所。不过，由于缺乏一手资料，为了确保资料的真实性，关于隔离所，笔者只能讲这么多了。然而，有一点他可以谈一下——即关于这些隔离所的存在。从那里散发出来的拥挤的人体味儿，黄昏时分扩音器的巨大的刺耳声，围墙的神秘感，和对这些"禁地"的恐惧，这一切都成了我们市民的沉重的精神负担，让大家既紧张又不安。他们与市政府当局的摩擦和冲突变得越来越频繁。

十一月马上就要结束了，早晨变得相当冷了。倾盆大雨把街道和天空都洗得非常干净，街道闪闪发光，天空看不到一朵白云。清晨，微弱的阳光冷冷地斜照在奥兰城。天黑时，天气也渐渐回暖了。这个时候塔鲁喜欢找李欧医生谈心。

经过一个令人精疲力竭的白天之后，大约晚上十点的时候，塔鲁提议陪李欧医生去看他的老哮喘病人。柔和的月光照在旧住宅区的屋顶。他们走到街道的十字路口时，一阵微风迎面吹来。走过安静的街道，他们终于来到了病人家里。起初，这位老人的喋喋不休让人感到厌烦。他长篇大论地讲，有些人一直对当地政府不满，总是那几个人讨到又轻松又暴利的工作，事情不该是这样子的。"总有一天，"他边说边搓手，"倒霉事早晚会轮到自己。"李欧给他检查的时候，他还在讲这个话题。

他们听到了头顶有脚步声。看到塔鲁抬头看，病人的老伴儿解释说，这是隔壁的女邻居在阳台上走动。她还说，从阳台上能看到美丽的风景，这一带的居民区一栋房屋的阳台跟另一栋房子的阳台是相通的，这样若妇女们想串门就不用走到街上了。

"为何不上去瞧瞧呢？"病人说，"那空气很好，你们一定会喜欢的。"

到了阳台上，他们发现只有三个空椅子，根本没人。从一头儿望去，可以看到一排排的阳台向远处延伸，在最远处跟黑黑的一个大物体相接，他们认出了那是奥兰城的一座小山。从另一边望去，穿过几条街和隐隐约约的海港，可以看见地平线，那里海天相接，微波荡漾。再远一些，可以瞥见那是悬崖，再远些，可以看到一片微光有规律地若隐若现，光源在哪里却看不到。航道上的灯塔，一直在发挥作用，为驶向其他海港的船只发出信号。夜风晕开了云彩，星星像裹了银装似的闪闪发光，远处灯塔上的黄色的微光时不时地忽隐忽现。一阵微风拂过，传来一阵青草的芳香和温暖的石头的气息。四周静得出奇。

"空气真不错。"李欧坐下来的时候说道，"你一定感觉鼠疫似乎从来不会在这里发生。"

塔鲁背对着医生望着大海。

"是啊！"沉默片刻他说，"在这儿待着真舒服。"

然后，他坐到李欧旁边的椅子上，目不转睛地看着李欧。微光在天空出现了三次又消失了。从街上的房子里传来一阵杯盘的碰撞声。这时，屋里的门砰地响了一声。

"李欧，"塔鲁用非常自然的口吻问，"你知道吗，你似乎从来没有对我究竟是什么样的人感兴趣。我可以拿你当朋友吗？"

"当然，我们就是朋友。只不过我们一直都没有时间。"

"好，这样我就更有信心了。看在朋友的份上，我们就腾出一小时的时间来叙叙旧如何？"

李欧微笑示意同意。

"那么，我们开始吧。"

隐隐约约可以听到在几条街以外的地方，有辆汽车在潮湿马路上滑行发出的声音。汽车声音消失后，又模模糊糊传来了喊叫声再次打破了平静。而后，繁星点点的天空里像是一张细密的面纱盖住塔鲁和医生，沉默又侵袭了这个夜晚。塔鲁站起来走到栏杆处在李欧对面坐下来。李欧还是舒舒服服地坐在椅子上。映照在闪闪发光的夜空下，只能模糊看到李欧魁梧的身材。塔鲁讲了很多，下面是他讲的主要内容。

"李欧。我还是简单地说吧，其实我早就碰上过鼠疫，那是在我来奥兰城很久以前，早就见过鼠疫。也就是说，我跟大家一样。有些人根本不知道鼠疫来了或者抱着随遇而安的心态，也有一些人感到了鼠疫并且千方百计想摆脱它。我自己一直都想摆脱它。

"小时候我总是怀着天真的想法。也就是说。那时的我就像一张白纸。我并不是那种喜欢自我折磨的人。而且，开始时我过着不错的生活。那时，我想要的东西都有了。还有，我智商也不错，颇受女孩子欢迎。如果要问我有忧愁吗，那么答案是来得快去得也快。后来的某一天，我就开始思考了。现在……

"我应该告诉你，我小时候并不像你一样穷。我父亲有一份很不错的工作——代理检察官。不过，看他的长相，你一定不会猜到他是检察官，因为他有一张友善的脸，而且本人确实也很亲切。我母亲是一个单纯而害羞的女人。我一直都深深地爱着她。但我不想谈起她。我父亲也一直对我都很好，我甚至认为他一直都在尽力理解我。然而，他不是一个模范丈夫。现在，我知道了，虽然这点让我大吃一惊。即使在他对母亲不忠时也表现得让大家充分相信他永远不会闹出丑闻。总之，他不是一个怪人，处事大方得体。现在他不在了，我意识到，即使不像圣人一样，他也可以称为大家所谓的'好人'。他是介于二者之间，采用了中庸之道。他是这样一类人——能给人带来带有神秘的亲切感，而且让人感觉意犹未尽。

"我父亲有一个特点。就是他每天都要看一本叫作《旅游指南》的书。当然，并不是说他喜欢旅游。而且，他只在暑假的时候带我和母亲到布列塔尼去度假。在那里，他有一间乡村小别墅。他还可以称为一个火车时刻表。他可以准确告诉你，从巴黎开往柏林的火车具体的出发时间和到达时间。他还可以告诉你，怎么坐车从里昂到华沙以及具体出发时间。甚至还可以说出你要去的两大首都之间的距离。您能说出从布里昂松到夏蒙尼怎么走吗？我敢说，即使是站长也不一定能马上说出来。但是，我父亲知道答案而且可以快速说出来。为了丰富在这方面的知识，他几乎每天都要做练习，并且为此非常自豪。他的这个业余爱好我觉得非常好玩。我常向他提问非常复杂的旅游线路问题，得知答案后便翻开《旅游指南》核对，结果都是正确的。多亏了这些旅游游戏，每天晚上我都要跟父亲玩一会儿，那时我们相处得非常好。我是一个他需要的忠实的听众，每次我都听得很认真，对他给出的答案给出高度评价。而且，我认为父亲在计算旅游线路和时刻方面的才干与他其他才干不分伯仲。

"但是，我讲得太投入了，可能对这位有志向的人做出了过高的评价。实际上，他对我下面要讲的做出的改变只是担任了间接影响的角色。他只不过是给了我一次机会。我十七岁那年，父亲要我到法庭去听他发言。这是一桩重大的刑事案件。可能他想让我见识见识他的才华。我猜他一定是希望我会喜欢上法庭的盛况和开庭仪式，并想通过这些鼓励我子承父志，继承他的事业。我可以说，他信心十足，我一定会看到他在法庭上性格的另一面，这与其平日里在家的慈父形象截然不同。当然，这也是我去法庭的唯一原因。法庭上发生的一切，对我来说，都非常自然。就像七月十四日的国庆节或者学校的一次演讲一样。这方面的概念对我来说，非常抽象，而且我一点儿也没有感到不安。

"那天整个审讯过程中，给我留下印象的只有那个犯人。我知道他犯了罪——是什么罪已经不重要。犯人是个小个子，大概三十岁，留着稀疏的金发，看起来迫切地想承认一切罪行，而且为自己犯下的罪以及将受到的惩罚而吓得几乎魂飞魄散。几分钟后，我的注意力全部集中在被告席的这位小个子犯人身上。他就像受到强烈光线照射的猫头鹰。他的领带已经有些走了样，不停地一直咬右手的手指甲……我没必要再多讲了吧，对吧？你一定明白——他是一个活生生的人。

"突然，我一下子明白了，之前，我想到他仅仅停留在'被告'这一概念。虽然，我不能说当时我几乎完全忘记了父亲，但我的命脉好像被什么东西抓住了，把我的注意力全部控制在被告席的这个小个子犯人身上。我几乎什么也没有听见，只知道他们想要杀死那个活生生的人，一种强烈的本能就像大浪一样涌上我心头，并把我推向犯人这边。直到父亲起身宣读起诉书我才醒过来。

"穿上红色法衣，父亲就像变了一个人，不再亲切友好。他嘴里不停地喷出又长又压抑的句子，就像游来游去的蛇一样。我明白了，他以社会的名义要求判犯人死刑，他甚至还要求砍掉犯人的脑袋。我承认，这不是他的原话。他说的应该是'他必须受到最严厉的惩罚'。不过，这两种说法差别不大，反正结果都是一样的。他还说，犯人的脑袋应该掉下来。只不过他不去执行这一具体的任务。这个案子我一直听到最后，我竟然觉得那个犯人有着一种令人着迷的亲切感，这种亲切感，父亲是没有的。然而，在处决犯人的最后时刻我父亲必须出席，那个时刻讲的话一般都比较文雅，但是这种虚伪无异于最卑劣的谋杀。

"从那天起，每次我看到那本《旅游指南》时，就感到恶心。也就是从那天起，我讨厌法院，死刑，处决。一想到，我父亲已经见证过那么多次的谋杀，我就很沮丧。每逢这样的日子，毫无疑问，他就起得很早。我记得，过去每逢这样的场合，他就调好闹钟，以防万一。我不敢告诉母亲这些。但是，后来，经过我更仔细地观察她，发现他们的感情生活现在是一片空白，她已经不抱希望了。这些都帮我'原谅'了母亲。后来，我才知道其实这里根本就没有什么可原谅不原谅的。结婚之前，母亲家里很穷，是贫穷让她学会了屈服和忍让。

"可能你在期望我告诉你，之后我立刻离开了家。不，实际上，我在家又待了好几个月，差不多一年呢。一天晚上，我父亲第二天又要早起，他又找他的闹钟。那晚，我没睡着。第二天，他回到家时，我已经离家出走了。

"后来的事就长话短说吧，我收到一封父亲的信，他还派人到处找我。所以，我就去见他了。我没有解释我离家出走的原因，只是冷静地直接告诉了他，如果他逼我回家，我就自杀。最后，他还是同意我坚持自己的选择（就像我说过的，他本性善良），不过，他给我讲了很多大道理，指出'走自己的路，过自己的生活'是很愚蠢的。（他是这么看待我的行为的，而我也没有反驳他），他还给了我许多不错的建议。从他讲话的表情里可以看出，他很伤心，而且尽力控制住眼泪不让它流出来。后来——在那件事过去很久以后，我养成了定期去探望母亲的习惯，而且，每次我都能见到父亲。我想这些偶尔的重逢让他很满意。我其实一点儿也不恨他，只是有一丝伤感。父亲死后，我就把母亲接过来跟我一块儿住了。如果她现在还活着的话，应该还是跟我一块儿住呢。

"因为对我来说，这是一切的开始，所以我把开始的事情讲得比较详细。接下来我要讲得快些。十八岁以前我一直过着比较安逸的生活。十八岁后，我就开始过得贫穷落魄了。我干过多种工作，而且干得还不错。不过，生活里我最关注的是死刑。我想为这头可怜的被吓坏了的猫头鹰辩护。因此，就像人们说的，我成为一名辩护律师。总之，我不想成为鼠疫患者。我认为，整个社会秩序是建立在死刑的基础上的，为了改善整个社会秩序，我一直反对谋杀。这是我的观点，也有人这样对我说过，现在，我仍然认为我的观点基本是正确的。后来，我加入到当时我喜欢的一群队伍中，而且一直都喜欢这支队伍。就这样，我们团结起来奋斗了很多年，在欧洲发生的这样的斗争，没有我不参加的。具体这些斗争就不多说了。

"当然，当时我就明白，有时候实行死刑是必要的。不过，有人告诉我为了建立一个不再有谋杀的新社会，这些人的死是不可避免的。从某种程度上讲，这是正确的，现在我恐怕不能坚持这种真理了。无论如何，我当时很犹豫。然而，当我想到被告席上那头受苦的猫头鹰时，我就确定要继续坚持了。直到有一天，我出席了一次处决——那是发生在匈牙利的——我年少时经历的那一幕在那一刻又一五一十地再次上演，我又感到一阵眩晕。

"您有没有亲眼看过枪毙人？没有，当然没有的，旁观者都是选出来的，就像一次私人聚会，你必须有请帖才能进去。这种事你一定从书上或者报纸上看到过。被枪决者，都蒙着眼，一些士兵拿着枪站在远处。实际上根本不是那么回事。您知道吗，拿枪的人站的距离被枪决者只有一米半远，只要受刑者向前迈两步，他们的胸口就碰到了枪？这么短的距离，士兵们瞄准受刑者的心脏的部位，子弹就在胸口打开了一个大洞，这个洞的大小差不多可以让您的拳头伸进去。这个您知道吗？不，您当然不知道，因为人们是从来不谈这些的。对鼠疫患者来说，心灵的平静要比生命本身更重要。打扰这些朴实的人民应该享有安静的睡眠，不是吗？事实上，常识告诉我们，只有品味固执的人才会纠结于这些细节。不过，从那以后我就没有睡过安稳觉。我就是品味固执，一直纠结于这些小细节。

"因此，我逐渐懂得了，其实在过去的那些年里，我一直都是鼠疫患者。而一直以来我都在自相矛盾地相信自己在跟鼠疫做斗争。我渐渐知道，我间接支持了成千上万人的死亡，因为我赞同了一切导致死亡的行为和原则。有些人根本不为有这种想法而感到尴尬和内疚，无论如何，他们从不主动谈论这些。但是，我跟他们不一样，我意识到了自己的愚蠢。虽然我跟他们一起，但是我心里还是孤独的。我跟他们谈到这些问题时，他们劝我不要想这些问题，我应该思考目前引起争论的重要话题。他们还经常给我讲特别感人的事迹，还硬要我接受，这些故事我根本不能接受更别提消化了。我回答说，穿着红色法衣的大鼠疫患者摆出充分的论据为他们自己辩护，如果我一旦承认那些小鼠疫患者提出的必要论据和不可抗拒的理由时，就不能拒绝那些大鼠疫患者所讲的同样的理由。他们反驳说，最可靠的参与红色法衣的辩论游戏的方法就是让红色法衣垄断刑罚的处决权。我当时回答说，一旦你做出了第一次让步，就不得不一直退让下去。我认为历史已经证明了我的观点。今天，这儿即将上演一场杀人比赛，看看谁杀人最多，谁获胜。他们都发疯似的杀人，即使他们想停下来，也控制不住自己要杀人的欲望。

"无论怎么说，我关心的不是和别人争辩，一比高下，而是那只可怜的猫头鹰，是法庭上那些肮脏的嘴发出的鼠疫般恶臭的宣判——宣判一个失去自由的人的死刑，并为他办理好一切死亡手续，那个原本已经失去自由的人日日夜夜备受煎熬，最后只是坐等被无情的枪毙。胸口上那个拳头大的洞一直在我脑海里萦绕。我告诉自己，在我弄清楚问题的过程中，任何事都不能促使我接受这种允许残酷的屠杀的观点。在彻底弄清楚问题之前，我选择盲目的顽固，坚持自己的观点。

"至今，我的思想也还是老样子。这么多年来，我一直都感到惭愧，为自己曾经做过杀手，即使是间接的，但这是出于善良而美好的动机，改变不了事实。随着时间的推移，现在我又发现了，即使那些比一般人更善良的人也控制不住想杀人或者被杀，因为他们就活在这样的逻辑中。而且，我们的一举一动都有可能给别人带来死亡。是的，我一直以来都感到惭愧，而且我还意识到，我们都生活在鼠疫中，我已经失去了平静。今天，我仍然在努力寻找那份失去的平静，尽量理解他们每个人，不要成为任何人的敌人。我只知道，任何人必须竭尽所能不再去当鼠疫患者，只有这样，我们才有希望重获安宁。或者，即使失败了，也是一种光荣的牺牲。只有这样，才能给人们带来安慰，即使不能拯救他们，至少也可以让他们尽可能地受到最小的伤害，有时候对他们还有些好处。这就是我为什么坚决拒绝一切直接或间接给人带来死亡的事，无论有理还是没理，也坚决拒绝为这类事辩护。

"而且，这也是为什么鼠疫没有教会我任何新的东西，除了让我明白了我必须跟您并肩作战。我确认——是的，李欧，我敢说我对这个世界了解得非常透彻，而且您可能也看出来了：其实我们每个人心里都有鼠疫。世界上没有一个人可以幸免。因此，我们每个人都要非常谨慎，免得稍微一不小心，自己呼出的气传到别人脸上，把鼠疫传染给他。细菌自然就产生。其余的，如健康、正直、纯洁，这些都是人类意志的产物，而且这些是永远都不该消失的。善良正直的人，几乎没有把鼠疫传染给任何人，因为这些人总是全神贯注地处事，而且非常小心。做到这一点，需要强大的意志力，内心一直处于非常紧张的状态。确实，李欧，作为一个鼠疫患者，是非常累人的。然而，拒绝当一名鼠疫患者则是一项更累人的工作。所以，世界上每个人看起来都是那么累，那么憔悴。而且，每个人都或多或少地染上了鼠疫。不过，我们当中有一些人想把鼠疫从他们的生活中赶出来，但他们感到既累又绝望，只有死亡才能让他们摆脱这种身心憔悴。

"从现在起，我觉得今天这个世界已经没有我的位置了，我对这个世界已没有了价值。自从我下定决心放弃杀人的那天起，我就对自己宣判了永无止境的放逐，并把创造历史的任务留给其他人。而且，我也知道，我对他们进行的评价不够科学。我因缺少精神分析的知识而没能成为一个合格的谋杀者。因此，这是我的缺陷而不是优点。不过，我还是喜欢现在的我，现在我已经学会了谦虚。我还想说，世界上既有迫害者（瘟疫），也有受害者，至于站在哪边，我们会尽量不站在迫害者的行列。这听起来好像有点简单幼稚，但是我不能确定它是否简单，我只是知道这是事实。你知道的，我以前听过许多大道理，而且这些大道理当时真是几乎把我说服了，就像说服其他人一样——赞同谋杀。我渐渐认识到，我们的问题在于我们不能用简明扼要的话来理解。我们被他们拐弯抹角的说辞给迷惑了。所以，我努力讲话和行动都简单明确。只有这样，我才能回到正道。正因为如此，我才说这个世界有迫害者也有受害者，仅此而已。如果我说这些话的时候，我自己也变成了'鼠疫细菌的携带者'（迫害者），至少我不是故意的。总之，我一直在努力成为一名无罪的谋杀者。而且，您知道的，我这个人没雄心大志。我觉得我们应该补充一下第三种人——他们是真正的医生。事实上，人们很难遇到真正的医生，而且这可不是一个简单的职业。正因为如此，我才决定，为了减少损失，降低伤害，无论在什么情况下，我都坚决站在受害者这一边。从中至少我可以知道怎样才能达到第三种人的境界，换句话说，就是获得内心的平静。"

说到最后时，塔鲁边摆弄腿，边用脚轻拍着平台。沉默片刻后，医生稍微坐正了些，问塔鲁是否知道通往内心的平静的那条路。

"是的，"他说，"那就是同情心。"

远处两辆救护车的铃声响了。刚刚喊叫声还隐隐约约可以听到，现在都汇集到了城郊。靠近石山的地方，好像有枪声。之后，又是一阵沉默。远处的灯塔又闪了两次。风力渐渐变大，一阵海风吹来，带来了一股海水的味道。同时，他们还可以清楚地听到海浪拍打悬崖发出低沉的声音。

"简而言之，"塔鲁很随意地说，"我感兴趣的是怎样成为一位圣人。"

"不过，你并不信仰上帝啊！"

"确实是，不信仰上帝是否照样可以成为圣人？——这是我今天遇到的唯一具体问题。"

突然，刚才传来喊叫声的地方出现一道光，一阵乱哄哄的声音伴着风传到塔鲁和医生的耳朵里。不过，那道光线很快就消失了，只留下一片淡淡的红光。风停的瞬间，他们清晰地听到嘈杂的说话声和枪声，之后是人群的大声喧哗声。塔鲁站起来想听更仔细些，可惜却什么都听不到。

"我猜城门口又起冲突了。"

"不过，现在已经结束了。"李欧说。

塔鲁用一种低沉的声音说："这些永远都不会结束，而且会有更多的受害者，因为这是必然的事。"

"可能吧，"医生回答说，"但是，您知道，我感到自己更多的是跟受害者是一体的，而不是圣人。我想，英雄主义和圣人之道对我没有吸引力。我只想做一个真正的人。"

"是的，我们追求的目标是一致的。只不过，我没有您那样的雄心大志。"

李欧觉得塔鲁是在开玩笑，就朝他笑了笑。但是，借着夜空中朦胧的光，李欧看到了一张忧伤又严肃的脸。又刮来了一阵风，李欧感到暖暖的。塔鲁却忍不住抖了一下。

"您认为，"他说，"为了友谊，我们现在该做些什么呢？"

"任何你喜欢的事都行，塔鲁。"

"我们去游泳吧。这是一项即使是将要成为圣人的人也会热衷的无害娱乐活动。您说是吗？"李欧又笑了笑，塔鲁继续说，"我们有通行证，可以去码头。事实上，每天活在鼠疫的阴影下是很愚蠢的。当然，我们应该跟鼠疫做斗争，但是因此而对其他一切事物都失去兴趣，那么我们奋斗的意义何在？"

"对，"李欧说，"我们去吧。"

几分钟后，汽车在港口的入口附近停了下来。月亮已经升起来了，借着银灰色的光辉照得四周成朦胧的影子。他们身后是奥兰城里一排排的房屋，从屋里散发出来又热又臭的空气，促使他们即刻奔向大海。向门卫出示通行证后，那门卫检查了好久才让他们进去。他们穿过堆满了木桶的空地，这里的空气散发着变质的红酒和鱼腥味儿，逼着他们径直朝防波堤走去。快到防波堤的时候，一股碘和海藻的气味扑来，告诉他们大海马上就在眼前了。他们还听到了海浪敲打岩石的声音。

一到防波堤，他们就看到大海仿佛向他们涌来。海面既像丝绒一样厚实，又像动物的皮毛一样灵活，柔软光滑。他们坐在岩石上，面朝大海。海水缓慢地高起又降下，就像人平静的呼吸一样。亮晶晶的闪光在海面上若隐若现。一幅无边无际的夜景图在他们面前展开来。李欧用手摸着经过风吹日晒已变得凸凹不平的岩石，一种特别的幸福感油然而生。转向他的朋友塔鲁，他看到了朋友的脸上同样洋溢着幸福的笑容，这种幸福感让塔鲁不能忘记任何事，当然也无法忘记谋杀。

他们脱掉衣服，李欧先跳下了水。开始时，他感到水凉，于是就又浮到水面上，却感到水是温的。又游了一会儿，李欧发现，水之所以是温的，是因为现在已经是秋天，海水积攒了一夏天的热量。他匀速地向前游着，两脚打水，身后留下一串串翻滚的泡沫，海水沿着他的胳膊一直流到腿部。听到很响的扑通一声，李欧知道，塔鲁也跳到水里了。这会儿，李欧翻身躺在水面上一动不动，静静地望着有着月亮和繁星的夜空。他深吸了一口气。然后，在这寂静的夜里，他听到了打水的声音，而且越来越大。塔鲁这会儿已经赶上他了，现在他甚至还可以听到塔鲁的呼吸声。

李欧翻过身来，跟他的朋友塔鲁并肩游着。不过，塔鲁是个游泳高手，李欧必须加速追赶他。有那么几分钟，他们肩并肩，用同样的热情，同样的节奏游。远离这个世界的喧嚣，最后终于摆脱了奥兰城，摆脱了鼠疫。李欧先停了下来。他们缓慢游回去。不过，游回去时，他们碰到了一股冰凉的水流，大海的这种突然袭击，他们有些措手不及，不知不觉地加快了速度。

他们穿上衣服，往回走。路上两个人都没说话，但是他们心有灵犀，都很明白——今夜给他们留下了最珍贵的回忆。他们远远地看到疫区的门卫时，李欧猜想，塔鲁跟他一样，认为鼠疫给他们暂时休息的时间，暂时放他们一马，这很好。不过，现在又要重新开始了。

是的，鼠疫是不会长期把一个人忘记的，现在，它又要重新开始了。就在十二月份，它又在市民的胸口燃烧起来，火葬场也烧得更旺，隔离所的人像失去重心的漂浮物。总之，它迈着一种既顽固又无序的步伐不停地向人类冲来。地方当局希望冬天快些到来，好遏制住鼠疫的蔓延，然而鼠疫却迈着顽固的步伐依然穿越了初冬。我们唯一能做的事就是等。因为市民已经等了太久而放弃了希望，全城人民过着不见天日的日子。

对李欧医生来说，那天晚上所享受的平静和友谊已经一去不复返。城里又开了一家医院，他每天只能跟病人交流。他注意到了这一阶段发生了一些变化：现在肺鼠疫患者越来越多，不过，病人似乎更加配合医生的工作了。他们不像鼠疫初期时那么歇斯底里或发狂，现在他们对自己的利益有了更清楚的认识，还主动要求对他们有益的东西。因此，他们总是要水喝，想得到别人热情温暖的对待。尽管这些要求同样让李欧感到精疲力竭，但李欧感到：现在不是他一个人在孤军奋战，因为病人现在都非常配合。

临近十二月底时，李欧收到了预审长官奥东先生从隔离所寄来的一封信。他说，他的隔离检疫期限已经过了，但不幸的是管理部门却找不到他进隔离所的时间，现在他还在被错误的关在那里。他的妻子，最近刚从隔离所出来，她跑到政府办公室去抗议，却碰了一鼻子灰。他们对她说，政府是绝不会出错的。李欧让兰伯特调查这个问题。几天后，奥东先生就去拜访他了。事实上，这里确实出了问题，李欧愤愤不平地说。然而，日渐消瘦的奥东先生举起他那软弱无力的手，若有所思地说，人难免会出差错的。医生觉得情况发生了一些变化。

"奥东先生，您现在有什么打算?"李欧问，"我猜一定有一大堆事等着您处理的。"

"不错，不过事实上，我要请假。"

"我非常理解，您需要好好休息。"

"不是这个原因，是我想回到隔离所去。"

李欧不敢相信自己的耳朵。"可是您才刚刚从那里出来啊!"

"恐怕是我没跟您讲清楚。我听说隔离所里有一些政府部门的人去那里做志愿者的工作。"这位法官一边使劲睁睁他那双圆圆的眼，一边把他那一绺竖起来的头发弄平，"这可以让我忙起来。这点您也知道的。我知道这听起来有点不可思议，但是我在那里会感到离我那孩子近些。"

李欧盯着他。奥东先生那双严肃又缺乏表情的眼睛可能突然显出一丝温情吗? 不可能的，而且那双眼已经变得非常浑浊，失去了金属光泽。

"当然可以，"李欧说，"既然你想这么做，我就帮您安排一下。"

医生遵守了他的诺言，饱受鼠疫折磨的奥兰城在圣诞节到来之前，一切都还是老样子。塔鲁还是一如既往地高效率解决交给他的问题。兰伯特私下里告诉医生，有两个士兵帮忙为他和妻子送信，而且，他还会时不时地收到他妻子的回信呢。他还建议医生也用一下他的秘密渠道，李欧答应了。几个月以来，李欧第一次写信。他感到这还真是件费劲的事，就像他要重新捡起那一种已经忘记的语言一样。信已经送出去了，却一直没有回音。对科达来说，可是好运不断，他利用这特殊时期干起投机倒把的生意，而且还真发了大财。不过，在这圣诞节期间，他却运气不佳，生意冷清。

确实，那年的圣诞节跟往年大不一样。今年更多的是像地狱节而不是天堂节。暗淡无光，空荡荡的店铺里，只能透过橱窗看到一些假巧克力和空盒子。电车里的乘客个个无精打采，愁眉不展——全然没有往年节日的气氛。

往年的圣诞节，城里所有人，无论是穷人还是富人，都充分享受节日的喜庆。现在呢，只有极少数的享有特权的有钱人才这么做。他们孤零零地躲在堆满灰尘的店铺后间，或者自己家里，享受着这种脱离大众的见不得人的狂欢。教堂里响起的不是赞歌而是哀歌。你可以看到，一些年纪非常小的孩子们在冷冷清清的街上玩耍。他们太小了，根本不知道摆在他们眼前的威胁。但是，没有人敢告诉他们：以往的圣诞节是什么样的，有圣诞老人送礼物，圣诞老人既跟人类的忧伤一样古老，又跟年轻人充满的希望和朝气一样新鲜。人们心里只剩下一个古老而微弱的希望，这个希望可以阻止人们随波逐流，自取灭亡，给人顽强的意志好继续活下去。

圣诞节前夕，格兰德没有像往常一样赴约。李欧有点担心，于是第二天早上就跑到格兰德家，但格兰德不在家。李欧就告诉他的朋友们去找找看。大约上午十一点的时候，兰伯特说他在街上看见格兰德了，他在大街上漫无目的地徘徊，而且"看起来也非常古怪"。不巧的是转眼间格兰德又消失了。塔鲁和医生准备开车去找格兰德。

中午，李欧他们刚下车就感觉寒气逼人。他已经看到格兰德就在不远处，格兰德的脸似乎贴到了商店里摆着粗糙木制玩具的橱窗上。这位老伙计的眼泪不停地往下流。这深深拨动了医生的心弦，因为这些他都非常理解，最后，医生也情不自禁地留下了同情的眼泪。他突然想起这位老伙计曾告诉他订婚时的那一幕——那时也是圣诞节，当时这位老伙计也是站在一家商店的橱窗前，珍妮突然转身抬头对他说，她非常开心。李欧猜到了，现在珍妮那甜美的声音穿越那遥远的过去，不停地在格兰德耳边回响。而且李欧还知道，这位老伙计泪流满面的时候在想什么，因为，李欧自己也在想这些——一个没有爱的世界就是没有生命的世界。总有那么一刻，人们厌烦了监狱、工作，和身上所担的责任，想要去寻找爱人，寻找那久违的温情。

格兰德通过玻璃看到了医生的反应。他转过身，靠在橱窗上，望着医生走过来，而他的眼泪还在不停地流。

"啊，医生啊，医生。"他哭得快说不出话来。

李欧也说不出话来。他只能做个模糊的手势，表示非常理解。这一刻，他感同身受格兰德的痛苦。他满腔愤怒，这是看到大家痛苦时，我们都会产生这样的感情。

"是啊，格兰德。"他喃喃地说。

"哎，如果我找时间给她写信那该多好啊！告诉她……让她毫无内疚地快乐生活。"

李欧挽着格兰德的胳膊往前走，他的动作甚至有点粗鲁。格兰德没有拒绝，边走边抽泣地说着断断续续的话。

"太久了，实在是太久啦！一直以来，我都是听天由命，最后却没有办法，只能听天由命了。啊，医生，我知道我一直看起来都非常平静，跟其他人一样。然而，想要表现得非常正常，非常自然，真不是件容易的事。现在，我已经受不了了。"

格兰德终于停了下来，可是他浑身发抖，眼睛哭得像发高烧一样红。李欧摸摸他的手，感觉像火一样烫。

"你该回家了。"

但是，格兰德挣脱了医生的手，跑起来。跑了几步后，他停了下来，张开双臂，摇摇晃晃的。他转了个圈，就倒在人行道上，他还在哭，而且脸上布满了泪痕。朝这个方向走来的人，看到这种情景都突然停下来，不敢靠近。李欧只好抱起这位老伙计，走向车子。

格兰德躺在床上，呼吸困难，他的肺部已经受到感染。李欧想了想，这位老伙计没有亲人。又何必送他进病房呢？他和塔鲁可以照顾他。

格兰德把头深深埋进枕头里，他的脸变成了灰绿色，目光呆滞又暗淡无光。他一直盯着塔鲁用一只旧木箱的碎片点起来的微弱的火焰。"我的情况不妙。"他喃喃地说。每当他想说话时，燃烧的肺部就发出噼噼啪啪的声音。李欧告诉他不要讲话，他一定会康复的。病人先是张开嘴巴好奇地笑了笑，脸上闪过一丝光芒。"如果我能挺过去，医生——我向您脱帽敬礼。"说完不久他又进入了极度的衰竭状态。

几小时后，李欧他们又过来看他。他们发现，格兰德正坐在床上，李欧顿时被他脸上发生的剧烈变化吓了一跳：他已经被病魔折磨得没了人样儿。但是，他却似乎变得更清醒了。让他们即刻从抽屉里拿出他的手稿。这份手稿他经常带在身边。塔鲁把手稿拿给他后，他没有看他们，把手稿紧紧地揾在胸口，然后把它递给医生，示意要他读出来。这份手稿大概有五十页。李欧快速浏览了一遍，发现上面其实只有一句话，只是不断地改来改去，或简化一下，或加上更多修饰语。五月，女骑士，林间小道，采用不同的排列组合方式组成不同的句子。而且，作者还加了非常冗长的注释，罗列了各种组合方式。不过，在最后一页末尾，很明显地写道："我亲爱的珍妮，今天是圣诞节。"只有八个单词，这句上面还有呢，而且，从工整的墨迹看起来，是格兰德写的最新的版本。格兰德小声说："请读一下！"李欧读着："五月的一个晴朗的清晨，一位苗条的女骑士骑着一匹发亮的栗色骏马在花丛中穿过树林小径……"

"是这样吗？"格兰德激动地问道。李欧没有看他，只听到他激动地说："啊，我知道了，我知道了您在想什么。晴朗不是一个准确的词。"

李欧握住了病人放在被子上的手。

"不，医生。太晚了，没有时间了。"他胸口疼得厉害，然后突然暴发出刺耳又响亮的声音，"把它烧了吧！"

医生在犹豫。但格兰德又用一种很坚决又很痛苦的口气重复了一下他的命令。李欧走向壁炉，把手稿扔进快要熄灭的炉子里。火烧得更旺了，屋子里很快亮了起来，而且还给屋里带来了片刻温暖。医生回到病人床前时，格兰德已经转过身子，脸快要碰到墙了。给格兰德注射完血清，李欧告诉他朋友，格兰德活不过今夜了。塔鲁主动提出来晚上留下来。医生同意了。

整个夜晚，李欧的脑海里不停地闪现格兰德要死这个想法。但是，第二天早上，他却发现他的病人正坐在病床上，跟塔鲁聊天。病人的体温已经降到正常了，除了感到有点儿无力外，没有其他任何症状了。

"是的，医生。"格兰德说，"昨天我太激动太匆忙了。不过，你知道的，我还记着每一个单词，我可以重新开始写。"

李欧谨慎地看着塔鲁说："我们必须再等等。"

然而，到中午的时候，还是没有变化。熬到晚上就可以说明格兰德就脱离了危险。李欧对这种"起死回生"的迹象很是迷惑不解。

还有惊喜等着李欧。差不多也是在这个时候，人们把一个小女孩送到了医院里，李欧诊断感到是无药可医了。甚至，病人一到医院，他就把她安排到了隔离病房。病人在不停地说胡话，而且她的症状已经充分说明她染上了肺鼠疫。然而，第二天早上，她的高烧也退了。根据以前的经验，医生推断，一般鼠疫患者在早上时候温度都会降一些，在他看来，这是一个不祥之兆。但是，中午时候，女孩的体温还是没有变化。晚上时，只是稍微升高了一点儿。第三天早上，体温已经完全正常了。病人虽然很疲惫，但是已经可以自由地呼吸了。李欧告诉塔鲁，女孩的康复真是"不符合任何常规，很反常"。不过，在接下来的一周里，他又碰到了四个跟女孩类似的病例。

周末，李欧和塔鲁一起去拜访他的老哮喘病人时，老人非常兴奋。

"你们相信吗？他们又出来了。"老人说。

"谁？"

"嘿，是老鼠！"

自四月份以来，奥兰城从未见过一只死的或活的老鼠。

"这是不是意味着一切又重新开始啦？"塔鲁问李欧。

老人高兴地一直搓手。

"医生，您真应该看看它们奔跑的样子。看了真让人开心啊！"

老人亲眼看到过两只老鼠从街上通过他家门口蹿进来。他的邻居也告诉他，他们在自己地下室里也看到了。人们在屋里还听到了久违的老鼠活动的声音。它们啾啾吱吱地躲在木制品后面。李欧每周一最大的兴趣是等待着宣布死亡数字。这些数字表明，鼠疫形势好转。

第 5 章

虽然这次鼠疫疫情突然减弱出乎市民的意料，但是市民还不敢高兴得太早。虽然他们都迫切希望摆脱鼠疫，但是，艰难地熬过这几个月让他们已经变得非常谨慎，他们已经不敢奢望疫情短期内迅速结束。同时，疫情新的变化成为市民街谈巷议的话题，而且市民开始暗暗内心充满希望，但又不敢讲出来。其他一切都变成次要的了。在惊人的数据面前——每周的死亡数字都在下降。相比之下，现在每天死于鼠疫的人就算不了什么了。大家都在内心小心翼翼、暗暗地期待回到过去那个"健康的黄金时代"，虽然他们没有讲出来，表面上一副无所谓的样子。因此，人们谈论鼠疫过去后怎么重新安排他们的新生活。这是一个很明显的现象。

大家都认为，过去那些生活设施不可能马上恢复。破坏远比重建要简单，迅速得多。不过，人们都认为改善食品供应状况是很有希望实现的，这样一来，就可以缓解每个家庭最迫切，最担心的问题。但事实上，谈论的这些琐碎的话题背后，潜伏着人们狂野奢侈的希望。常常是有人意识到了这一点，就会马上解释说，即使是最乐观的来看，你也不能期望鼠疫一夜之间消失。

确实，鼠疫没有很快消失。但它减弱的速度比我们合理的期望要快很多。一月的第一周内，持续的严寒仍然笼罩着奥兰城，这是很少见的。但天空却从没有这样蔚蓝，每天灿烂而不带暖意的阳光照耀着奥兰城。经过霜冻严寒，鼠疫好像已经失去了力量，因为已经连续三个月死亡人数都是骤降的。也就是在短短的时期内，鼠疫已经失去了它在几个月以来所积蓄的所有力量。有些被鼠疫选中的人却奇迹般的死里逃生了，就像格兰德和李欧医生的那位女病人。它在一个区域猖狂两三天的同时，却在另一个区域完全消失。星期一它可能有几个鼠疫患者毙命，但是，到周三时，几乎所有病人可以逃脱。总之，它发狂似的发动攻击之后，就是精疲力竭地无力——所有这一切给市民留下了这样一种印象：它已经变得精疲力竭，恼羞成怒了，它已经失去了之前那种有着无与伦比的控制力，无情粗暴又高效地任意蹂躏人类，"要风得风"的日子已经一去不复返。卡斯特尔的抗鼠疫血清不断地起效了。在此之前，是毫无效果的。而且，之前医生所采取的种种措施都没有见效，现在却奇迹般地屡试不爽。好像鼠疫也遭到了攻击，它变弱了，甚至原来人类采用的迟钝的武器现在也能对付它了。不过有些时候，鼠疫又会不甘心，于是便用尽浑身解数，盲目地向两三个人发起进攻，这些病人本来是有望康复的。这些人真是倒霉，在最有希望的时刻竟然被夺去了性命。奥东先生就是一个例子，最后人们不得不把他撤出隔离所。塔鲁提到他时说："他运气不好。"但是，人们很难判断塔鲁说的是奥东先生活着的时候运气不好还是指他死的时候。

但是，总之，疫势在全线撤退。起初，政府的公报只是含蓄地表现出一丝希望，现在他们已经证实了人类胜券在握，敌人正在放弃它的阵地。实际上，那会儿还很难确定，是否可以称为我们胜利了。确定的是现在鼠疫正莫名其妙地离开，就像它来时一样莫名其妙。我们的策略没有改变，昨天很明显是没有效果的，今天看起来却是起效了。事实上，人们最深的印象是：鼠疫在达到它的所有目的后便撤退了。可以说，它已经达到了目的。

但是，城里好像什么变化也没有。白天，街上还是非常安静。到晚上，街上就挤满了人，他们都穿着大衣，围着围巾。咖啡厅和电影院的生意还是那么好。不过，如果你仔细看的话，可能会注意到，现在，人们不再像以前那么紧张了，他们时不时地微笑。这让人不知不觉想起——鼠疫暴发以来，从来没有人在街上笑过。实际上，几个月以来，奥兰城像被一块密不透风的布紧紧地裹了起来，让城里的人窒息。现在，这块布出现了一个裂口，通过每周一的广播，每个人都知道这个裂口在不断扩大。很快，我们就能自由畅快地呼吸了。不过，人们还是不敢明显地流露出喜悦之情。如果一个月前传来一列火车已经出站，一艘轮船已经驶进港口，汽车将被允许重新在街上行驶的消息，一定不会有人相信的。然而，如果在一月中旬宣布这样的消息，人们一定一点儿也不感到惊讶。毫无疑问，这种变化是微妙的。尽管微妙，但是它已经说明我们的市民在希望的道路上已经迈出了一大步。事实上，可以说，一旦哪怕是一丁点的希望成为可能，鼠疫横行的时代就要结束了。

不过，不得不承认的是，整个一月里，我们的市民对一切事物的反应都很矛盾。更准确地说，是在极端乐观跟极度悲观两种状态中摇摆。就在这振奋人心的时刻，竟然有比平时更多的人试图逃出城去。这点让地方当局非常吃惊，而且显然哨兵也没有思想准备，因为想逃跑的人最后都成功逃出去了。如果仔细调查一下，那些人选择在这个时候逃走是有着非常合理的动机的。对逃跑的一些人来说，鼠疫已经深深地植根于他们的心底，挥之不去。他们早就不抱有任何希望了。因此，尽管鼠疫猖狂的时代已经过去，但是他们继续按鼠疫时期的规则来生活。他们的思想落后于目前的形势。还有一些人——主要指当初被迫跟亲人分离的一直活到现在的人，经过几个月的忍耐和沮丧，现在突然刮起一股希望之风，这阵风吹得他们失去了继续等待的耐心，吹跑了他们的自制力。他们总是忍不住去想，万一他们在这即将胜利的时刻死去，那么他们就再也见不到他们的至亲至爱的人了，那么这么久以来所受的苦就白受了。因此，尽管他们都凭着顽强的毅力熬过了非常累人的这几个月，但现在出现了即将胜利的曙光，这道曙光却摧毁了恐惧和绝望所不能摧毁的东西。他们迫不及待地想赶在鼠疫结束之前，于是便发疯似的向前冲。

同时，整个城里还出现了与日俱增的乐观迹象。例如，食品价格骤降。下降的速度很难用经济学的知识解释分析。我们面临的困难并没有减少，城门还是严格地紧闭着，食品供给远远没有得到改善。因此，认为疫情减弱，随之一切领域都应该有所反应，这只不过是一种心理反应。从散播的乐观主义里获得好处的是那些过着集体生活却被鼠疫无情地遣散的人。两家修道院又重新开办了，重新开始了集体生活。军队也是如此，军人又被重新召回空着的营房，恢复了正常的部队生活。虽然事情不大，却很重要。

直到一月二十五日，这段时间市民们一直生活在这种心知肚明，却守口如瓶的兴奋状态。这周的死亡数字急剧下降，地方当局跟医学委员会商议后，决定可以宣布：可以认为鼠疫已经结束。公报还说，为了谨慎，以防万一，市民一定会赞成以下做法：省长已经决定，城门继续关两周，预防措施继续施行一个月。这段时间，一旦发现鼠疫有任何蛛丝马迹，"必须严格保持现状，必要时采取相关措施"，不过，市民们都认为，这些不过是官样文章，走走形式而已。一月二十五日晚上，全城欢庆。为了配合民众的喜悦心情，省长命令打开所有路灯，就像过去正常时期一样。市民们冲向那灯火辉煌的大街，大街上洋溢着市民的欢声笑语。

不过，这时也有几家房子的百叶窗还关着，屋里的人静静地听着外面的喧闹声欢呼声。然而，这些还在忧伤的人们，得知鼠疫结束的好消息也感到很宽慰。因为他们终于不用再担心其他亲人被鼠疫夺走生命，或者不必再担心自己会染上鼠疫了。当然，这个时候，也有一些人不是待在隔离所就是在家里，因为他们有个亲人染上鼠疫住进了医院。他们热切等待鼠疫能离开他们就像现在离开其他人一样。毫无疑问，这些人也抱有希望，只是他们把这份希望藏在了心底，在没有十足的把握之前，他们是不会轻易把它说出来的。对他们来说，此刻这样默默地等待，在悲伤和欢乐之间徘徊，周围却是一片欢乐的气氛，这一切显得更加残酷。

但是，这些例外并不影响其他大多数人满意的心情。当然，鼠疫并没有完全结束，事实上它很快就会证明这点。不过，市民的思想已经抢在了时间的前面，而且提前了好几周，他们想象中早就看到了呼啸的火车在一眼望不到尽头的铁轨上行驶，轮船早已驶出海港冲向闪闪发光的大海。第二天，等大家的兴奋劲过了，人们又会怀疑起来。但是现在整个奥兰城好像都动了起来，正在离开他曾打下基石的地方，那个地方阴森森的，充满了忧伤。最后，它就像一艘轮船载着它的幸存者驶向所谓的乐土。

那天晚上，塔鲁，李欧，兰伯特及他们的同事都加入了那兴高采烈的人群。跟街上的市民一样，他们也有一种飘飘然的感觉。他们离开林荫大道后，走向人流较少的街道，路过一幢幢紧闭着百叶窗的房屋，林荫大道上的欢呼声还是传到了他们耳朵里。他们已经非常疲倦，不能区分开躲在关着的百叶窗后的忧伤和大街上人们的欢乐。解放的时刻即将来了，可这一时刻同时充满了欢笑和泪水。

远处的市民的欢笑声越来越响亮的时候塔鲁突然停了下来。一个光滑的小东西在路上轻快地跑着。原来是一只猫。这是自春天以来人们见到的第一只猫。它在路中间突然停了下来，犹豫片刻，它舔了舔爪子，迅速用爪子抓了一下右耳朵，又跑了起来，很快消失不见了。塔鲁笑了起来。他想，阳台上那个爱吐唾沫的矮老头见了也一定非常开心。

但是，当鼠疫看起来正在撤退的时候，回到它那不为人知的巢穴时，至少有一个人看到这一形势是非常恐慌的。根据塔鲁的笔记，那个人就是科达。

说实话，自从统计的死亡人数开始下降的那天起，这本日记就变得非常奇怪。可能是因为太累了，日记的字迹很难认清楚。而且记录的内容从一个话题没有过渡地直接跳到另一个话题。还有，内容也缺少了客观性，总时不时地加入个人观点。而之前的记录都是非常客观的。在记录关于科达的冗长篇幅里，我们可以发现，加入了那个矮老头和猫的故事。塔鲁还暗示他对这个老头一直都很尊重而且也非常感兴趣，无论是鼠疫前，鼠疫中还是鼠疫结束后。不幸的是后来情况有变，那个矮老头再也不能引起塔鲁的兴趣了。这点并不能说明塔鲁缺乏诚意，因为毕竟他还特意找他谈过呢。自从一月二十五日他们见面后的几天里，塔鲁特意站在他们会面的小巷子里，希望能再次见到他。那些猫已经回到了它们曾经经常待着的地方，悠闲地沐浴着阳光。但是在矮老头经常出现的时刻，百叶窗紧闭着。接下来的日子里，塔鲁再也没有见过百叶窗打开过。因此，塔鲁下了一个奇怪的结论：这个老头要么死了要么正在发火。如果他在发火，他有充分的理由，鼠疫把他害惨了。如果他死掉了（这个问题就像老哮喘病人一样），就该想想，他是不是个圣人。塔鲁并不认为他是个圣人，但至少他的情况给人一些"启示"。他在笔记里写道："可能我们只能达到接近胜任的标准。这样的话，我们只能去努力做一个温和又仁慈的圣人了。"

在记录科达的篇幅里，还时不时地夹杂好多对其他人的评论。总之，这些评论写得非常分散。比如，写到格兰德，说他已经康复了，重新开始工作了，就好像什么事也没有发生一样。提到了李欧的母亲，记录了塔鲁跟这位老太太的对话，当他们住在同一个屋檐下时，这位老太太对他的态度，以及对鼠疫的看法等，这些都很详细地记录了下来。塔鲁主要强调了老太太的谦虚，和她讲话时总是非常简明扼要，以及傍晚时候，总喜欢坐在靠近窗户的那张椅子上，她坐得很直，手很自然地放平，眼睛注视着安静的街道，就这样，她一直坐到黄昏，屋子里黑了，只能看到她灰暗的静坐不动的背影，最后，背影也消失在黑暗里。塔鲁还写到了，她从一个房间走到另一个房间时轻盈的步伐，和她的善良——这点，虽然没有明显地在塔鲁面前表现出来，但是塔鲁可以从她的一言一行中体会到。而且她还有一种天赋——不需要思考太多她就能懂得一切。最后一点，虽然她安静又谦虚，但一切光亮，即使是鼠疫之光，在她面前都黯然失色。接下来的字迹写得非常潦草古怪，几乎都无法辨认。最后的几行，似乎说明他已经无法控制他自己了，这几行里塔鲁第一次讲到了他个人的私事。

"她让我想起我的母亲。就像人们所说的，她谦虚，善良，我也最爱母亲的这种品质。我一直都想再次回到她身边。八年前她已经不在了，但我不能说她已经死了。她只是做人低调，比平时更爱远离尘嚣，沉浸在她的小小世界里。但是，当我回头时，她已经不在那儿了。"

现在回过来继续讲科达，自从每周的死亡数字下降以来，他曾找各种借口拜访过李欧几次。很明显，他拜访李欧的真正目的是想听听李欧医生对疫情形势的看法。"您真的认为鼠疫会突然停止吗？"对此，他非常怀疑，至少他这样讲过。不过，事实上，他不停地问这类问题，正好说明他自己也不太确定。从一月中旬开始，李欧告诉他，前景很乐观。可是这并不是科达所期望的答案，他每次反应都不同，而且越来越糟，由最初的有点急躁到最后极度沮丧。后来医生不得不说，虽然统计数字显示前景非常乐观，但是，还不能这么早就说，我们已经脱离危险，可以高枕无忧了。

"也就是说，"科达急忙接话，"谁都不敢确定，它可能随时卷土重来。"

"的确如此。就像同样可能是，形势加速变好一样。"

这种不确定的形势几乎是所有人所担心的，但是却正中科达之意。他曾跟他那区的商人极力宣扬李欧医生对鼠疫形势的观点，当时，塔鲁也在场。实际上，他没必要这样做。因为人们对获得疫情减弱这样的初步胜利的狂热已经过去，现在疑虑又爬上了市民的心头。看到市民又在担心起来，科达便放心了。不过，有时候他也感到很沮丧。"是的。"他忧虑的对塔鲁说，"总有一天，城门会再次开放。等到那个时候，你就看着吧，人们一定会把我丢下。"

一月份的头三周内，大家发现，科达突然变得非常情绪化。虽然在过去很长的一段时间里，他努力想让他的邻居和朋友们都喜欢他。但是，现在他却整天冷冰冰的，还故意找他们茬。在塔鲁看来，他好像突然截断了跟外界的联系，过上了隐居的生活。无论是在食堂还是剧院，抑或是他最爱的咖啡厅，人们都看不到他。然而，他好像很难重新捡起在鼠疫发生之前他所过的那种无聊，不引人瞩目的生活。他整天待在房间里，吃饭了就让附近的饭店派人送过来。只有到晚上的时候，他才出去买些必需品。离开商店时，他先打探一下，再走向人流少的灯光比较暗的大街。有一两次，就在这个时候，塔鲁碰见过科达。但也只能得到几句最简单的话。后来，没过多久，科达就又开始社交了，他口若悬河地谈论着鼠疫，问每个人对鼠疫的看法，总之，他又高高兴兴地回到了人群中。

一月二十五日，也就是省内发布公告的那天，科达又消失了。两天后，塔鲁碰到他时，他正在大街上徘徊。那天科达请塔鲁陪他回家，塔鲁累了一天了，所以就拒绝了。但是科达还是很坚持。他看起来非常激动，边用手比划，边用很高的音调快速讲话。他问塔鲁，他是否相信省内发布的公告意味着鼠疫已经结束。塔鲁回答说，仅仅一个公告本身并不能阻止一场鼠疫。但根据形势分析，不出意外的话，鼠疫应该会很快结束。

"是啊，"科达说，"不出意外的情况下是这样的。但是，意外总会发生，不是吗？"

塔鲁指出，为了以防万一，地方当局已经决定城门继续关闭两周。

"他们真是明智啊！"科达兴奋地说，"根据目前的形势，我可以说，他们发布的公告说了等于没说。"

塔鲁认为，这也有可能。不过，他说，城门开后，不久就能重新过上正常的生活，大家最好做好准备。

"好啊！"科达说，"您说的'回到正常的生活'指的是什么啊？"

塔鲁笑了笑说："电影院里放新的影片。"

但是科达没有笑，他问，人们会不会认为——鼠疫不能改变任何事情，整个奥兰城的生活将一如从前，就像什么也没有发生过似的？塔鲁认为，鼠疫可以说改变了城市的一切，但也可以说，什么都没有改变。我们的市民自然希望，什么都没有改变，从某种意义上讲，什么也不会改变。不过，从另一个角度来看，任何人都不可能忘记一切，无论他多么想这么做。鼠疫一定会留下痕迹，至少会在人们心里。

科达简略地回答说，他对人的心灵不感兴趣。实际上这是他最不关心的事。他感兴趣的是，整个行政机关会不会改变，比如，这些行政机关会不会一切都像以前那样运行？塔鲁不得不说，他不了解关于行政机关的知识，他个人认为，经过鼠疫带来的动荡不安之后，这些机关要完全恢复正常还需要些时间。而且，行政机关也可能将面临一些新的问题，至少整个机构系统要重组的。

科达点点头说："是啊，这很有可能的。实际上，每个人都要重新开始的。"

他们快走到科达家了。他看起来很开心，似乎对未来充满了希望。显然，他在想象整个奥兰城将开始焕然一新的生活，忘记过去，一切都从零开始。

"的确是这样的，"塔鲁笑笑说，"对您来说，一切也都是全新的开始。从某种程度上说，这对我们每个人来讲，新生活马上就在眼前了。"

他们在科达的公寓前握手告别。

"非常正确！"科达变得越来越激动了，"一切从零开始，这真是个好主意。"

突然，两个人在灰暗的走廊里出现了。塔鲁刚要问他的朋友："这两个人要干什么？"这两个人穿着整齐，模样看起来像是行政机关的工作人员。他们直接问塔鲁身边的这位朋友，是不是叫科达。科达突然发出一声惊呼，没等塔鲁和这两位行政人员反应过来，转身撒腿就跑，很快消失在黑暗中。科达这招，让这三个人都措手不及，三个人茫然地互相凝视了片刻。然后，塔鲁问他们要干什么。他们用一种既礼貌又谨慎的语气回答，他们想要"了解一些信息"，说完，他们就不慌不忙地朝科达跑的方向走去。

回到家后，塔鲁就记下了刚才发生的事情。接下来写道：今晚，他感到非常疲惫。——这一点，从他的笔迹可以看出来。他还写道，他还有许多事情要做。但这不能成为"他不好好准备"的理由。于是，他就问自己是否准备好了。作为后记，因为事实上，塔鲁的笔记到此就结束了。最后，他写道，无论是白天还是黑夜，人总会有那么一刻是最胆怯的，而他就怕这个时刻。

第二天，也就是城门开放的前几天，中午李欧回到家时，想瞧瞧他一直都期待的电报来了没有。尽管李欧的日子并不比疫情严重的时候好过，但是现在这种等待即将来临的解放的心情驱散了他的疲劳。希望终于又回来了，他为全新的生活而高兴。没有人能够一直活在紧张之中，他的精力和意志都是有一定极限的。跟鼠疫做斗争的那紧张的神经和肌肉终于可以放松一下了，这是一件多么令人高兴的事啊！如果这会儿，他一直都在期待的电报发来好消息，那么李欧一定可以有一个全新的开始。

他穿过大厅，路过门房的房间。新来的门卫，是老米歇尔的继承人。他把脸贴在玻璃窗上，向李欧微笑致敬。上楼梯时，门卫那张被疲惫和贫穷折磨得苍白的脸却依然微笑着，不断地在李欧脑海里闪现。

是的，一旦这个"抽象观念"的时代结束时，他将有一个新的开始。如果幸运的话——他正想着这些，开门时，他看到他母亲正在大厅等着他。他母亲告诉他，塔鲁不舒服。他像平常一样按时起床，但是他却不想出去，又躺到床上去了。这会儿老太太非常担心。

"很可能一点儿也不严重。"她儿子说。

塔鲁躺在床上，把头深深地埋进枕头里，用被子裹住他那结实的胸部。他头很痛而且还在发烧。塔鲁对李欧说，虽然症状还不太明显，但是也可能是鼠疫。

李欧仔细给他检查了一遍，说："不，现在什么都不能确定呢。"

不过，塔鲁感觉口渴得难受。走到大厅时，李欧告诉他母亲，这很可能是鼠疫。

"啊！"她很激动，"这不能啊，不该发生在现在啊！"稍过片刻，她又说，"把他留下来吧，贝尔纳。"

李欧想了想："严格来说，他没有权利这么做。"他若有所思地说，"但是城门马上就要开了。如果你不在这儿，我想我一定会把他留下来。"

"贝尔纳，把他留下来吧，把我也留下来。你知道的，我刚刚打过疫苗。"

医生说，塔鲁也打过疫苗的，然而，他可能是太累了，忘了注射最后一次血清，也没有采取必要的预防措施。

李欧边说边走进了药房，他回到房间里的时候，塔鲁看见他拿着几只装满血清的大安瓿。

"啊！是鼠疫吧！"他说。

"不是，这只不过是一种安全措施而已。"

塔鲁没说话直接伸出胳膊，李欧给他进行了长时间的注射。那就是他平时给其他病人进行的注射。

"我们等到晚上再看看情况。"李欧看着塔鲁说。

"怎么不隔离啊，李欧？"

"现在还不能肯定您染上了鼠疫。"

塔鲁吃力地挤出一丝笑容。

"恩，这是我第一次见您给人注射血清，却不把病人送进隔离病房。"

李欧转过身。

"你待在这里更好。母亲和我都会照顾你的。"

塔鲁没有说话。医生把余下的那些安瓿装回药箱，他想等塔鲁说话后再转身。但是，塔鲁还是没有说话。最后，李欧走到床前。病人目不转睛地望着他。虽然他的脸看起来很疲倦，但是灰色的双眸看上去很镇静。李欧弯腰对他笑笑说："现在若能睡着就睡会儿吧。我过会儿再来看你。"

李欧正要走的时候，听到塔鲁在叫他，于是就又回来了。塔鲁的表情看起来是有话要说，却欲言又止。

最后，他说："李欧，你把情况都告诉我吧。我想知道。"

"我答应您。"

塔鲁无力的脸上又挤出一丝笑容。

"谢谢。我不想死。我会抗争到底的。但是，如果我输了，我想要有个好的结局。"

李欧弯下腰紧紧地握住他的肩膀。

"不，为了成为圣人，你一定要活下去。所以加油！"

那天的天气先是非常冷，后来稍微暖和了些，最后竟然下起了暴雨和冰雹。太阳落山的时候，天空晴朗了一些，天气又转为冷得刺骨。晚上，李欧回到了家里。穿着大衣，他径直走向他老朋友的房间。塔鲁好像没有移动过位置。从他那由于发高烧而变得惨白的嘴唇可以看出，他在坚持抗争。

"好点儿了吗？"李欧问道。

塔鲁微微抬了抬他那露在被子外面的肩膀。

"就这样吧，"他说，"我输了。"

医生俯身观察病人——发现在灼烧的皮肤下面出现了一串串的淋巴结。而且病人的胸部还发出隆隆的声音，那声音就像是地下铁工厂的嘈杂声。奇怪的是，塔鲁身上同时出现了两种不同类型的鼠疫的症状。

李欧挺了挺身子说，血清目前还没有见效。塔鲁好像要说什么，但是一股高热突然卡住了他的喉咙，把他要讲的话压下去了。

吃过晚饭后，李欧和他母亲又去看病人。夜幕降临意味着斗争即将开始。李欧知道，塔鲁跟瘟神的这一场艰苦的殊死搏斗要持续一整夜。在这场战争中，最锐利的武器是塔鲁的血液而不是他那宽广的肩膀和结实的胸部。李欧注射时看到塔鲁的血液里的东西比灵魂更高深莫测，不是人类所能解释的。医生也无能为力，只能眼睁睁地看着他的朋友艰苦的抗争。至于他能做的，不过是打些针，好让脓包早一些成熟。几个月以来的失败已经教会了他如何看待这么做的效果。事实上，他唯一能帮上忙的就是为这些措施的偶尔生效创造条件。而这些偶然性往往是需要人来促成的。他一定要想尽办法促成这种偶然性。但是瘟神在他朋友身上的表现，李欧实在是找不到头绪。它又一次卷土重来，试图攻破人类用来对付它的一切战略。现在，它总是在人们最意想不到的地方发起进攻，而从那些看起来已经完全征服的地方撤退了。它又一次给人类来个措手不及。

塔鲁躺在床上一动不动地抗争着。夜里，他不止一次遭遇敌人的无情的攻击。他用他那粗壮的身躯和那顽强的默默无声的毅力坚持着。整整一夜，他都没有吭过一声。他在用这种方式表示自己正全神贯注地投入战争，不能有片刻分心。李欧只能通过这位朋友的眼睛来观察病情变化——时而睁开时而闭上；眼皮时而紧闭，紧贴着眼球，时而张开；眼睛时而盯着一件东西，时而望着李欧和他母亲。每次他的眼神正好跟医生相遇时，他都会勉强挤出一丝笑容。

有那么一会儿，从街上传来一串急促的脚步声。听到了从远处传来的雷鸣声，而且越来越近，于是人们便跑了起来。然后大街上就下起了瓢泼大雨。奥兰城又下雨了，不久，雨还夹杂着冰雹一起噼噼啪啪地打在人行道上。窗子前的窗帘也被震得摇晃起来。有那么一刻，李欧的注意力被这雨水声吸引过去了。这会儿，在床头灯的照射下，他又重新凝视着塔鲁。能做的，李欧已经都做了。暴雨过后，屋内显得越发安静了，整个屋里只剩下鼠疫钻进病人的身体嚣张，而病人则在默默无声地挣扎着。这看起来真是一场无形的战争。医生失眠了，在寂静中，他隐隐约约总听到一种轻轻的，怪异的咝咝声。这声音在鼠疫刚开始的时候他就听到过。他对他母亲打了个手势，示意让她去睡觉。她摇摇头，眼睛变得更有神了。然后，她就仔细地检查编结针针头处的一个针眼儿。李欧站起来给病人倒了杯水，然后又坐了下来。

趁着雨暂时停了下来，路上的行人加快了回家的步伐。医生第一次发现，今天晚上跟鼠疫降临之前的夜晚有着相同之处——街上路灯亮着，尽管很冷但还是有不少人散步，也没有救护车的声音。瘟神好像被寒冷、灯光和人群赶了出来，躲进了这间暖烘烘的房间里，向塔鲁那毫无力量的身躯发动了最后的进攻。现在，它已不在城市的上空作怪了，而是把阵地转移到了这间弥漫着沉闷的空气的房间里。它在这房间里轻轻呼啸着。李欧守夜以来，一直听到这个声音。此刻，他期待看到这该死的鼠疫也会在这里停下来，也在这儿承认失败。

黎明快要来临的时候，李欧侧向他母亲那边，小声说："现在您最好去休息一下，好等到八点来接替我。记得睡前先滴一下药水。"

老太太起身，收拾好毛线活，就去睡觉了。塔鲁闭上眼睛已经有好一会儿了。汗水已经打湿了他那坚强前额的头发。老太太叹气的时候，他睁了睁眼。他看到了正弯腰望着他的李欧。灼热的高烧没有把他打倒，他嘴角又出现了坚强的笑容。不过，突然他又闭上了眼睛。为了让病人好好休息，他母亲走后，李欧就坐到了他的椅子上。街上静悄悄的，沉睡中的奥兰城没有一点儿声音。在屋里，李欧感到了黎明拂晓时的寒冷。

医生非常累，忍不住地打瞌睡。不过，很快早上的第一班车就开始在大街上行驶了。车辆的声音把李欧吵醒了。他打了个寒战，看了看塔鲁也睡着了，原来这是鼠疫的间歇时间。车轮的声音渐渐越行越远了。不过，这会儿窗外还是一片黑暗。李欧走到床边时，塔鲁用那双呆滞的眼睛凝视着他，好像还没有睡醒似的。

"睡着了吗？"李欧问。

"是的。"

"呼吸顺畅些了吗？"

"好点儿了。这可以说明问题吗？"

李欧沉默了片刻后说："不，塔鲁，这不能说明任何问题。你我都知道的：早上的时候，这个病情会得到暂时缓解。"

塔鲁点头表示同意，还说了谢谢。"请您明确告诉我病情的发展情况。"

李欧坐在床边。他可以感觉到，挨着自己躺着的病人两条腿像坟墓里的死人一样，又僵硬又直。塔鲁呼吸越来越困难了。

"高烧又要回来找我了，对吧，李欧？"他气喘吁吁地说。

"是的。但是具体情况到中午才能确定。"

塔鲁闭上了眼睛，好像是在闭目养神。脸上的表情写满了疲倦。他在静静地等待体温上升。实际上，热度已经开始在他身体里的某个部位上升。他再次睁开眼睛时，眼睛里好像蒙上了一层烟雾，既迷离又无神。只有他发现李欧正俯身靠近他时，他眼睛里才有了一丝光亮。

"喝点儿水吧！"李欧说。

塔鲁喝完水后，慢慢地把头埋进枕头里。

"这真是一场漫长的斗争啊！"塔鲁喃喃地说。

李欧握住了他的胳膊，不过塔鲁把头转过去，没有做出任何反应。突然，高烧又开始了，就像是潮水毫无预警地冲破了堤坝，灼烧着他的脸颊和额头。塔鲁回过头来望着医生。医生又俯身靠近他鼓励他。塔鲁努力想用微笑来回答，但是他那僵硬的下巴和被一层白沫封住的嘴唇没能让他笑出来。然而，从那僵硬的脸上，却可以看到炯炯有神的双眸，表现出无比的勇敢。

七点时，李欧的母亲回到了塔鲁的病房。李欧去他的药房给医院打电话，找人替他上班。而且，他还决定推迟他出诊的时间。然后，他就躺到药房的沙发上休息了一会儿。五分钟后，他又回到了塔鲁的病房。塔鲁面对着李欧的母亲，而李欧的母亲就坐在床边，两手放到膝盖上。在屋里微弱的光线下，她看起来就像一个黑影。看到塔鲁正全神贯注地看着她，她便把一个手指伸到自己嘴唇上示意。于是，她站起来把床头灯关掉。窗帘后面的光线越来越亮了，这会儿，可以非常清楚地看清病人的脸了。李欧的母亲注意到，塔鲁还在注视着她。她俯身走到床头，为塔鲁弄平了枕头，接着，她挺了挺腰，把手放到病人那又湿又打结的头发上，停留了一会儿。然后，她听到一个非常低沉的声音在说"谢谢"。那声音就像是从很远的地方传来的，并告诉她现在一切安好。她回到她的座位上的时候，塔鲁已经又闭上了眼睛。尽管他嘴巴紧闭着，但是从他那虚弱的脸上仍然可以看到一丝笑容。

中午的时候，高烧达到了高潮。病人撕心裂肺般地咳嗽，现在甚至都咳出了血，身体也在不断地颤抖。他的淋巴结已经停止肿胀，但并没有退去，硬得像紧紧钉在关节上的螺丝钉。李欧认为，现在已经不能再通过手术把它们打开。时不时地，即在一阵阵高烧和咳嗽的间歇时间，塔鲁依然是凝视着他的朋友们。不过，很快他睁眼的次数越来越少。他的脸部被瘟神折磨得不成样子了，在阳光的照耀下，变得越来越虚弱，惨白。高烧正如一场暴风雨一样，让他浑身不时地抽动、痉挛。在这场暴风雨中，他变得越来越无力，越来越虚弱，最后，渐渐被这暴风雨征服了。现在，展现在李欧面前的是一张毫无生气，永远失去了微笑的脸。此刻，他的朋友已经被鼠疫这把长矛刺得遍体鳞伤，被这熊熊的非人的烈火消耗得精疲力竭，被这从天而降的风魔吹得扭曲变形。他只能眼睁睁地看着他的朋友在被瘟神控制的苦海里备受煎熬却无能为力。他只能站在岸边，两手空空，内心像在滴血。他又一次感到，在在灾难面前，他却没有武器来对付，要征服它是根本没有希望的。最后，无可奈何的泪水模糊了李欧的双眼。因此，他没有看到，塔鲁翻过身，面对着墙，伴着一声低沉的呻吟离开了这个世界，就像他身体某个部位的弦一下子断了一样。

第二天夜里，战斗已经结束，剩下的是一片沉寂。在这安静的房间里，在这具已经穿上平时衣服的尸体旁边，李欧感到出奇的宁静。他想起许多天以前的夜晚，他就坐在鼠疫上空那高高的平台上，紧接着市民冲击城门之后，也出现过这种宁静。那个时候，他就回想起，他曾多次亲眼看见过一些病人死后那种平静的气氛。这种庄严的暂停或间歇之后的气氛就是战败后的沉寂。现在这种沉寂正笼罩着他的朋友，就像奥兰城及其大街解放后出现的夜晚的安静一样。这些让李欧觉得在这场战争中，人类输得彻底。这场灾难性的战争虽然结束了，但是却给和平留下了一种永远也不可治愈的创伤。李欧不知道塔鲁是否找到了他所追求的安宁，不过，现在一切都结束了。对李欧来说，此刻他感觉自己就像一位刚刚失去了孩子的母亲或者一个正在埋葬自己朋友的人一样。

夜晚又开始冷了，繁星在明亮又冰冷的天空里闪闪发光。在这昏暗的房间里，他们感到寒气已经蔓延到了窗户上，凛冽的寒风侵蚀了整个夜晚。李欧的母亲还是平常的姿势坐在床边，床头灯照亮了她右侧。李欧坐在房子的中间，远离灯光的地方，安静地等着。他时不时地总想起他的妻子，但每次都是很快打消这个念头。

此刻夜幕降临，寒气逼人，路上行人的鞋跟踩着地面，发出轻快的声音。

"事情您都安排好了吗？"李欧的母亲问。

"是的，我已经打过电话了。"

然后，他们就开始安静地为死者守夜。老太太时不时地偷偷瞥他儿子一眼。每当李欧发现她这么做时，便笑笑。大街上那各种熟悉的声音打破了这长长的寂静。许多车辆已经开始在大街上行驶了，尽管行政机关还没有正式批准。这些车辆在路面上来回奔驰。说话声时近时远，接着是一片寂静，然后是马蹄声，以及电车拐弯时在轨道上发出的刺耳的摩擦声，最后是夜晚缓缓的风声。

"贝尔纳？"

"怎么了？"

"不要太累！"

"我知道。"

此刻，李欧明白他母亲在想什么，而且她深爱着他。然而，他也知道，爱一个人并不是件多么伟大的事，而且爱是很难用语言准确表达出来的。因此，他和他母亲一直都是默默地深爱着彼此。总有一天，他跟她母亲都会死去，也许在他们活着的时候，并没有互相倾诉对彼此的爱。同样，今晚塔鲁死了，虽然塔鲁生前跟他一起生活过，但是，他们还是没有机会好好发展他们的友情。塔鲁"输了这场战争"，正如他自己说的那样。但是，李欧又赢了什么呢？他只不过是经历了也懂得了鼠疫，感受过也懂得了友情，可是这些都已成为回忆。现在他也感受并懂得了柔情，但是终有一天，这也将成为回忆。因此，在跟鼠疫的这场战争中，人类所能赢得的只能是知识和回忆。也许，这就是塔鲁所说的在这场战争中赢得的东西。

又一辆车开过来了，李欧的母亲稍微移动了一下。李欧朝她笑了笑。她让他放心，还补充道："你应该到山上好好休息休息。"

"是的，母亲。"

他果然到那里休息了一阵子。而且，还可以借这个机会，好好回忆一下往事。如果人生只是懂得一些东西，记住一些东西，却得不到所希望的一些东西。在这场战争中，如果这就是所谓的赢得的东西，那么生活真是煎熬啊！很可能当塔鲁活着的时候，体会到的就是，一种没有幻想和希望的生活是没有任何意义的。没有希望就没有所谓的平静，塔鲁认为，人没有权去评判另一个人的刑，但是，他也知道，我们每个人都情不自禁地想要去评价别人，判别人刑。

最后受害者往往也变成了刽子手——塔鲁的生活充满了矛盾，他从来也没有感受过希望的慰藉。难道就是为了这个，他才想去做一位圣人，通过这种方式来获得内心的安宁？

实际上，这个问题的答案，李欧也不知道，而且这个问题也没有多大的意义。他记得塔鲁的唯一印象是：开车时，他总是握着医生的车的方向盘，或者是那矫健的身躯这会儿却一动不动地躺在那里。他懂得了，一种生活的热情，一种死亡的画面。

当然，正是这个原因，第二天早上，李欧收到他妻子去世的消息时，才表现得非常镇静。当时他正待在药房里。他母亲几乎是一路小跑赶过来给他送电报，然后又回到大厅给报童小费。等她回来的时候，李欧手上已经拿着那份打开的电报。她看着他正注视着窗外。清晨，明亮的阳光洒在海港上空。

"贝尔纳。"老太太温柔地叫着他儿子的名字。

医生转过身来，如同陌生人一样的望着他母亲。

"情况不太好？"

"恩，"他说，"就是那件事，一周前发生的。"

老太太把头转向窗户。李欧沉默了一会儿。然后，他劝他母亲不要哭，他已经预料到了，不过还是很难接受。他知道，他这么说，感到非常痛苦不足为奇。几个月以来，尤其是这两天，这种痛苦一直不断地重复。

最后，在二月的一个早晨，黎明破晓时分，城门终于打开了。全城市民、报纸、无线广播和省里的公报都对此表示非常开心。尽管叙述者跟其他人一样，还没有完全投入这种欢乐的气氛中，但是，他仍然觉得很有必要记录一下城门开放后这一激动人心，全城欢庆的时刻。

规模宏大的庆祝活动每日每夜都在举行。同时，火车也开始在站里冒烟，轮船已经驶向我们的港口。这些现象都充分表明：人们期待已久的团聚的时刻终于到来了，他们跟亲人分离的日子终于可以告一段落了。

　　这个时候，我们很容易就能感到，这么久以来，市民们大多数都是饱受别离之苦的。无论白天还是黑夜，这儿的火车都载满了乘客。每个乘客都是提前预订了很久才订到座位的。在最后的十四天里，市民们天天提心吊胆的，就怕政府在这最后的时刻会突然改变决定。到这里来的游客仍然有些担心。尽管他们对这里他们亲人的命运了解一些情况，但是对这里的其他人和奥兰城本身都不太清楚，因此，他们把奥兰城想象得非常危险，非常吓人。不过，这种情况仅仅适用于在封城的这段时间里，没有遭受相思之苦的人。

　　事实上，那些饱受相思之苦的有情人，脑子里一直幻想着他们跟爱人团聚的时刻。对他们来说，只有一件事发生了变化。

　　在与亲人分离的那段日子里，他们总觉得时间过得太慢，他们总想让时间加速，不过，现在已经慢慢靠近这座城，快要见到亲人了，他们却希望时间慢下来。当火车刹车进站的那一刻，他们甚至希望时间停下来。他们怀着复杂的心情，为几个月以来他们所失去的爱情生活而遗憾伤心，因此，他们觉得他们应该得到些补偿。他们希望与亲人团聚欢乐的时间应该放慢速度，应该是他们苦苦等待这么久的时间慢两倍。那些在家里或者在站台上焦急地等着他们的人，其中有兰伯特。他的妻子，早就发来电报，即刻动身，赶了第一班火车，她同样也迫不及待，烦躁不安。几个月以来被鼠疫慢慢尘封的爱情变成了一个苍白的抽象概念。现在，兰伯特一想到他的爱情又回来了，他马上就要与他深爱的妻子再续旧情，他就激动得颤抖。

　　现在，他又渴望时间可以倒流，他要赶在鼠疫的初期，逃出城去，飞到他心爱的人的身边。但是，他知道现在这是不可能的。他变了好多，是鼠疫把他变得凡事都置身事外，尽管他一直努力想赶走这种想法，但是它就像是一种无形的恐惧一样萦绕在他脑海里。他甚至觉得鼠疫走得太突然了，他根本没来得及准备。幸福正以超人的速度向他涌来，速度比他想象的还要快。兰伯特知道，刹那间，他就要重获他失去的一切，但是这惊喜来得太快太突然就像烫手的火焰一样，美丽却让人难以一下子接受。

实际上，每个人的心情，或多或少跟兰伯特一样。这就是叙事者要讲的站台上的大多数人的心情。每个人都要回到他们原来的正常生活，他们交换着笑容和目光，就像是曾经共患难的兄弟姐妹一样。但是，一看到越来越近的火车冒着浓烟，那种流放的感觉就在一阵让人头晕目眩的兴高采烈之中消失了。火车停下来的这一令人兴奋的时刻，尽管曾经也是在这个站台人们离别，但是，现在，人们迫切想要拥抱他们已经有些生疏的亲人的身体。兰伯特还没有看清楚爱人的身形，他的爱人已经跑过来冲进他的怀里。他用胳膊抱住了她，她的头紧紧靠着他的肩膀，他看到了她熟悉的头发。他任由她的泪水不停地流淌，不知道是因为此刻的欢喜还是长久以来压抑的忧伤，他只感到泪水模糊了他的视线，眼前扑在自己怀里的是他朝思暮想的那个人还是一个陌生女人？此刻，他想表现得就像周围人一样，相信也曾劝自己相信，无论鼠疫来还是走都改变不了人们的心。

他们一对一对地相依在一起，回到了自己家里，忘却周围的一切，忘记了所有忧伤，似乎战胜了鼠疫，甚至忘记了跟他们乘同一班火车回来的在站台上没有等到亲人的人。这些人正打算回到家里去看看，证实一下他们所担心的事，毕竟这么久都没有亲人的消息了。还有一些人，此刻，他们或活在新增的痛苦之中，或沉浸在沉痛悼念失去的亲人之中。对这些不幸的人来说，情况大不一样。此刻，分离之情达到了顶峰。对这些失去孩子的母亲，失去妻子的丈夫，失去丈夫的妻子还是失去心上人的人来说，他们失去了一切快乐。现在他们的亲人正躺在死人坑里或者已经化为灰烬。因此，鼠疫对他们来说，并没有结束。

但是谁又能想到这些孤零零的哀悼者呢？这会儿，太阳已经驱散了从早上就一直跟它较量的冷气，安详的阳光洒在整座奥兰城上空。在明朗又蔚蓝的天空下，山上的炮台不断地发出轰隆声。每个人都涌向大街来庆祝这一大快人心的时刻。它标志着痛苦的考验已经结束，但遗忘的时间还没有开始。

大街上广场上，人们高兴地跳起舞来。一天之内，交通已经变得非常拥挤，汽车也越来越多，把道路围得水泄不通。下午，天空依然那么蓝，阳光变成了金色，教堂里一直响着欢乐的赞歌。同时，娱乐场所也变得非常拥挤，咖啡店的老板懒得管明天还能不能营业，把店里的最后一瓶酒也卖给了顾客。柜台前同样也很热闹。一对对男女在众目睽睽之下，肆无忌惮地拥抱在一起。整个咖啡厅里充满了欢声笑语。几个月以来积攒的热情一直秘而不宣，此刻却尽情地释放。今天是幸存的人值得庆祝的好日子。明天才是有节制的新生活的开端。此刻，来自不同阶层的兄弟姐妹相聚在一起狂欢。死亡并没有给人带来平等，不过，在这庆祝解放的欢乐时刻，平等却可以暂时维持几个小时。

　　但是，这种欢乐的气氛只是奥兰城的一个方面。夕阳西下，许多人跟兰伯特夫妇一样，挤上大街，平静的脸上洋溢着微妙的幸福。确实，许多夫妇，许多家庭，看起来就像是在闲庭散步。事实上，他们中的大部分人，是在他们曾经遭受苦难的地方进行着虔诚的朝圣。新回到奥兰城的人被带到鼠疫发生并或多或少留下痕迹的地方，毕竟那是见证历史的地方。在某些情况下，这些幸存者就担当导游的身份，装出一副鼠疫见证人的姿态。他们对鼠疫的危险津津乐道，而对人们面对鼠疫的恐慌却避而不谈。当然，这种娱乐方式也没有什么危害。而且还有一些人选择更加感人肺腑的方式——比如，一位男士指着某个地方，满怀柔情地对他身边的爱人讲："我曾经在这个地方，也是这样一个夜晚，我疯狂地思念你，可惜你不在。"这些激情洋溢的游客很容易就能认出来。因为他们是如此与众不同，边走边说着柔情蜜语。他们表现的这种重获解放的兴奋心情甚至比十字路口的乐队还要形象逼真。这些男女兴奋得紧紧拥抱在一起，虽然说话不多，但那一副洋洋自得，看上去非常幸福的样子。他们在用这种方式表达：鼠疫已经走了，恐怖时期也结束了。他们不顾眼前铁铮铮的事实，泰然地否认我们曾在这个疯狂的世界生活过，在那里，杀死一个人就跟杀死一只苍蝇一样容易。他们还否认我们经历过非常野蛮的事。鼠疫这种有预谋的疯狂行径，还有对一切根深蒂固的社会道德充耳不闻的禁锢生活，他们甚至还否认，我们曾闻到过那种令活着的人都胆怯的死人的气味儿。最后，他们还否认我们曾被鼠疫吓得几乎魂飞魄散。那个时候，我们中的一些人被投进火葬场，最后化成灰烬，而另一些人则每天活在恐惧之中，提心吊胆，只能坐等死亡或瘟神离开。

无论如何，这大概就是李欧那天下午所看到的情景。当时，四周有钟声、鞭炮声、乐声和震耳欲聋的喊叫声，他正走向市郊。他是不可能不看病人的，因为病人是没有假期的。在晴朗的天空下，随着一阵凉风飘来了过去那熟悉的烤肉和茴香酒的香味儿。李欧四周是一张张欢快的脸。一对对男女激动地拥抱在一起，时不时地还发出充满情意绵绵的叫声。是的，鼠疫结束了，恐怖时期也过去了。这种激情的拥抱恰恰说明了鼠疫的确曾是人们流放和分离的罪魁祸首。

几个月以来，李欧第一次发现人们的脸上都挂着亲切的神色。现在，他只要瞧一瞧他周围的人就明白了。这些人终于盼到了鼠疫结束，由于经济拮据，他们只好穿着流放者的服装上街庆祝了。事实上，自鼠疫以来，他们一直过着一种流放的生活，这些原来只能通过他们脸上那怅然若失的表情和背井离乡的神色看出来，不过，现在，只要看看他们的衣服便知道了。鼠疫暴发后，城门紧闭，他们过上了一种与世隔绝的生活，得不到任何温暖和安慰。住在城里各个角落的市民从不同的程度上渴望着团聚。当然，团聚对每个人的具体含义也不同。但是，当时这种愿望只能是空想。人们中的大多数人都曾经一度沉浸在鼠疫到来之前的欢乐回忆里，他们尽情回忆离别的情人，渴望肉体的温暖，昔日的柔情，甚至怀念过去的点滴生活。有些人失去了最心爱的朋友，他们无法通过写信、火车、轮船等正常的途径来联系。因此，他们非常痛苦但又不能自己。也许还有一些人，他们像塔鲁一样，他们也渴望团聚，但是，团聚的对象他们自己都感到很模糊。不过，这是他们认为的唯一符合愿望的东西。由于想不出贴切的词，只好把它叫作安宁了。

李欧继续往前走。他越往前走，周围的人就越多，喧闹声也越来越近，但是他好像在原地踏步走似的，他跟市郊的距离总是不变。

他慢慢觉得自己和这些喧闹的人群正在融为一体，他越来越理解，他们的喊叫声的含义，而且这些声音中有一部分是代表了自己的心声。的确，无论肉体上还是精神上，人们都曾感受过令人痛苦的分离、流放，甚至还有无法满足愿望时的痛苦。在这些一堆堆的尸体中，在一阵阵救护车的铃声中，还有在这些命运发出的警告声中，甚至在这令人窒息的恐怖气氛中，以及人们在内心激烈的抗议中，有一种巨大的呐喊声在空中回荡——提醒这些失魂落魄的人打起精神，去寻找他们真正的故乡。对所有人来说，真正的故乡在压抑的奥兰城之外，在山上这些散发着香气的荆棘里，在广阔的大海里，在自由的天空中，在浓浓的爱情里。他们渴望回到故乡，对其他的一切都不屑一顾。

至于这种流放和渴望的这种团聚意味着什么，李欧不知道。他继续往前走，被拥挤的人群及其喧闹声团团围住了。终于他走到了人流较少的地方。他觉得，这些事情有没有意义，本身并不重要，关键是能给让人们带来希望就足够了。

从今以后，他明白了，在市郊这些空荡荡的街道，他更好地理解了这点。有些人死死地守住自己的那些小东西，一心想要回到那充满爱意的家，他们的愿望也许会得到满足。当然，还有一些人，他们失去了自己一直等待的亲人，现在在奥兰城形单影只。然而，还有一些人，他们比较幸运，不像我们中的一些人，经历了两次生离死别。他们在鼠疫发生之前，没有建立起磐石般的爱情，因此，在接下来的岁月里，盲目地追求这种结合，以至于最后由情人变成陌路人。上面所说的人还是比较幸运的，还有些像李欧一样的人，曾经轻易地相信：时间可以解决一切问题。到头来，暂别却变成了永别。另外，还有一些人——就像兰伯特一样，李欧医生早晨对他说："加油！现在是你表现自己的时候了！"功夫不负有心人，他们最终找回了原本以为已经失去的亲人。无论如何，至少这段时间里，他们感觉是幸福的。现在他们知道，如果这世界上有一种东西值得用一生去追求去寻找，那就是人间的真爱。

但是，对那些超然的人来说，他们追求一种他们自己也不清楚的东西，最后他们也没有找到答案。塔鲁或许已经找到了他所谓的那种非常难寻的安宁，不过他是通过死亡找到的，那种安宁现在对他来说也没有意义。还有一些人（是李欧看到这些人），他们在自家门口紧紧地激情地拥抱在一起，映着斜阳的余晖，深情地望着对方。这些人之所以得到了他们想要的东西，会是因为他们所追求的东西是他们唯一可以靠自己就可以得到的。李欧拐向格兰德和科达住的那条街的时候，他在想，对于那些仅仅满足于得到的人，得到那如此卑微又如此伟大的爱情的人，的确是应该让他们的愿望时不时地得到满足。

本篇叙述即将画上句号，现在是李欧承认自己是本书作者的时候了。但在记述这最后的一些事件前，他希望，不管怎样能解释一下他写这本书的理由：他想以客观的语气来表达他的看法。鼠疫猖獗时期，他的职业让他接触到这座城市的许多居民，并有机会倾听他们不同的心声。因此他有条件真实描述所见所闻。不过如此一来，他保持循规蹈矩的态度似乎是可取的。例如，一般来说，他尽力避免描绘自己没有亲眼所见的东西，尽力避免将捕风捉影的想法归咎于他的同事。他把偶然得到或因不幸而带来的资料作为证据。

他在为一种罪行作证，他有义务成为一名有责任心的见证人，保持循规蹈矩的态度。同时，他听从良心的指挥，有意识地站在受害者一边，尽力与大家在他们唯一共同拥有的信念下奋斗，也就是说，一起关爱，一起放逐，一起受难。因此他分担了他们的焦虑，解决了他们的困境，也就是解决了他的困境。

作为一个忠实的见证者，他主要将所见所闻以及资料中搜集到的点滴信息记录下来。但关于他个人的困扰和长期等待却毫无结果的境况，他都闭口不谈。他不时谈到一些，也只是为了使别人了解他们，同时也是为了把他们经常感到的困惑尽可能明确地表达出来。事实上，这种自愿接受的缄默并没有使他付出很大的代价。每当他想把自己的想法融合到无数鼠疫受害者的痛苦呻吟中时，一个人的悲伤往往只能自己分担，而现在大家却能惺惺相惜。这是件令人宽慰的事，因此他对自己的事情保持沉默。于是他果断地代表大家讲话。

但市民中至少有一个人，李欧医生是不能代表他说话的。这就是有一天塔鲁向李欧谈及的一个人："他唯一真正的罪行就是从心底里赞成杀光孩子和大人。其余的我还能理解，但这件事，我只能勉强原谅他。"这个人内心无知、孤寂，而我们的故事在谈到那个人后就应该结束了。

在离开热闹非凡的大街后，走到了格兰德和科达住的那条街，李欧医生被警察封锁线拦住了。这让他出乎意料。远处节日的欢闹声反衬出这座城市的宁静，医生觉得这里既荒凉又僻静。

"对不起，医生。"警察说，"我不能让您进去。有个疯子正拿枪扫射人群。不过您最好待在这里，我们需要您。"

正在那时，李欧看到格兰德正走向他。格兰德也不知道发生了什么事，警察同样将他拦住了。他听说，子弹是从他住的那幢房子里射出来的。在街道的远处，房子的前面，沐浴在一片凉凉的晚霞中。街道此时变得空荡荡，街中心有只帽子和一块脏布。在更远处另有一道警戒线，就像之前阻碍李欧和格兰德前行的警戒线一样。在这条警戒线后，可以看到几个当地的居民在急速地走来走去。仔细一看，他们发现一些持着手枪的警察躲在这幢房子对面大楼的门后。格兰德住的房子所有的百叶窗都关着，只有三楼的一扇百叶窗似乎半开着。街上十分安静，只有从市中心偶尔传来的音乐声。

突然从房屋对面一幢大楼里传来两声枪响。那扇半开着的百叶窗裂成碎片。接着一片寂静。从远处看去，经过了一天的喧嚣，李欧觉得这一切都似乎并不是真的，就像是一场梦。

"那是科达的窗户。"格兰德突然大叫道，"我不明白，我想他不在那。"

"为什么他们要开枪？"李欧问警察。

"噢，只是不让他有喘息的机会。我们在等一辆装有必需品的车。他向所有想要走进大楼门口的人开枪。有一个警察已经中弹了。"

"为什么他要开枪？"

"谁知道！一些家伙在街上游荡，他就开枪了。他们起初还没搞清楚是怎么回事。第二次枪响后，他们开始大叫起来，有人受了伤，随后其余的人都逃跑了。真是个疯子。"

时间似乎在一片寂静中漫无尽头。这时，他们看到一条狗出现在街的另一头，这是李欧很久以来看到的第一条狗。这是一条西班牙猎狗，身上很脏，估计是它主人一直把它藏着。它沿着墙慢慢走着，到了门口停住坐下，开始转身咬跳蚤。一些警察向它吹口哨引开它。这条狗抬起头，走到马路上嗅了嗅帽子，这时，从三楼射来的子弹呼啸而过打中了那条狗。它突然翻转着身体，四只爪子挣扎着，最后倒在一边，抽搐扭动了好一会儿。对面大楼里射出五六发子弹，打得百叶窗碎成裂片。接着四周一片寂静。这时，太阳下落了一点，光影开始靠近科达的窗户。在大街上，医生的身后传来了尖锐的刹车声。

"他们来了。"警察说。

一群警察从车上下来，手拿绳索、梯子和两包用油布包起来的长方形的东西。然后他们走到这排房子后面的街上，对面就是格兰德的房子。过了一会儿，人们虽然看不到，但在这些房子的门后出现了一点动静。随后人们开始等待。那条狗已经停止动弹，躺在一片暗红色的血泊里。

警察从后门进入了一幢大楼，突然从房屋的窗户里传来一阵机关枪的枪声。他们始终对着百叶窗扫射，把那扇窗一片片打碎了落下来形成了一个黑色的缺口。李欧和格兰德从他们站的地方看去，什么也看不清。第一阵枪战停火后，第二阵机关枪从较远的房屋内，从另一个角度发射子弹。这些子弹很明显直击窗户，一片片墙砖碎片被打落在过道上。同时，有三个警察快速冲过马路，闪进了大门。枪击停止了。人们又在等待。从屋里传出两声低沉的爆炸声。接着是一阵混乱的嘈杂声，人们看见一个穿着衬衣，高声尖叫的矮个子男人脚不着地地被拽了出来。

这时，所有街边的百叶窗都打开了，人们挤在窗口凑热闹，还有的从屋里拥入警戒线后。李欧扫视了一眼矮个儿男，他站在路中间，两只手臂被警察反绑在背后。他仍在大叫着。一个警察跑上来重重给了他两拳，拳头又稳又猛。

"这是科达。"格兰德激动地叫道，"他疯了。"

科达向后倒在地上，警察用力朝他踢去。接着一小群人开始拥向医生和他的老朋友。

"站开！"警察高声叫喊道。

这群人走过他身边，李欧将视线移开了。

暮色苍茫，格兰德和李欧走了。科达的事件似乎将偏远的街区唤醒过来，这些街道开始挤满了欢闹而嘈杂的人群。在家门口，格兰德向医生告别，说他晚上还有活干。上楼时，他对医生说他已经给珍妮写信了，感觉很幸福。他还把那句句子重新改了一下："我把形容词都去掉了。"

他眼里闪着光芒，脱下帽子，礼貌地向医生行了个礼。但是李欧想着科达，他去看望老哮喘病人的路上，脑中萦绕的是那个可怜人被毒打，拳头打在脸上发出的沉闷的声音。想到一个有罪的人要比想到一个死去的人更痛苦。

他到病人家时，天色已很黑了。在卧室里，能隐约听到远处人们为重获的自由而欢庆鼓舞。老人和以前一样，将一个锅中的豌豆换到另一个锅中。

"开心开心，他们做得对。"他说，"各种情绪组成了一个世界。医生，您的同事呢，他怎么样了？"

"他死了。"李欧为老头喘着粗气的胸脯听诊。

"噢，真的吗？"老人显得很尴尬。

"得了鼠疫。"李欧说。

"是啊。"沉默片刻后，老人说，"好人总是先死，这就是生活。但他知道什么是他想要的。"

"您为什么这么说呢？"医生将听诊器放回原处。

"噢，没有特别的原因。只因为他不是个满口雌黄的人，我很喜欢他。其他人都说：'这是鼠疫。我们经历了鼠疫。'他们差点就要求颁发勋章了。可是'鼠疫'算什么呢？这就是生活啊！"

"您需要定期做熏蒸疗法。"

"别担心，医生！我还有好多时间要活，我要看着人们都死去。我知道怎样活着。"

远处暴发的欢快的叫声似乎附和着他的话。医生站在屋子中间。

"您介意我去平台瞧瞧吗？"

"当然不。您想去看看他们吗？不过他们还是跟以前一样。"李欧正走出房间时，老人又想到了什么："我说，医生。他们要为那些死于鼠疫的人树一座纪念碑，有这回事吗？"

"报纸上是这么说的。一座纪念碑，或只是一座石碑。"

"我早猜到了，还会有演讲呢。"他轻声笑笑，声音嘶哑。

"我几乎可以听到他们说：'我们挚爱的已故……'然后他们就走了，吃吃喝喝去了。"

李欧已经上了楼。寒冷的天空漫无边际，星光在天空闪烁着。在山顶附近，星星如同燧石般光芒四射。这天夜里跟上次他和塔鲁去平台的夜里差不多，那天夜里他们是为了摆脱鼠疫给他们带来的困扰而来平台的。只是今晚的大海冲击悬崖的声音比那天夜里还要响，四周的空气清新而平静，闻不到秋风带来的咸咸的海水味。城市里的喧闹声仿佛阵阵波涛，冲击着平台的墙角。但这天晚上是解放的晚上，而不是囚禁的夜晚。远处的红光笼罩在中心街区和广场的上空。嘈杂声传到了李欧的耳朵里。今晚，人们对自由无限渴望。

从黑压压的港口那升起了市政府放的第一批烟花，全城发出了长时间的欢呼声。所有李欧爱过的人们都离开了他，像科达、塔鲁，所有这些人，有的死去，有的犯罪，现在都被遗忘了。不错，那个老人说得对，这些人还是跟以前一样。人们还是那样神采奕奕、单纯善良，而在这层面上，李欧忘记了悲痛，感到自己就是他们其中的一员。嘈杂而长久的叫喊声如同滚滚巨浪翻过平台脚下的墙壁。灿烂绚丽的烟花姹紫嫣红、赏心悦目，李欧决意要记下这个故事。他愿在事实面前保持缄默，是为了当一个同情鼠疫患者的见证人，为了让人们能回忆起他身上遭遇的不公正和暴行，为了告诉人们在这场鼠疫期间学到的东西——人身上，值得欣赏的东西总是多于应该憎恶的东西。

然而，他明白所要讲述的故事不可能是最终的胜利。它只不过是一种记录，尽管会有个人的痛苦，那些当不了圣人、又不愿听天由命、想方设法要当医生的人，在对抗恐惧和无情袭击的战争中，一定会做些什么。

他听到了从城市传来的狂欢声，李欧知道这种快乐总是会受到威胁。欢天喜地的人群可以从书中获得这样的教训：鼠疫杆菌永远不会灭亡而且也不会消失；它能在家具和衣服中蛰伏几十年；它会在房间、地窖、行李箱和书架上等待机会。也许有一天，人们会再次遭遇厄运或是受到教训，鼠疫又会再次抬头，发动老鼠，让他们在一座幸福的城市中殉葬。

局外人

第一部

一

今天母亲死了，我不确定，也可能是昨天死的。养老院发来电报说："令堂已过世，明日葬礼，深表同情。"让人怀疑的是，她很可能是昨天死的。

养老院在马朗戈，距阿尔及尔约 50 英里，乘下午两点的公交车天黑前应该能到。这样夜里我就可以赶到为妈妈守灵，明晚还能赶回来。我已向老板请了两天假。显然，这种情况他是很难拒绝的，但我却不假思索地说："很抱歉，这不是我的错。"老板看起来很不高兴。

之后，我才意识到不该那么说，不过我没有理由道歉，本来就该他向我表示同情和哀悼。可能后天他看到我穿黑衣时会这么做吧。不过现在好像母亲并没死，然而葬礼过后，一切将恢复原状，公事公办。

一个酷热的下午，我乘两点钟的公交车。像往常一样，在赛莱斯特的饭店吃午饭。那的每个人都很友善，赛莱斯特对我说："世上没有谁比母亲更爱我们。"我走时，他们一直送我到门口。我得赶快到艾玛努埃尔家，向他借"黑领带"和丧服，因为几个月前他刚失去了叔叔。

我急急忙忙赶公交车，太阳射来刺眼的光，汽车排出刺鼻的尾气，加上颠簸，这一切让我昏昏欲睡，路上我几乎一直在睡。醒来后，我发现自己靠在一个士兵身上，他对我笑笑，问我是不是来自很远的地方，为缩短谈话时间，我没说话只是点头。

养老院距村庄大约1英里，我可以步行过去。到后，我请求立刻见母亲，但守门人告诉我必须先见院长。可院长很忙，我必须等会儿。这期间守门人和我攀谈了起来，之后他领我到院长办公室。院长身材矮小，头发灰白，戴着荣誉勋章。他那水汪汪的蓝眼睛盯了我好一会儿。随后，我们握手，他握了很长时间，令我感到很尴尬。他看了看档案，确认了资料，对我说："三年前，默而索太太来到这儿，您是她唯一的亲人。"

我以为他要责备我便试图解释，但他打断了我："没必要解释，我的孩子。我已看过档案，很明显您没能力来供养她。她需要一个能一直陪在她身边的人，而且您收入微薄，她在这儿会更开心。"我说："是的，院长先生，我也这么想。"他接着说："她在这里有很多好朋友，像她这样的老人，跟和她年纪相仿的人在一块儿会很开心，对她来说，你太年轻，不适合跟她做伴。"

确实是这样，以前住一起时，我们很少说话，母亲总是一天到晚望着我。刚来养老院时，她经常哭。不过只是因为不习惯。一两个月后，若让她离开这儿，她一准又会大哭，也是因为不习惯。这就是我为什么去年很少去看她的原因。我还能空出周日时间——不用去买票，赶公交车，还免去了两个小时的车程。

院长一直在说，不过我没听进去，最后，他问我："现在，我想你一定很想看看你母亲吧？"我站起来没回答。他把我送到门口，下楼时说："我已经让人把尸体移到了停尸房——为了不让其他老人害怕。每次这儿有人死时，总有两三天时间他们非常焦虑，这给我们的工作带来很大困难。"

我们穿过院子时，许多老人正三五成群地聊天。我们走近时，他们却停了下来。不过我们走后，他们又接着聊。他们的声音让我

院长一直在说，不过我没有听进去。

想起笼中的鹦鹉，只不过声音没那么刺耳。院长在一个又低又小的房子门外停下来："再见！默而索先生。如果您找我，请到办公室来。明天上午我们举行葬礼，您可以为母亲守夜，毫无疑问您希望这么做。还有件事，你母亲的朋友们说，她希望按照宗教仪式办葬礼，我已经安排好了，我觉得应该让您知道。"

我谢过他，不过，据我所知，妈妈虽不是什么坚定的无神论者，但她活着时从未相信过宗教。

我走进停尸房，这里刷着白墙，安着很大的天窗，室内干净而明亮。家具只是一些椅子和支架。两个支架摆在室内中间，棺材放在上面，盖着盖。不过只随便上了几下螺丝钉，发亮的钉头还露在木头外面。一位阿拉伯妇女——我猜是护士——坐在棺材旁边，她穿着蓝色工作服，头上围着很俗气的围巾。

这时，守门人向我走来，他上气不接下气，显然是一路跑来的。

"我们把棺材盖上了，根据院长指示，你来时，再打开，让您再看到她。"他正要打开，我叫住他说没必要再麻烦。

他惊讶地问："嗯，什么，你不想……?"

"不想。"我说。

他把螺丝刀放进口袋，盯着我。我知道刚才我说错话了，感到很难堪。他盯了我好一会儿问："为什么?"他看起来并不是要责备我，只是单纯地想知道原因。

"我不知道该怎么说。"

他捋了捋白胡子，不看我却温柔地说："我明白了。"

他长得很帅，蓝色的眼睛，红润的脸颊。挨着棺材，他给我拉了把椅子，自己坐在我旁边。护士起身走出去了。她走时，守门人在我耳旁低语："她得了肿瘤，真可怜。"

我又仔细地看了看她，注意到她头上扎了绷带，从眼睛往下全是，绷带平坦地盖住了鼻梁，她脸上，除了一条白绷带什么也看不到。

她一走，守门人便也起身："现在您请自便！"

我不知道做手势回应他没，他没走而是停在我椅子后面，这让我感觉很不舒服。外面夕阳西下，整个屋子笼罩在微弱而舒适的灯光下，两只大黄蜂在天窗嗡嗡地闹着。我太困了，睁不开眼。顺便问守门人他在这待多久了。"五年。"他好像早已准备好了，正等着我问他这个问题。

这下，他打开了话匣子，开始滔滔不绝地谈起来，十年前，若有人告诉他，他将在马朗戈当一辈子的守门人，估计他一定不信。如今他已是 64 岁高龄，来自巴黎。

我打断他："啊，你不是这里人？"

这时，我才想起，他带我见院长之前，告诉我一些母亲的事。他说这里天太热了，尤其是在这平原地带，尸体必须尽快处理。而在巴黎尸体通常要在家留三天，有时甚至四天。毕竟在巴黎他度过了一段最美好的时光，那段时光总魂牵梦绕着他。而这里，一切都太仓促了，你必须得适应有人死去，必须马上下葬。他妻子打断了他："够了，别对这可怜的年轻人说这些了。"守门人的脸顿时红了，立即向我道歉。我说："没关系。"实际上，我觉得他讲得非常有趣，之前我从没听说过这些。

他还告诉我，刚来这儿时，他只是一名普通的成员。他觉得自己不但强壮，而且还很有工作热情，于是毛遂自荐担任门房。

我向他指出，即使如此，他跟其他成员一样，都是养老院收留的人，但他听不进去。在他看来，他是这儿的"一名官员"，说话时总爱用"他们"或"他们这些老人"来称呼并不比他老的成员。刚开始我听得很不习惯，但我明白他的意思，从某种程度上讲，门房还管着其他成员呢。

这时，护士走回来了。外面也黑了，刹那间，天窗也暗了下来。守门人打开灯，强烈的光线刺得我一阵眩晕。

他建议我到食堂吃饭，但我不饿，他又问我要不要来点牛奶咖啡，我最喜欢的就是牛奶咖啡所以就接受了。几分钟后，他端着咖啡回来了。喝完咖啡，我又很想抽烟。但我不确定这种场合——在妈妈面前，可不可以抽。我想了想，觉得这也没什么，于是给守门人也点上一支，我们一块儿抽起来。

过了一会儿，守门人又说："一会儿，令堂的朋友们和你一块儿来守灵。这是这儿的惯例。我得取些椅子来，顺便再沏壶咖啡。"

墙上的白光刺得我眼痛，我请求关盏灯。"没办法，"他说，"灯就是这样设计的，要么全开要么全关。"之后，我没再注意他。他拿了些椅子回来，围着棺材摆开，把咖啡壶和几个杯子放到一张椅子上。然后，隔着棺材他坐在我对面。护士背对着我坐在房间里边。我看不清她在做什么，从她手臂移动的姿势可以判断，她可能在织毛线。咖啡温暖了我，门外鲜花的芳香伴着阵阵凉风，让我感到很舒服，我不知不觉地小眯了一会儿。

沙沙的响声吵醒了我，我乍一睁开眼，感到光线比以前更强了。这儿看不到一丝影子，所有东西，弓形的或三角形的都看得一清二楚。母亲的朋友们进来了，我数了数，共十位。在这刺眼的光下，他们轻轻地移动，坐下时，没带出一丁点儿声音。我仔细地看着他们，不放过他们面部特征和衣服的每个细节，平生我第一次这么仔细地看人。但我听不到他们的声音，真不敢相信他们确实坐在那。

几乎每个女人都系着围裙，裙带紧紧地缠在腰间，她们肥胖的肚子显得更加突出。以前，我从未留意过老太太的肚子竟会这么大。而老头们个个骨瘦如柴，挂着拐杖。我觉得惊奇的是，我看不到他们的眼睛，只见纵横交织的皱纹中夹杂着一缕混淡淡的光。

他们坐下时，看看我，朝我不自然地点点头，嘴唇陷进没有牙的嘴里，我不确定他们是跟我打招呼还是脸上不自觉地抽动一下。我宁愿相信他们是以他们特有的方式向我打招呼。这时，我注意到他们都坐在门房左右，面对着我。我有种荒谬的想法，觉得他们是来对我评头论足的。

几分钟后，一位妇女开始哭。她坐在第二排，前面有人挡着，我看不清她的脸。她断断续续地哭，似乎永远也不会停。其他人好像都没听见一样，他们安静地坐在椅子上，一直盯着他们眼前的东西——棺木也好，拐杖也罢。那个妇女还在哭。让我感到无奈的是，我根本不认识她。我想让她别再哭了，但我不敢说。过了一会儿，守门人弯腰在她耳旁低语。而她只是摇头，嘴里嘟囔着什么，我听不清。接着她又开始抽泣了。

守门人起身把椅子挪到我旁边坐下。起初，他沉默不语。不久，他低头跟我解释："她跟你母亲很要好，她总说，你母亲是她唯一的朋友，现在，她又要孤零零的一个人了。"

我不知道说什么好，就沉默了好久。现在那妇女哭得不那么厉害了，擤擤鼻涕，她终于平静下来，不哭了。

我不困了，但感觉很累，腿酸疼。现在这些人都沉默着，我感到很压抑，只能偶尔听到一种奇怪的声音，刚开始，我也不清楚，这是什么发出的声音。不过，仔细一听，我猜到：这是这些老人嚼腮帮子的声音。他们太陶醉了，根本没意识到弄出的响声。我甚至感到，尸体对他们来说，是无关紧要的。然而，现在我意识到自己想错了。

我们都喝了守门人端来的咖啡，之后的事我就记不清了。只记得，夜幕降临时，我睁开眼，看到老人们一个个蜷在椅子上睡着了，只有一个例外。他的手一面托着下巴一面顶着拐杖，他一直盯着我，好像是在等我醒来。不过，很快我就又睡着了，但总时不时地醒来，因为我的腿总是抽筋。

从天窗投来了微弱的晨曦之光。一两分钟后，一个老人醒了，他不停地咳嗽。他把痰吐到一块大的面巾上，每次看起来好像是干吐。这样，其他人都被吵醒了。这时，门房说该走了，他们就立即起身。经过这个长而不安的守夜之后，他们的脸个个灰白。让我感到好奇的是，他们都跟我握手，好像大家一起度过了一个沉默的夜晚，突然间变得亲密了。

我感觉很累。守门人把我领到他屋里，我洗了把脸，他又友善地给我弄了些牛奶咖啡。太阳已经升起来了，马朗戈和大海之间的山顶映着一片红光。清晨的微风吹来，带着淡淡的咸味——这将是一个好天气。有好些年，我没来乡下了，如果不是母亲的事，我本可以惬意地散步的。

我在院子里的梧桐树下等着，吮吸着清凉的泥土味，没了困意。我想到，这时候公司的同事们应该正起床，准备上班吧。对我来说，这是一天里最糟糕的时刻。就这样，我想了大概十分钟左右。这时，屋里的铃声吸引了我的注意力。透过窗户，我能看到里面有人来回走动。接下来又是一片寂静。太阳更高了，暖着我的脚。守门人走过来，告诉我，院长要见我。我来到院长办公室，签好文件。这时，我注意到，他穿了一身黑衣，条纹裤子。他拿起电话，望着我："几分钟前，葬礼承办人已经来了。他们将到停尸房把棺材盖好。要不要让他们等会儿，好让你再看母亲最后一眼？"

"不用了。"我简洁地回答。

他放低声音，对电话里的人讲："费雅克，现在让那些人过去吧！"

他告诉我，他要参加葬礼。我谢过他。他坐在桌子后面，弓着腰，交叉着他那短腿。他还告诉我，除了护士值班之外，只有他和我两个参加葬礼。按照这里的惯例，其他老人是不允许参加葬礼的，虽然昨晚没有反对他们守灵。

"这都是为他们着想，"他解释道，"考虑到他们的心情，在这种特殊情况下，我们已经答应让你母亲的一个老朋友和我们一块儿去。他是多玛·贝莱兹先生。"说到这，院长笑了笑，"这是一个非常感人的小故事，他和你的母亲几乎形影不离。其他老人都拿他们打趣，说贝莱兹有未婚妻了。他们总问'你什么时候娶她啊？'你可以想象，你母亲的死，对他是多么大的打击啊！我想我不能拒绝他参加葬礼。不过，按医务人员的建议，我昨晚没让他守夜。"

又过了一段时间，我们都安静地坐着。院长起身，走向窗户，这时他说："啊，马朗戈的牧师提前来了呢！"

他提醒我，走到村里的教堂要45分钟。说完我们就下楼了。

牧师正在停尸房门口等着。他旁边站着两个助手，其中一个拿着香炉。牧师走过去，调整了系在香炉上的银链子的长度。看到我们走过去时，他挺了挺腰，对我说了一些话。称呼我"我的儿子"。接着他带我们走进停尸房。

我立刻注意到，四个穿黑衣的人站在棺材后面，棺木上的螺丝钉已经上好了。这时，我听到院长说灵车已经来了。牧师开始祈祷，大家都动了起来。那四个穿黑衣的人各拿一块黑布，走向棺木。我和牧师及牧师的助手一块儿走出去了。这时，一位我从没见过的女士站在门口，"这是默而索先生。"院长给她介绍道，我不知道她的名字，但知道她就是养老院的护士长。介绍我时，她只是低头示意，憔悴的长脸没有一丝笑容。我们站在一边，好让棺材先过去。我们跟在抬棺木的人后面走着，穿过走廊。来到大门口时，灵车已经在等了。灵车是长方形，漆得又黑又亮的，让我想起办公室里的铅笔盒。

灵车旁边站着一个穿着古怪的矮个子，他应该是葬礼的管理人，职责主要是监督整个葬礼。挨着他站的是母亲的密友——老贝莱兹先生。他一副害羞做作的样子，戴着宽边软毡帽，不过棺材经过时，他摘下了帽子。他的裤腿一直拖到鞋底，戴的黑领带配他那白色的高领，显得太小了。他圆圆的鼻子上全是黑点，不断抽动着嘴唇。给我印象最深的是，他的耳朵——下垂的猩红色的耳朵就像一块石蜡，更加反衬出他苍白的脸，银白色的头发。

葬礼承办人安排好我们的位置，牧师在灵车前面，四个穿黑衣的人分别站在灵车两边。后面师院长和我，最后面是老贝莱兹和护士。

天空像火焰一样烘烤着大地，热量不停地往我背部钻。更糟的是，我还穿了一身深色的衣服。我不懂为什么要等这么久才开始走。老贝莱兹戴的帽子，这会儿也摘下来了。院长又给我讲老贝莱兹的事，我稍微欠欠身子，朝老贝莱兹的方向望去。他说，傍晚时候老贝莱兹和我母亲经常一块儿散步，有时候甚至由护士陪着走到村里。

我向田野望去，一排排柏树高耸入天边山岭，绿景和红壤遥相呼应，到处错落着小房子。这时我终于理解了母亲，晚上在这样的地方散步是令人感到很惬意很安慰的事。不过，现在，在这火辣辣的太阳的烘烤下，一切都让人觉得很残酷无情，也很灰心丧气。

终于，我们出发了。这时，我才注意到老贝莱兹有点跛脚。灵车加速时，他远远地落在了后面。灵车旁边的人也跟不上了，和我一块儿走着。让我惊奇的是，今天太阳怎么爬得这么快，空气中弥漫着昆虫的嗡嗡声和草儿的沙沙声。我一直在流汗，没有扇子，只好拿手绢不停地扇着。

殡仪馆的人转向我，说了些我听不懂的话。他边用左手拿手绢擦了把头顶的汗，边用右手整理下帽子。我请他解释他的话。他指指前方。

"今天天气可真晒啊，是吧？"

"是的。"我说。

过了会儿，他又说："里边的是你母亲吗？"

"是的。"我说。

"她年纪大吗？"

"嗯，还好。"事实上，我也不记得母亲到底有多少岁了。

之后，他就沉默了。回头看看，我看到老贝莱兹落在后面50米左右。现在，他正一瘸一拐地往前赶呢。他边走边随步调挥舞着帽子。我也看了一眼院长，他正匀速地迈着步子，没有任何多余的动作。豆大的汗珠儿在前额闪闪泛光，但他也没有擦。

终于，我们加快了步伐。我看到，被太阳炙烤着的原野，发出耀眼光芒的天空，弄得我不敢睁眼。现在，我们走在一条刚油漆过的小路。路被晒得发软甚至爆裂开。我们每走一步，便发出咯吱咯吱的响声，留下一串串黑亮的脚印。前面，车夫的帽子挂在灵车上，黏黏糊糊的像被这黑油漆浸过。蓝天白云，映着黑亮的灵车，送殡人的黑衣，加上银黑色的脚印，这一切，给人一种奇怪梦幻般的感觉。而且，各种气味混在一起，晒得发热的皮革味儿，拉着灵车的马儿的味道，还有飘来的香炉味儿，加上我一夜没睡，所以现在是两眼模糊，甚至看不清了。

我又回头看了看，贝莱兹落得更远了，整个人几乎包在炙热的水汽里。然后就突然消失在我的视线。我想了想，猜到他可能从田野的小路走了。不久，我注意到前面确实有一条弯弯曲曲的小路。显然，贝莱兹对这一带非常熟悉，正抄近路赶我们呢。我们走到那弯曲的小路路口时，他赶上了我们。之后，他又落在后面了。于是他又抄近路追赶我们。接下来的半小时内，他就一直抄近路。不过很快我就对他的行踪没了兴趣，我感到血直往太阳穴冒。

之后，一切都进行得很迅速，准确而自然，我几乎不记得任何细节，除了我们到村口时，护士对我说的话。她的声音很奇怪，与她的面部表情根本不符。她说："若走太慢就会中暑；走太快，人又要流太多汗，到教堂那边的凉气会让人很难受。"我明白她的意思。这样的话，无论如何都很为难。

葬礼上有几件事给我留下了一些印象。比如，最后，在村口老贝莱兹赶上我们时的表情。他满含热泪，又激动又难过，由于皱纹太多，泪水流不下来，散而复聚，在他那沧桑的脸上形成一层层水。

而且，我还记得教堂的样子，街上的村民，墓地上的红色天竺葵，贝莱兹的昏厥——真像一个散架的木偶，撒在母亲棺材上的红褐色的土，里面还夹杂着一些白色树根；还有人群，说话声，咖啡厅前的人们在等待公交车，发动机的轰鸣声，一想到走进灯火通明的阿尔及尔，爬上床睡上12个小时，我心头一阵欣喜。

二

我醒来时终于明白老板为什么那么生气了，因为今天是星期六。当时我根本没想到这些下床的时候才反应过来。很明显，老板早想到了这点，那将意味着我有四天假。但这也不是我的错，母亲的葬礼是昨天而不是今天。反正我有空闲的双休。不过，这并不妨碍我理解老板的心情。

前两天累得够呛，起床对我来说，还真费劲。刮胡子时，我想着怎么打发这个上午，游泳应该是不错的选择。于是我坐电车去了海滨浴场。

到了浴场，我忽然有一种久违的感觉。游泳池里有好多年轻人，我看到了玛丽·卡多娜。她以前在我们办公室当打字员。那段时间我对她很有意思，她好像也喜欢我。不过，很快她就辞职了，我们也就不了了之了。

我帮她爬上浮台时，我的手轻轻地碰了她的胸。她躺在浮台上，我划着水。过了会儿，她转过身望着我。她刘海儿很长，盖住了眼睛，她对我大笑。我也爬上浮台，坐在她旁边。空气相当舒适，我半开玩笑似的，头靠在她大腿上。她并不介意，我就没挪开。我望着明亮的天空，感觉着玛丽的肚子在我头上温柔地起起伏伏。我俩满足地在浮台半眯着躺了半个小时。太阳变得有点辣时，玛丽跳到水里，我也跟着下了水。我追上她，搂着她的腰，跟她并排游着。她一直在笑。

在游泳池旁边，我们穿衣服时，她说："我比你还黑。"我请她晚上一块儿看电影，她还是笑笑，说想看费南代尔①的喜剧片。

我们穿好衣服时，她盯着我的黑领带，问我是不是在戴孝。我解释说，母亲去世了。"什么时候?"她问。我说："昨天。"她没说什么，却不自觉地往后退缩了一下。我正想跟她解释这不是我的错，但我打住了，想到之前跟老板说了那样的话，觉得自己很傻。算了，无论如何，谁都有犯傻的时候。

而且，到了晚上，玛丽已经忘了这些。影片有些部分挺有趣的，但大部分简直是愚蠢。我俩紧贴着腿，而我抚摸着她的乳房。影片结束时，我吻了她，但很笨拙。最后她跟我来到了我的住处。

我醒来时，玛丽已经走了。她告诉我，她姨妈让她早上过去。我想起来了，今天是周日——周日我从来都是懒洋洋的。于是我翻身慵懒地趴在玛丽枕过的枕头，寻找着她的气息。这样一直睡到上午十点钟。我坐在床上，抽着烟，一直到中午。我不打算到赛莱斯特的饭店吃午饭了，他们一定会缠着我问这问那，我讨厌被问。因此，我就煎了个鸡蛋，家里没面包了，我也懒得去买，就只拿鸡蛋充饥。

吃过午饭，我觉得有点空虚，就在屋里来回转悠。母亲在的时候，我觉得这屋子正好，但现在我一个人住，感觉太大了。于是，我现在只用卧室一间屋子，把我需要的东西都搬进来了，有饭桌，铜床，梳妆台，一张座位部分有些坍塌的椅子，还有配有已失去光

---

① 费南代尔（1903—1971）：法国著名喜剧演员。

泽的镜子的试衣柜。屋里的其他地方从没用过，我也懒得管它们了。

后来，我想找点事做，随便拿起扔在地上的旧报纸读起来。上面有个关于克鲁森盐业公司的广告，我把它剪下来，贴在我的旧簿子里。只要是报纸上能让我高兴的我都剪下来。我洗了洗手，最后走到阳台上。

我的卧室可以看到这个区的大街。虽然天气很好，但街道上很脏，人也很少，他们都匆忙地走着。首先，我看到一家人在散步。其中两个小男孩身穿水手服，短裤长过膝盖，他们看起来很忧虑；一个小女孩戴着粉色花结，穿着黑色皮鞋；后面是他们的母亲，一个很肥的女人，穿着棕色丝制长裙；母亲旁边是他们的父亲，父亲是个穿着讲究的矮个子，扎着领结，戴着草帽，拄着拐杖，这下我明白了为什么街上人们总说他出身望族，娶了个身份比他低的女子。

接下来映入眼帘的是，一群年轻人。他们个个头发抹得油亮，打着红色领带，上衣很紧很显腰身，上面配有编织口袋，穿着方头皮鞋。我猜他们是要去市中心最大的剧院。所以他们才出发这么早，一边赶车，一边高声闲聊，时不时大笑。

他们过去后，街上又变得很空荡，只剩下几个商店和几只猫。隔着路边的无花果树望去，只见晴朗的天空，光线却很温和。街对面的卖烟的搬出一把椅子倒放到门口，双腿骑上，手臂靠着椅背坐下。前几分钟还很挤的电车这会儿也几乎是空着的。烟店旁边的一家小咖啡厅——彼埃罗之家，里面也空荡荡的，只有服务生在打扫卫生。这真是一个很典型的周末的下午……

我把椅子也倒过来，我觉得像卖烟人那样坐着更舒服。抽了几支烟后，我回到屋里拿了块巧克力又坐回窗口吃起来。不久，天阴了，我以为要下暴雨，可云彩一会儿就散开了。刚才飘来几块儿黑云，天空一下子暗了下来，好像真要下雨似的。就这样，我望着天空好一会儿。

五点的时候，电车轰隆隆地开过来了。车上的人是要到郊区看球赛的。车里挤满了人，有的就站在后面的站台上。后面的电车里拉的是运动员，从他们的服装可以猜出来。他们高呼他们的俱乐部的歌：我们的俱乐部万古长青。其中一个抬头看着我，大喊：我们赢了。我挥着手回应道：干得非常好。再后面，私家车就多了起来。

天又变了，屋顶上空一片红光，天也渐渐黑了，街上也变得拥挤起来。有的人散步回来了。行人中，我注意到穿着讲究的矮个男人和他的胖妻子。孩子们跟在后面疲倦地抱怨。这时，电影院的影片也结束了，观众都出来了。我看到那群年轻人正迈着比以前更大的步子，看起来比刚刚更有激情。我猜他们看的一定是一部西部探险片。从市中心看电影的人回来得晚些，他们看起来比较平静，尽管其中有些人在笑。总之，他们看起来很无精打采很疲倦。他们中有些人还在街上游荡。一群女孩手牵手走过，这些年轻小伙立刻转向迎上她们，喊着幽默俏皮的话，换来女孩们回头咯吱的笑声。我认出这些女孩跟我住一个镇上，我还认识两三个，她们还挥手跟我打招呼。

这时，路灯亮了，天上的星星显得苍白无力。这下街上更空了，没有一个人影，只有一只猫慢悠悠地穿过，除此以外，只剩下荒凉的街道。

突然想到，我该吃晚饭了。靠在椅子上太久了，起身时，我脖子酸疼。我下楼买了面包和麦片，煮了煮，站着吃了。本来我还想在窗口抽支烟，但外面变得很凉，我就改变了主意。回到屋里，我关好窗，瞥了一眼镜子，看到桌子一角的酒精灯和旁边的面包。想到终于又熬过了一个周日，现在母亲已经入土，明天我还要照常上班。总之，我的生活还是老样子。

三

我在办公室忙了整整一上午。我的老板讲话很幽默，他问我累不累，又问我母亲的年龄。我想了想，我不清楚也不想说错，就回答："六十左右吧。"我不理解的是，他却像是解决了一个大问题，一副很解脱的样子。

我任务好多，桌子上一大堆提单不得不处理。吃午饭前先洗手，我一直保持着这个习惯。晚上就不爽了，公用毛巾被这么多人用过之后，湿得直滴水。曾有一次我给老板反映过这件事，但老板说，他很同情，不过这只是小事一桩。今天我离开办公室比往常晚些。12点半时，我跟发货部的艾玛努埃尔一起离开了。我们的办公楼可以鸟瞰到大海，我们看了会儿停在港湾里的船。天很热，这时一辆大卡车开过来了，带着哗啦哗啦的铁链声和啪啪的引擎的逆火声。艾玛努埃尔建议我们跳上去。于是我俩跑起来，卡车离我们还有一段距离，我俩追了好一会儿。顶着大太阳，听着引擎的噪音，我有点头晕，只觉得我们在绞车、机器、空中挥动的船桅以及轮船之间拼命跑。我先追上了车，安全地跳进去之后，帮艾玛努埃尔也跳上来。我俩都上气不接下气，加上车不停地颠簸，真是难受极了。艾玛努埃尔兴奋地在我耳边说："我们成功了！"

到赛莱斯特的饭店时，我俩都汗流浃背。赛莱斯特像往常一样，站在入口旁边，系着围裙，留着雪白的胡子。看到我时，他关切地问我："感觉好点了吧！"我说："还好。"我饿坏了，狼吞虎咽地吃着，又要了杯咖啡。我喝了点红酒，感到有点晕，就回家小睡了一会儿。

醒来后先抽了支烟才下床。我快迟到了，必须飞快地赶电车。下午办公室好沉闷，我真是难受。下班时，我慢慢地走到码头，迎着阵阵凉风，舒服多了。碧蓝的天空，空旷的户外比压抑的办公室爽多了。不过，我一会儿就回家了，因为我想煮土豆。

楼梯黑乎乎的，上楼时我差点撞上了和我住同层的邻居老萨拉玛诺。如往常一样，他牵着狗。八年来，他们形影不离，像是一个不可分割的整体。萨拉玛诺的西班牙猎狗相貌丑陋无比，毛几乎掉光了，浑身都是疥癣和一块块棕色血痂。可能是因为跟这条可怜狗住在这狭小的屋子里，萨拉玛诺跟这狗有着惊人的相似处，他头发又少又黄，脸上布满了红斑。而且，这狗也学会了他主人奇怪的走路姿态，撅着嘴，伸着脖子。尽管他们有这么多共同点，它们却互相憎恨。

每天上午十一点钟和晚上六点钟，萨拉玛诺都要牵着狗散步，八年来一直如此。狗使劲地拉着它的主人走，直到萨拉玛诺差点摔倒，这时，他就狠狠地边骂边揍这可怜的狗。狗吓得直往后甚至蹲在地上不敢走。萨拉玛诺只好拖着它走，过一会儿，这狗又忘了，又往前猛拉狗链子，它的主人又差点摔了，毫无疑问，它又要挨一顿毒打。当这对欢喜冤家走到人行道时，他们互相瞅着对方，狗的眼神充满了害怕，它的主人的眼神闪耀的是憎恨。每次散步，都是这样。若狗想在路灯柱下撒尿，它那主人偏不让，硬要拉着狗走。结果，狗渐渐沥沥撒了一路。倘若这是在屋里，这可怜的狗又要挨揍了。

这样的日子已经过了八年了。赛莱斯特总是说："这狗太可怜了。得想想办法改变狗的处境。"但谁也不知道该怎么办。我碰到他的时候，他正在骂狗，"脏货，蠢驴"。我向他问好："晚上好！"他没应仍在骂狗。我看不过去，就问他狗做错什么事了，他还是不搭理我，接着骂狗："混蛋，蠢驴。"我以为他没听见，就提高了嗓门，他根本没回头看我，强忍着怒火说："这混蛋老这样。"说完就拉着狗爬楼梯，狗哼哼唧唧地蹲在地上不乐意走，他只好拖着狗走。

这时，我同层的第二个邻居也回来了。据说他是吃软饭的。如果你问他干什么工作的，他一定会说是仓库管理员。有一件事是确定无疑的：这里的人大多不喜欢他。不过，他经常跟我说话，有时候还到我家聊聊，因为我会耐心听他讲。实际上，我认为他讲的非常有趣。我根本没理由不听啊。他叫莱蒙·散太斯。他又矮又胖，鼻子像拳击手的（塌鼻梁），不过穿得倒还挺讲究。他曾跟我提过萨拉玛诺，说他真倒霉，他还问我是否对萨拉玛诺对待狗的方式反感，我说："没有。"

我们上了楼，我要开门时，莱蒙说："我那有香肠和葡萄酒，一块喝一杯怎么样？"

这样正好省得我做饭了，我就说："好啊，谢谢！"

跟我一样，他住的也是一间屋子，里面有个没有窗户的小厨房。床上方摆放着白粉色的仿大理石天使雕像，对面的墙上是一些球星和几张裸体女人画像。床没铺，房间里也很脏。他先点着煤油灯，又从口袋里掏出一些脏兮兮的纱布，缠在右手上。我问他出什么事了，他说跟一个没事找茬的混蛋打了一架。

"我不是爱惹事的人。"他解释道，"只不过脾气有点爆。那家伙向我挑衅说：'有种就下车。'我回应道：'闭嘴！别找事。'接着他又说我不是男子汉。这下惹恼了我，我下车走向他，'你最好闭嘴，否则，我帮你解决?!''我倒想试试。'那家伙说，我忍无可忍了，狠狠地扇了他一巴掌，把他撂倒了。我正要扶他起来时，他使劲踢我，我又踹了他一脚，扇了他几巴掌。他流了好多血。我问他够了吗，他说：'够了。'"

莱蒙边说边缠绷带，这时我坐在床上。

"你也知道的，"他说，"这不是我的错。他自找的，不是吗?"

我点点头，他接着说："事实上，这件事我想听听你的意见。毕竟你比较有经验，一定能帮我出个主意。这样，以后我们就是好朋友了，我永远都不会忘记帮助过我的人。"

我没回答他，他就又问我是否愿意跟他交朋友。我说，我没意见。这下，他很满意。他拿出香肠，在平底锅里煎好，又拿出两瓶红酒，拉好餐桌。

我们开始吃了，起初他还有点犹豫，不过最后还是把这个故事告诉了我。

"故事背后是关于一个女人——她经常陪我睡觉。我养着她，实际上，她花了我不少钱。刚刚我揍的那个家伙是她弟弟。"

注意到我还是没反应，他就解释说，他知道街坊邻居都怎么说他的，但这只是卑鄙的谎言。跟其他人一样，他也有自己的工作，是仓库管理员。

他还说："有一天，我发现她欺骗了我。"他养着她，生活虽然谈不上富裕，但还过得去。他替她付房租，还有每天二十法郎的饭钱。"三百法郎房租，六百法郎生活费，时不时送些袜子之类的小礼物，一个月一共一千法郎。但这对我那小情人来说还不够，她总跟我抱怨说我给她的钱不够花。于是，有一天，我对她说：'你为什么不找份零工干呢？这样，我的负担也轻点。这个月我刚给你买了一件衣服，我替你付房租，每天还给你二十法郎零花钱。而你呢，拿我的钱请你的女朋友们去咖啡馆。我待你不薄，你却不领情。'然而，她不但不愿意去找工作，还抱怨我给的钱不够花。直到有一天，她正好被我逮到了。"

他接着说，有一天他在她的包里发现了一张彩票，她不能解释哪里来的钱买的。还有一次，他无意间又发现了一张当票——票上显示当了两只镯子。

"之后，我就告诉她，我跟她完了。不过，我先狠狠地揍了她一顿，才揭穿她。而且，我还骂她，每天只对跟男人上床有兴趣。我还警告她，'贱人，总有一天你会后悔的。你不知道街上的那些女孩有多嫉妒，我养你。'"

他打得那女人鲜血直流才停。对比的是，以前，他从未打过她。"即使打，也不过是打情骂俏而已。通常是她一叫，我就关窗子了事了。不过，这次，我是来真的了。现在我还觉得对她的惩罚还不够。默而索先生，你明白我的意思吧？"

他说，他想让我给出个主意。这时灯芯已经很花了，他暂时停下这个话题，把已花的灯芯整掉。而我呢，因为喝了瓶红酒头晕乎乎的，所以我只听不发表意见。我抽完了自己的烟后，又抽莱蒙的烟。最后的末班车已经开走了，街上只剩下一片安静。莱蒙接着讲刚才停下的话题。让他烦恼的是他还是愿意让那个女人继续当他的情人，不过，他确实又想好好教训教训她。

他建议先把那女人骗到旅馆，然后叫警察过来，并想方设法让警察相信她是妓女。这一定会把她气个半死。他找了几个黑道上的小流氓，但他们想不出什么好主意。不过，莱蒙说交几个这样的人还是很必要的。他们建议"破她的相"。但这不是莱蒙想要的。他想在让我出主意之前，先谈谈对这件事的看法。

我说我没什么想法，只是觉得这件事很有趣。

他还问我是不是觉得那女人真的骗了他。

我只能说听起来是这么回事。接着又问我，如果我是他，会不会惩罚那女的。我说这种情况下，我也不知道怎么办，但是我非常理解他的心情。

　　莱蒙边抽烟边讲他的想法时，我又喝了些红酒。他想给她写封信，信上先狠狠羞辱她一通，再稍微给她些甜头，让她后悔。她过来的时候，先跟她上床，趁她很舒服的时候吐她一脸唾沫，再把她赶出去。我也觉得这主意不错，恰好能好好惩罚一下那女的。

　　但莱蒙说，他自己写不好这封信，让我帮他写。我没说什么，他就问我是否介意现在就写。我说："不介意。"

　　他喝了杯红酒后站起来，把碟子和没吃完的香肠收拾起来好腾出点儿地方。他擦干净桌子上的油布后，从床头柜子里拿出一张方格纸，一个信封，一支红木杆蘸水钢笔和一小方瓶紫墨水。这时他提到那女人的名字，我猜出是摩尔人。

　　我写了这封信。我本不想掺和进来，但又想让莱蒙满意。我没理由不让他满意啊。我读给他听。他边听边摆弄烟头，时不时地点点头。他很兴奋地边笑边说："很好，请再读一遍，就这么办好了。我不得不承认你是一个聪明的人，我的伙计，而且很有生活经验。"

　　最初我没注意到他已经用"你"来称呼我了。直到他拍着我的肩膀说："从今以后我俩就是好朋友了，对吧？"我才意识到这一点。不过，我没回答，他又说了一遍。其实我才不在乎这些呢。但他一副很认真很坚持的样子，我只好点点头说"是"了。

　　他把信装进信封里，我喝完了剩下的红酒。我俩静静地抽了几分钟烟。街上非常安静，除了稀稀疏疏的几辆车开过来。最后，我说天不早了，我该走了。莱蒙也补充说："是啊，今晚过得可真快啊！"我好困，只能很吃力地挪着脚步。我一定看起来非常累，因为莱蒙竟然安慰我说："你一定要挺住啊！"最初我没弄明白他为什么这么说，后来他解释说，听说我母亲过世了，不过这是早晚都会发生的事，只是时间而已。我很感激他这么说。

　　我起身时，他很热情地跟我握手告别，还说男人之间总是要互相理解的。关上门后，我费了好大的劲儿才站稳。整栋楼寂静得像坟墓一样，又黑又潮，从楼梯洞里射来一股阴冷的味道。我只能听到从耳朵里传来的血液流动的声音。有一会儿，我站在那，还听到老萨拉玛诺的狗还在小声哼哼，就像从黑暗寂静的地方射出的喷泉一样。

四

这周我工作一直很忙。莱蒙来过，顺便告诉了我信已经寄出去了。我跟艾玛努埃尔去过影院两次，有时他看不懂演的什么意思，让我解释。昨天是星期六，玛丽穿了身很漂亮的红白条纹相间的连衣裙和平底皮凉鞋如约而至。我目不转睛地望着她，她挺拔的胸型隐约可见，被太阳晒过的棕色皮肤像花一样美。我们搭公交车来到了离阿尔及尔几公里的一个沙滩。那里山环水绕，岸上是一片芦苇。下午四点时太阳不那么晒了，但水是温暖的，时不时地卷起层层慵懒的细浪。

玛丽教我一种游戏，即游泳的时候，趁着浪喝一口水含在嘴里，然后翻过身，朝着天空吐出去，好像天空的温水喷泉似的回落到脸上。不过，很快我的脸被盐水烧得很疼。玛丽游过来，紧紧抱住我，吻我。她那凉凉的舌头让我感觉很舒服。我们就这样在水里待了一会儿才回到沙滩。

我们穿好衣服后，玛丽含情脉脉地望着我。我过去吻她。之后我俩都沉默了。我搂着她走出海滩，又急急忙忙坐公交车来到我的住处。一进门，我俩就跳上床。我把窗户打开，好好享受远处吹来的凉风吹着我们棕色皮肤的感觉。

第二天早上，玛丽告诉我，她今天没事。于是我就建议我们一块儿吃午饭。她答应了。我下去买了些肉。回来时，我听到莱蒙屋子里有女人的声音。一会儿又听到了老萨拉玛诺骂狗的声音，夹在木质楼梯的脚步声和爪子声中间。老萨拉玛诺边下楼梯边骂"贱货，蠢驴"。我给玛丽讲老萨拉玛诺和狗的故事。玛丽听了大笑。她穿着我的睡衣，挽起袖子。她笑的时候，我还是想要吻她。她问我爱不爱她。我说这个问题很幼稚没什么意义。实际上，我觉得自己不爱她。她看起来有点不开心。不过，吃午饭时，她就恢复了，又大笑起来。这时，我又有吻她的冲动。同时我听到莱蒙屋子里有打闹声。

先听到了女人扯着嗓子叫。接着是莱蒙在骂："贱人，你敢骗我！

今天非好好收拾你不可!"接下来听到扑通扑通几声,那女人撕心裂肺地哭叫起来,听起来真让人不寒而栗。这时,一群人爬上楼来。我跟玛丽也出来了。女的仍在叫,莱蒙还在打她。玛丽说:"太可怕了!"我没说话。她让我叫警察过来。我说我讨厌跟警察打交道。不过,有个警察已经来了,后面跟着住在这里二楼的水管工,看来是他叫的警察。这警察敲门,没人应,又敲,莱蒙把门打开了。那女的大哭起来。莱蒙嘴上叼支烟,一副笑眯眯的样子。

警察问道:"你的名字?"莱蒙回答了。"跟我说话的时候把烟从嘴上拿掉。"警察傲慢地说。莱蒙正犹豫着,顺便瞥了我一眼,并没有把烟拿开。这时,那警察已迅雷不及掩耳之势朝莱蒙的左脸扇过去了。烟从莱蒙嘴里蹦出来掉在几米之外。莱蒙脸色变得很难看,却没说什么。而且口气相当温和地问警察能否允许他把烟捡起来。

警察说:"可以。"还补充说:"以后注意点,警察最看不惯你们这种人,尽干些蠢事。"

这时,那女的边哭边说:"他打了我,这个胆小鬼,王八蛋。"

莱蒙插话:"打扰一下,长官。说一个男人是王八蛋是不允许的吧,而且还是当着您的面讲?"

警察叫莱蒙闭嘴。

莱蒙又转身对那女的说:"别得意,臭娘们,我们还会见面的。"

"够了。"警察说,示意让那女的走。莱蒙在到警察局录口供之前必须待在房间里。"这会儿醉得站都站不稳了,还浑身发抖,你应该为自己感到羞愧。"

"我没醉,"莱蒙试图争辩,"只是我发觉你站在门口看我时,我就控制不住自己发抖。这是很自然的事啊。"

之后,他关上门,我们都走了。玛丽和我回去继续吃饭,但她没胃口,几乎全让我吃了。一点钟她走后,我睡了会儿午觉。

将近三点时,莱蒙敲门来找我。他坐在我床边沉默了一两分钟。我问他情况怎么样了。开始时一切都在计划之中很顺利,但后来那女的打了他一耳光,他就怒了,开始狠狠揍她。之后的事他没必要再告诉我的,因为当时我在场。

我说:"你已经教训过她了,目的达到了,不是吗?"

他也这么认为,尽管警察来了,但这也无法改变他揍她的事实。她已经遭到惩罚了。至于录口供,他知道怎么对付。但他想知道警察揍他的时候,我是否期望他还手。

我说我什么也没等,而且讨厌警察。莱蒙看起来很满意,问我是否愿意跟他一块儿走走。我下床梳理了一下头发。接着莱蒙又问我是否愿意为他作证,我说没意见。但我不知道他想让我怎么说。

"很简单,"他说,"你只要告诉他们那女的骗了我就行了。"

我同意做他的证人。

我们一块儿出去了,他先请我喝了杯白兰地,又请我打了盘台球。我差点就赢了。他还提议逛逛妓院,不过我拒绝了。我不喜欢那种场合。走回去的时候,他告诉我,教训了那个臭三八让他非常开心。他对我很友好,跟他一块儿走我也很高兴。

我们快走到家的时候,我看到老萨拉玛诺站在门口,一副失魂落魄的样子。我注意到他的狗这次没跟着他。他像热锅上的蚂蚁一样,东张西望的,使劲用他那充血的眼睛朝黑乎乎的走廊里看。一会儿又小声嘀咕着,走到大街上找。

莱蒙问他发生什么事了,他没立即回答。我听到他又在骂"混蛋,蠢驴"!我问他,狗去哪里了。他一脸愁容地望着我说:"丢了。"过了会儿,他开始滔滔不绝地讲起来。

"像平常一样,我带它去广场散步。人太多了,挪动脚步都难。我停下来看《囚禁的国王》。转身一看,狗不见了。我本想着给它买个小点的颈圈,我真不敢相信这混蛋就这样溜走了。"

莱蒙安慰他说狗自己一定会找到路回来的,还讲了千里之外的狗照样可以找到他的主人的故事。不过,这反而让老萨拉玛诺更担心了。

"你知道的,他们会把它弄走。警察也不可能找人领养它,因为他浑身是疮,谁见了都恶心。"

我告诉他去警察局的招领处看看,走失的狗都在那里领的。他的狗也可能在那,付点钱就能领回来的。他问我需要多少钱,这我也不清楚。他又发火了。

"为这个蠢驴花钱值吗？啊，我才不管它呢，死了倒省心。"说完又骂起来。

莱蒙大笑，上楼去了，我也跟上去了。我们在门口道了别。一两分钟后，老萨拉玛诺来敲门了。我开门时，他在门口停了片刻。

"很抱歉，打扰你了。"

我请他进来，他摇摇头。

他望着他的脚尖，长满老茧的手不停地颤抖。他低头对我说："默而索先生，他们不会把它带走的，对吗？绝对不会的。不然，没它，我该怎么活下去啊！"

我告诉他，据我所知，招领处通常会把走丢的狗保留三天，直到它们的主人来领。之后，若没人领，他们就随意处置了。

他呆呆地盯了我好一会儿，才道别"晚安"。之后，我听到他在屋里不停地踱来踱去，之后，他的床咯吱咯吱地响。隔着墙，我隐约听到断断续续的喘息声，我猜他在哭。不知道为什么，突然我很想妈妈。第二天我还要早起，而且，也不饿，就没吃晚餐直接睡觉去了。

五

莱蒙打电话到我办公室说，之前他跟我提过的一个朋友邀请我们下周日一块儿去离阿尔及尔不远的一个海滨度假。我告诉他，我很想去但我已经答应和一个女孩共度周末了。莱蒙很爽快地说她也可以去的。实际上，他朋友的妻子应该很高兴，不必孤零零地待在男人堆里了。

我想快点挂电话，因为老板不喜欢占用公司的电话聊私事。但莱蒙让我等一等，他还有事要说，这才是他打电话的原因，本来他是想晚上顺便告诉我邀请的事的。

他说："早上，他被几个阿拉伯人盯上了。其中一个是我那小贱人的弟弟。回家时如果你看到他，告诉我一声。"

我答应了。

就在这个时候老板叫我。我马上感到很不安，我担心老板要训我上班时间不专心工作，而浪费时间跟朋友电话闲聊。然而，我想错了。原来他是想跟我谈一个还没确定的项目，想听听我的意见。他想在巴黎设个办事处，便于直接跟那里的大公司联系而且还避免了邮寄的麻烦。他问我是否愿意到那里工作。

他说："你们年轻人应该喜欢住在巴黎吧，有时间还可以顺便旅游。"

我告诉他很愿意去那里工作。实际上，我不在乎在哪里工作，对我来说，哪儿都一样。

他又问我是否喜欢改变生活，我说没兴趣。一个人的生活很难改变的。什么样的生活都差不多，目前的生活很适合我。

对此，老板不高兴了，他说我每天吊儿郎当的，没什么大志，这是生意人的致命缺点。

回到岗位时，我才意识到我本不想让老板不开心，但我没理由非要改变我现在的生活。我对现状很满意。学生时代，我也有过好多他所谓的雄心大志。不过，当我必须辍学时，我很快意识到这些都是毫无实际意义的。

当天晚上，玛丽过来了。她问我是否愿意娶她。我说："没意见。"如果她想要的话，我们就结婚吧。

之后，她又问我是否爱她。我的回答跟上次一样，这个问题毫无意义——实际上我不爱她。

"如果你不爱我，"她说，"那为什么还愿意娶我？"

我说，这并不重要。如果结婚能让她很开心，我们甚至可以马上结婚。只要她想嫁给我，我只要说"是"就好了。

不过她说结婚是件很重要的事。

我说："不。"

之后，她沉默了一会儿，同时用一种奇怪的眼神盯着我。她还问："如果另一个女孩要你娶她——我的意思是，一个你爱她如爱我一样的女人——你愿意娶她吗？"

"当然。"

她说，她怀疑我到底爱不爱她。当然，我还是没有明确表态。之后，她又沉默了。她小声嘀咕着："你真是一个怪人。不过，正因为如此，我才爱你。然而可能在将来的某一天我会恨你。"

"好吧，"我说，"只要你愿意我们随时都可以结婚。"之后，我提到了今天老板让我去巴黎的事，玛丽说她愿意去那里。

我告诉她我曾在那里住过一段时间，她就问我巴黎怎么样。

我说："一个很脏的地方，有鸽子，黑乎乎的院子，还有白皮肤的人。"

说完我俩便沿着大街散步。街上好多美女，我问玛丽是否注意到了。她说看到了，她明白我什么意思。之后，我俩都沉默了几分钟。然而，我又不想让她离开我，就提议一块儿到赛莱斯特的饭店吃饭。玛丽说她很想去但晚上有事去不了。快走到我家的时候，我跟她说再见。

她目不转睛地望着我。

"你不想知道我今天晚上有什么事吗？"

我确实想知道，但没想过要问她。我猜她又有点不高兴了，当时我看起来一定特尴尬，她扑哧大笑起来，凑上前给了我一个吻。

我一个人去了赛莱斯特饭店。我正准备吃的时候，一个矮个子女人走过来，问是否介意坐在我的桌子旁边。我说当然可以了。她的脸圆得像苹果一样，眼睛很亮，动作很僵硬，好像站在电线上。她脱下紧身外套坐下来匆忙地看了下菜谱，就马上喊赛莱斯特过来，急切又准确地点了菜。等菜的时候，她从包里掏出一叠纸和一支铅笔，提前算好饭钱。她又打开包，掏出钱包，掏出小费放在桌布上。

这时，服务员端来了菜，她飞快地一扫而空。等下一道菜时，她又掏出一支蓝色铅笔和这周的广播杂志，很认真地标注每个节目。这杂志有十多页呢，她边吃边研究。我吃好时，她还在仔细地标注。她吃完突然起身穿上外套，像机器人似的走出饭店。

我闲得无聊，就跟了她一会儿。她沿着人行道径直往前走，头也不回。她个头那么小，走得倒挺快。我跟着跟着就看不见她了，只好转向回家的路。那"小机器人"——我这样称呼她，真是好怪，不过很快，我就把她忘到九霄云外了。

走到门口时，我碰上了老萨拉玛诺。我请他进来。他告诉他的狗真的是丢了。他去招领处问过，他们说它很可能被轧死了。他还问他们报案有用吗，他们说警察忙得很，没工夫理会这些走失的甚至被轧死的流浪狗。我建议他再领养一条。不过，他说他已经习惯了这条了，换别的就不一样了。

我坐在床边，萨拉玛诺坐在桌子旁边的椅子上，双手放在膝盖上望着我。他还戴着他的旧毡帽，发黄的胡子下面，嘴巴里小声嘀咕着。我觉得他很无趣，但我也没事干，也不困，只好继续谈点什么了。我问他一些关于他的狗的问题——像养了它多久了之类的问题。他告诉我，自从他妻子死后就领养了它。他结婚很晚，年轻的时候，他喜欢演戏。服役时，他在军队的歌舞团里演戏。部队里的人都夸他演得好。不过，最后，他调到铁路部门工作了。对此，他一点也不后悔，因为他有一小笔退休金。他跟他妻子虽不是很合得来，但他们都已经习惯了有彼此的生活，所以他妻子死后，他觉得很孤独。他铁路部门的同事送给了他这条狗。那时它还很小，必须用奶瓶喂奶。他总说，狗活得时间比人短，正好他们可以一起变老。

"它脾气很倔。"萨拉玛诺说，"我俩经常吵架。不过，它总算是一条不错的狗。"

我夸说它是良种，萨拉玛诺听了很高兴。

"你在它生病以前，真该看看它，"他说，"它长得一身极品毛，这是它最大的亮点，我想尽办法来治好它，自从它得了皮肤病，我每天坚持早晚给它上药。然而，它最大的病是太老了，这是无药可医的。"

这时，我打了个哈欠。老萨拉玛诺说他该走了。我说他还可以多待一会儿的，对他的狗我感到很抱歉。他谢过我，说我妈妈一直都很喜欢他的狗。他提到我妈妈时，用"你不幸的母亲"，他认为对妈妈的死，我一定很不好过。我什么也没说，这时他立即不太自然地说，他知道这里的人对我把妈妈送到养老院颇有微词。不过，他知道，我深爱着妈妈。

我说，我还不知道这里的人是这么看我的。在这里，很显然我养不起母亲，只好把她送到养老院了。我补充说："而且，我们在一起的这些年，她也很少跟我说话。没有人跟她说话，她很无聊的。"

"是啊，"他说，"在养老院至少她还可以交个朋友。"

他起身说，天不早了该休息了。他还说他的生活出了点岔子，不知道该怎么办。他非常害羞地伸出手——自我们认识以来，他还是头一次跟我握手呢，握时我感到他手上的硬皮。走到门口时，他又对我微笑："希望今晚狗不要再叫唤了。我总错认为是我的狗。"

六

周日早上醒来，对我来说太难了。玛丽边推我胳膊边喊我也没用。为了早点去游泳，我们早饭都没吃。我头有点痛，我点上第一支烟觉得是苦的。玛丽说我一脸苦瓜相，像是要参加葬礼似的。我确实状态不好。玛丽穿了件白色连衣裙，披散着头发，我夸她今天真漂亮。她开心地大笑起来。

出来时，我们敲了莱蒙的门。他大声回答马上下来。我们走到大街上，由于一直闷在屋里没有开窗，我竟然不知道今天是个大晴天。太阳照在我脸上，刺得好难受，像是拳头打过来一样。

然而，玛丽一直活蹦乱跳的，不停地说："多好的天啊！"几分钟后，我感觉好些了，不过又好饿。我告诉玛丽我饿了，她没放在心上。她拿着个油布手提包，里面装着我们的泳衣和毛巾。这时，我听见莱蒙关门的声音。他身穿蓝色裤子，白色短袖，戴一顶草帽。我注意到，他雪白的胳膊上汗毛很重。看见他的帽子，玛丽咯咯笑起来。说真的，他的装扮让我有点不舒服。不过，他倒是精神很好，下楼梯时还吹起了口哨。他跟我打招呼叫我"你好，伙计"，称玛丽"小姐"。

前一天我跟莱蒙一块儿去了警察局，为他作证，那女的骗了他。所以，他们给了他一个警告就让走了。他们并没有核查我的证词。

在大门口寒暄后，我们决定坐公交车去。尽管距离不是很远可以走过去，不过，我们想越快越好。在车站等车时，莱蒙拉拉我的袖子，让我朝街道对面看。我看到几个阿拉伯人正靠在烟草店的窗户上。他们正以他们特有的方式默默地盯着我们，好像我们是一些石头或者枯树。莱蒙小声说。从左边数第二个就是他打的那个人。莱蒙看起来非常担心，不过他说现在事情已经过去了。玛丽不知道他在说什么，就问："发生了什么事?"

我解释说，那些阿拉伯人跟莱蒙有点小过节。玛丽要我们马上离开这里。莱蒙挺了挺肩膀，大笑起来，这位小姐说的对。在这转悠没什么意思。快走到公交站点时，他回头看了看说，那些阿拉伯人没有跟上来。我也回头看了看，那些阿拉伯人还是刚刚那个姿势，死死盯着我们刚才站着的地方。

在车上，莱蒙看起来非常放松，不停地逗玛丽。我看得出，他被玛丽吸引住了，但玛丽几乎没跟他说过一句话，而且还偶尔瞟我一眼冲我笑。

我们在阿尔及尔的郊区下车，沙滩离公交车站不太远。只要先穿过一片小高地，那里可以鸟瞰大海，再沿斜坡走就到沙滩了。小高地满是发黄的石头和雪白的野百合，映衬着已经变得有点刺眼的蓝天。玛丽乐得边走边用手提包抢起片片碎花让花瓣四处飞舞。然后，我们穿过一排排带有木制阳台的小别墅，这些别墅的栅栏有的是绿色的有的是白色的。一些别墅坐落在草丛里隐约可见，一些是光秃秃的，周围都是石头。走到小高地的边上，平静的大海尽收眼底。再走远些，还能看到雄踞在海水中的海角。随着宁静的空气从远处传来了，轻轻的嗡嗡的马达声。我们看到了远处的一艘渔船停在耀眼的大海上好像走不动似的。

玛丽捡起了一些蝴蝶花。沿着斜坡冲下大海时，我们看到沙滩上已经有人了。

莱蒙的朋友拥有海滩尽头的一间小木屋，房子背靠峭壁，前面的木桩已经淹没在水里了。莱蒙介绍我们认识。他的朋友叫马松。马松个子很高，厚实的肩膀，魁梧的身材，而他的妻子又矮又胖，说话带有巴黎口音。

莱蒙介绍完后，马松马上叫我们不要客气。他说，他每天早上有钓鱼的习惯，这样午饭就有炸鱼吃了。我夸他的房子真漂亮。他说他几乎每个周末和假期都在这里度过。还说："相信你们会跟我的妻子相处愉快的。"我瞧了一眼他的妻子，看到她跟玛丽很合得来。她们有说有笑的。第一次，我突然认真地考虑娶玛丽了。

马松想马上去游泳，但他的妻子和莱蒙不想动。

最后，玛丽，马松和我三个先去沙滩了。一到沙滩，玛丽就跳到水里去了。而我和马松想停一会儿再下水。他说话慢条斯理的，还有个口头禅"而且我还想说"——尽管后面的内容跟前面的根本就没什么联系。说到玛丽，他说："她可真是个美人，而且我还想说很有魅力。"

不过很快我就不再关注他的口头禅了，只管好好享受温暖的阳光。太阳晒得我脚下开始发烫时，我想下水了。不过我还是推迟了一两分钟。我对马松说："我们下水吧?"然后就跳到水里去了。马松一直小心翼翼地在水里走，直到水快淹没他时才开始游。他游蛙泳，技术很差，游得非常慢。我只好撇下他找玛丽去了。水凉凉的，我感觉很舒服我和玛丽肩并肩游了好一会儿，我们都难以置信我俩不论是心情还是动作都超级和谐一致。到远处时，我俩又改为仰泳。仰望着天空，感受着阳光和形成一层层水幕的海水划过脸庞流进嘴里的感觉。我看到马松游回海滩，躺在沙滩上晒太阳。远远望去，真是一个庞然大物。玛丽想和我一起游，我游到她后面，搂住她的腰，她在前面用胳膊划水，我在后面用脚打水。

哗哗的水声一直在我耳旁响着，直到我觉得累了。于是我放开玛丽，换了个舒服的姿势往回游，这样，呼吸也顺畅多了。到了沙滩上我趴在马松旁边，把脸贴在沙子里。我跟他说："这样真舒服啊!"他也这么认为。这时，玛丽回来了。我抬头望着她一步步走来。她浑身是水，头发甩在后面。她紧紧挨着我躺下。她身上的热气加上太阳散发的热气，烘得我昏昏欲睡。

过了一会儿，玛丽推推我的胳膊说，马松已经回去了，差不多该吃午饭了吧。我太饿了就立即起身准备走。不过玛丽说我今天还没有吻她呢，其实有好几次我都想吻她。"我们再到水里去吧。"玛丽说。迎着一阵细浪我们跳进水里。我们游了几下，游到水深处时，玛丽搂着我的腰，她的腿夹着我的腿，让我突然有一阵冲动。

我们回来时，马松正在楼梯上喊我们呢。我跟他说我饿极了。他马上对他妻子说，他很喜欢我。面包很好吃，我把我的那份鱼全吃光了。还吃了好多牛排和薯条。吃饭时没有一个人说话。马松喝了好多红酒，还不停地给我添酒。咖啡端上来的时候，我喝多了有点头晕，于是点上烟一支接着一支地抽起来。马松，莱蒙和我正计划着这个八月都在海滩过，费用我们分摊。

突然，玛丽说："你们知道现在几点了吗？才十一点半啊！"

我们都好惊讶，马松打趣地说，我们今天吃得太早了呢，不过，午饭嘛是很灵活的，只要我们喜欢，什么时候想吃都可以吃的。

玛丽听了大笑起来，我猜她是有点醉了。

然后，马松问我愿不愿意跟他一块儿到沙滩走走。

"我妻子有饭后午休的习惯，"他说，"我认为这样对身体不好，我喜欢饭后散散步，尽管我告诉她这样对身体好，但她仍坚持自己的意见，当然，这是她的权利。"

玛丽说要留下来帮忙收拾打扫。马松太太说，干这件事之前，得把这些男士请出去。因此，我们三个男人都出来了。

这会儿，太阳几乎是直射着沙滩，海面上闪耀着刺眼的光芒。现在沙滩上好安静。我们隐约听到从高地上俯视大海的木屋里传来的吃饭的刀叉的声音。石头的热气压得人要喘不上气了。

刚开始，莱蒙和马松谈论了一些我不知道的事。我猜他俩认识好久了，而且还一起住过一阵子。我们沿着海边走着，一个大浪打来，把我们的帆布鞋都溅湿了。我脑子里空空的，太阳晒得我这光头快睡着了。

这时，莱蒙对马松说了些什么我没顾得上听。不过，我注意到两个穿蓝色棉布裤子的阿拉伯人从远处的沙滩向我们走来。我看了一眼莱蒙，他点点头说："就是他。"我们匀速地迈着步子。马松很好奇他们是怎么找到我们的。我记得他们看到我们上了公交车，还注意到玛丽拎的放有泳衣的手提包。不过我没说话。

虽然那两个阿拉伯人走得很慢，但离我们已经很近了。我们还是匀速走着，莱蒙说："听着，如果有情况，马松你对付第二个。我来收拾上次我揍过的那个家伙。默而索，再来一个交给你，你直接把他撂倒。"

我说："没问题。"马松把手插到口袋里。

沙子像火一样热，我看这沙子差不多都烧红了。阿拉伯人离我们越来越近。离我们只有几步的距离时，阿拉伯人停了下来。马松和我也放慢了脚步，而莱蒙径直走向他要揍的那个家伙。他说了些什么，我没听清楚。不过，我看到那个阿拉伯人低头试图用头撞莱蒙。莱蒙躲开了，又回头喊马松过去。马松瞄准了他要揍的那个家伙，两次把他打翻在地，最后，那家伙被打到水里去了，停在水里几秒钟没动，周围泛起层层水泡。同时，莱蒙把他的那个家伙打得鲜血直流，他转身朝我喊："帮我留心，看他耍什么花招。"

"小心，"我大喊，"他有刀。"

可惜我还是喊得晚了，那家伙朝莱蒙的胳膊和嘴划了两刀。

马松跑过来，挨他揍的那家伙从水里出来了，他躲到了拿刀子的后面。我们不敢动。这两个家伙慢慢地往后退，眼睛死死盯着我们，还用刀子逼着我们。他们撤到安全地带时飞一般地跑了。我们站在火热耀眼的太阳下没法动。莱蒙的胳膊在滴血，他不得不紧紧按住伤口。

马松说，有个医生经常到这里过周末。莱蒙有气无力地说："好，我们马上去找他。"他嘴里也冒出了血泡。

我和马松把他架回去了。他说口子不是很深，他可以走到医生那里。玛丽脸色苍白，马松太太满眼热泪。

马松陪莱蒙去看医生了，我留下来告诉两个女人发生了什么事。我不喜欢讲这件事，于是我面对着大海抽起烟来。

一点半莱蒙他们回来了。他胳膊上缠了绷带，嘴上贴着膏药。医生说没什么大碍，不过莱蒙一副闷闷不乐的样子。马松想逗他开心，可惜没起效。

莱蒙说想到沙滩走走。我问他到沙滩上哪个地方，他咕哝着答非所问："去呼吸呼吸新鲜空气。"马松和我都说要陪他去。但莱蒙发火了，不让我们跟着他。见他这么坚持，马松说，我们别惹他生气了。不过，最后，我还是跟着他出去了。

耀眼的阳光照射着沙滩和大海，把外面烘得像蒸笼一样热，我们走了好长时间，我有一种感觉，莱蒙对自己要去哪里非常明确，不过，也可能是我猜错了。

在海滩尽头我们发现了一眼小泉，水从一块巨石后面的沙窝里流过来。这时，我们又看到了那两个阿拉伯人。他们还是那条蓝棉布裤子，这会儿正无忧无虑地躺在沙滩上晒太阳呢。他们看起来很友好。我们走近时，他们也没任何行动。打了莱蒙的那个家伙盯着莱蒙不说一句话。另一个一边吹着一小节芦苇管，不断重复的发着那三个音，一边用眼角的余光瞄着我们。

有一会儿，大家都站着没动。四周安静得只有阳光、泉水的叮咚流动声和那三个音。莱蒙把手放进了装有左轮手枪的裤兜里，但那两个阿拉伯人还是没动。我注意到吹芦苇管的那个家伙的脚趾头分得很开。

莱蒙边看打他的那个家伙，边对我说："我毙了他？"

我反应很快，考虑到他正在气头上，如果我不让他这么做，他一定会马上开枪。因此，我说："如果他还没说话，我们就开枪，这样不太好吧？"

接下来又是一片安静，只能听到潺潺的流水声和芦苇管的声音。这些声音在安静又炎热的空气里蔓延。

"好吧。"莱蒙最后说，"我最好先羞辱他们一番，如果他们回嘴，我就干掉他们。"

"好的。"我说，"如果他们没有掏出刀子，你就没必要开枪。"

莱蒙有些不耐烦了。吹芦苇管的那个家伙还在吹，不过，两个人的视线一刻也没离开过我们。

"听着。"我对莱蒙说，"把手枪给我。你解决右边那个家伙。若另一个找事或者掏出刀子，我就开枪。"

莱蒙把手枪交给我时，太阳照得手枪闪闪发光，不过，我们都站着没动，好像周围的一切把我们紧紧裹起来动弹不得。我俩只好互相看着对方。沙滩，阳光和大海好像也静止了，只剩下芦苇管发出的声音和泉水在唱双簧。突然，一个念头在我脑海里闪过：开枪或是不开枪，结果都是一样的。

突然，那两个阿拉伯人消失了。原来他们像蜥蜴一样逃到山崖后面去了。莱蒙和我只好回来了。路上，他看起来非常开心，还提到了回去的公交车。

回到小木屋，莱蒙直接上楼了，而我就停在了一楼。阳光好像在我脑海里闪着，我没力气再爬到楼上去，还要跟两个女人说话。不过，待在这里也不好受，外面耀眼的阳光透过窗户射过来也真够呛。待在这里还是走出去，结果都是一样的。于是，我又回到了沙滩。

沙滩上仍然是处处散布着热气。大海急促地喘息，卷起层层细浪，轻拍着沙滩。我慢慢地走到沙滩尽头的巨石旁，刺眼的阳光让我觉得脑袋胀得蒙蒙的。热气压得我一步也挪不动了。每当热气向我袭来，我就咬紧牙齿，握紧插在裤兜里的拳头，绷紧每一根神经，尽可能地躲开向我射来的骄阳。从沙滩上的一块贝壳或一块儿碎玻璃里反射过来利剑般的一道光，我就不知不觉收紧了下颚。我就这样慢吞吞地走了好久。

从远处的沙滩上，我看到一堆黑色的岩石。耀眼的阳光和海上的浪花为它披上了一层薄纱。这时我想到了岩石后面应该有清凉的山泉，我迫不及待地想听听那潺潺的流水声。为了摆脱太阳的热气和女人们的啜泣，为了省点力气，我就躲到岩石后面的阴影下乘凉。

走近时，我才看到莱蒙打的那个家伙又回来了。这次，是他一个人来的，他躺在沙滩上，头枕着胳膊，脸藏在岩石后面的阴影下，腿露在外面，粗棉布裤子上冒着热气。我很吃惊，在我看来，那件事已经结束了，我来这儿的路上根本就没想这件事。

看到我，那个阿拉伯人稍微起身，手插到口袋里。很自然地，我也握紧了大衣口袋里的莱蒙的左轮手枪。那个家伙又躺下了，不过手还插在口袋里。我离他还有一段距离，约十几米远。在一片燃烧的热气中，大部分时间里我都模模糊糊地看到他在晃动。有时候，我瞥见了他半眯着眼睛打量我。这个时候，海浪比中午更慵懒更无力，只是光线还是那么强。这光线还是像往常一样照耀着延伸到岩石尽头的这片沙滩。两个钟头过去了，太阳好像还在那里没动似的；它在一片熔炼金属的海洋里抛锚了。远处一艘轮船驶过。我只是用眼角的余光扫了一眼那远处驶过的轮船，像个小黑点，因为同时我还要盯着那个阿拉伯家伙。

我想只要我转身走开，就什么事也没有了。但整个沙滩热气腾腾的，让我感到很压抑。我走向山泉，那个家伙还是没动。毕竟，我们之间还有一段距离。可能因为他把脸埋在阴影里，在我看来，他好像对我冷笑。

我等着。火辣的太阳烤得我的脸通红，豆大的汗珠一颗颗聚在眉峰。在母亲葬礼那天，我也是这么难受——额头上的血管仿佛要冲破皮肤裂开来。我失控了，继续往前走，明知道这么做很傻，多走一步，还是躲不过太阳。就这样我一直往前走，这时，阿拉伯人拿起刀，迎着太阳瞄准了我。

刀片闪闪发光，我感到仿佛一柄长剑刺中了我的头。而且，这时凝聚在眉峰的汗珠儿滴下来打湿了睫毛，形成一层暖洋洋湿漉漉的水帘。汗水和泪水混在一块儿模糊了我的双眼，这下，我什么也看不清了；只感到火辣的太阳扣在我头上，刺眼的刀光隐约总对着我，仿佛要割断我的睫毛，刺穿我的眼球。

这时，周围的一切在我眼前晃起来——大海呼出一股沉闷而炙热的水汽，天空开了个口子，卸下一团大火。我浑身神经都绷紧了，握紧了手枪。拉开扳机，握着光滑的枪柄，这时，随着一声巨响一切都开始了。我甩甩汗水和阳光。我知道，我打破了这一天的平衡。在这广袤又安静的沙滩我也曾玩得非常开心。我朝那家伙开了四枪，子弹打进他身体里，什么也看不出来。然而，每一声仿佛都叩响了我即将通往的毁灭之门。

第二部

一

我被捕后被传讯了几次，不过走走形式而已，主要是关于我身份之类的事。第一次在警察局问讯时，没人对我的案子感兴趣。然而，一周后我被带到一位预审法官面前，我注意到他好奇地看着我。跟其他问讯的人一样，他先问了我的姓名，住址，职业，出生日期和地点，又问我有没有请律师为我辩护。我说："没有。"我从没有想过这个问题，就问他真的有必要请律师吗。

"你为什么这么问呢？"他说。我回答："我认为我的案子非常简单。"他笑笑说："那只是你的看法。我们有法律规定，如果你没有律师，法庭将为你指定一个律师。"

我对他说，我真不敢相信，我们的法律可真够周到的，这么小的事情都涉及到了。他点点头，同意我们的法律的确是很完善。

刚开始时，我没把他当回事。在一个普通的拉着窗帘的起居室里，他审了我。桌子上有一盏台灯，正好照在我坐的椅子上。而他的脸在暗处，我看不清。

在书里我曾读到过这种情形，起初，我只把它当做游戏。我们谈过话后，我仔细地瞧了瞧他：他身材高大，深陷的蓝眼睛，留着灰白的胡子，头发快全白了。总之，他给我印象是很聪明很可爱。他只有一个瑕疵，就是他的嘴巴时不时地很扭曲地抽搐，看起来像是神经抽动。走时，我差点要伸手告别，还好我及时想起来我杀了人。

第二天，一位律师来监狱看我。他是一个有点发福的年轻矮个子，头发又黑又亮。尽管很热，我还穿着带袖子的衬衣。他穿着硬领的深色西装，打了一个很艳的黑白条纹领带。他把文件包放到我床上，就介绍了下自己。他说，他细读过我的案子，还说这个案子必须谨慎处理，但只要我按他说的做，很有希望无罪释放。我谢过他。他说："很好。那我们直奔主题吧。"

坐在床边，他说他们已经对我的私生活做过详细调查，知道最近我母亲在养老院过世了。他们到马朗戈做过调查，警察得知在我母亲的葬礼上我显得"冷酷无情"。

"你一定理解，"律师说，"我很不好意思问您这个问题。但这很重要。除非我们能很好地解释那天你所表现的'冷酷无情'，否则，我在为你辩护的时候，会很为难。这点，只有你能帮到我。"

他接着问我葬礼那天我是不是很难过。我觉得这个问题好奇怪。换作是我问他人这类问题，我一定觉得非常尴尬。

我说，这些年来我习惯了不去回想过去的事，所以我很难回答。我本可以说我一直很爱母亲，但这不能说明任何问题。我想了想又说，所有人总会在某些时候盼望着他们爱的人死去。

这时，他突然打断了我，一副烦躁不安的样子。

"你必须向我保证，在法庭上和预审法官面前绝不能这么说。"

为了让他满意，我答应了，但我又解释道，通常我都控制不了自己，肉体上的需要总会扰乱我的感情。比如，母亲葬礼那天，我又累又困，所以根本没工夫理会那件事的意义。不管怎么说，我可以向他保证：那天我确实希望母亲没有死。

不过，律师很不高兴，他简明地说："这还不够。"

他想了想，又问我是不是可以理解为那天我压抑住自己的感情。

"不，"我说，"不是这样子的。"

他用一种很古怪的眼神望着我，仿佛我冒犯了他。接着用一种甚至有点敌意的口气说，养老院的院长和工作人员到时将出庭作证。

"这些可能对你很不利。"他总结说。

我说妈妈的死跟我的案子根本没有关系。他只是说这么看来我一点也不懂法律。

说完他就苦恼地走了。我真希望他能多待一会儿，我需要他的同情，不是为了帮我胜诉，而是——如果可以这么讲的话，为了发自内心的正义的辩护。我感觉到我让他很不痛快，自然地他不理解我甚至有点讨厌我。有那么一两次，我想告诉他我跟其他人一样——一个非常普通的人。实际上，这也没什么用，我也懒得去说，只好听天由命了。

当天晚些时候，我又被叫到了预审长官的办公室。这时是下午两点钟，屋内很热，光线也很强，窗户上只有一个很窄的窗帘遮着。

请我坐下后，预审长官很礼貌地说，我的律师临时有事不能来了。他还说，在我的律师来之前，我有权拒绝回答他的问题。

我说我可以自己回答。他用手指头按了下桌上的按钮，一个年轻的文书走进来坐在我后面。我们（我和预审长官）都坐下后审讯开始了。他说大家都说我是一个很自我的人，而且生性孤僻，沉默寡言。他想听听我的看法。

"我没话可说，自然就闭上嘴巴了。"

他笑了笑，简直跟上次笑得一模一样，说："这是最好不过的理由，不过，这也无关紧要。"

沉默片刻后，他身子微微前倾，看着我，提高声音说："让我感兴趣的是你。"

我不太明白他的意思，就没说话。

他接着说："你的案子有几个问题我不明白，我相信你一定能帮我弄清楚。"

我回答我的案子其实是很简单的。他让我再叙述一下事发当天我都干了些什么。实际上，第一次问讯时我已经简明扼要地告诉过他了——关于莱蒙，沙滩，游泳，打架，又是沙滩，我开了五枪。

我只好又说了一遍。我每说一句，他就说："好，好。"我讲到沙滩上躺着的尸体时，他用强调的语气说："很好。"反复地讲同一件事让我感到很厌烦。我觉得仿佛我这辈子都没讲过这么多话。

他又沉默了一会儿，站起来对我说，他愿意帮我。而且他对我这个人很感兴趣，看在上帝的份上，他愿意为我做些事情。不过，首先他还有几个问题要问。

他直言不讳地问我是否爱我母亲。

"爱，"我回答，"就像大家爱自己的母亲一样。"

坐在我后面的文书一直在不停地打字。不过这时他打错字了，因为我听到他把机器退出来的声音，还不停地纠正着什么。

接下来，预审长官又问了一个问题，这个问题跟刚才的问题却没有明显的逻辑关系。

"你为什么对一个人连续开了五枪？"

我想了想说，不是连续五枪，我打了第一枪后，稍停了一下，又打了四枪。

"为什么停了几秒又打了四枪？"

这时，我仿佛又看到了晒得发烫的沙滩，压得我喘不上气，我难受极了，就没回答。

预审长官又沉默了，他看起来非常烦躁不安，不停地用手指拨弄他的头发，起身朝我这边挪了挪，又坐下。最后，他把胳膊肘支在桌子上，用一种古怪的表情看着我。

"你为什么要向一个死人开枪？"

我再次无话可说。

长官把手放在前额，用一种更奇怪的语气又问："这是为什么啊？你总得给我个解释吧。"我还是没说话。

突然，他走到对面墙角的档案柜，从抽屉里拿出一个银质十字架。他边走回来边挥着这个十字架。

"你知道这是谁吗？"他的声音彻底变了，变得充满激情和活力。

"我当然知道。"我说。

这下，他的话匣子打开了，开始滔滔不绝地讲起来。他说，他相信上帝的存在。即使罪孽深重的人也可以获得他的谅解。不过，首先，这个人必须真心悔过，就像变成一个天真的孩子一样，怀着单纯虔诚的心，向上帝诚心忏悔。这时，他身体右倾靠在桌子上，不停地在我眼前挥舞着手里的十字架。

实际上，我很难理解他讲话的内容。一方面因为办公室里闷热得让人窒息，几只大苍蝇在我脸上不停地嗡嗡飞来飞去。另一方面因为我有点怕他。当然，我知道说我怕他，听起来有点荒谬，毕竟我才是罪犯。然而，他讲个不停，我只好尽力去理解，知道我的供词里只有一点不清楚——为什么我开第二枪之前停了一下？其他的都很清楚。不过就这一点，他搞不懂。

我本想告诉他，他在这个问题上纠缠没任何意义，这个是件微不足道的。但我还没来得及讲，他正讲得兴致勃勃，还问我是否信上帝。我说："不。"他愤怒地坐下了。

他说，这是不可能的，所有人都信上帝，即使是那些背叛他的人也信仰上帝。如果他失去对上帝的信仰，那么他的生活将失去意义。"你希望我的生活失去意义吗？"他愤怒地问。我觉得这跟我无关，我就跟他这么说了。

我说的时候，他把十字架放到我鼻子底下，大喊："我，作为一个基督徒，我祈求上帝宽恕你的罪过。可怜的年轻人，你怎么能不相信他是为你受的难呢？"

我注意到他提到我时，亲切地用，"可怜的年轻人"称呼我，不过我都听烦了。房间里越来越热了。

我有个习惯，如果我想摆脱一个不想听的话题，我就会假装同意。这时，他的脸突然亮了起来，真让我吃了一惊。

"你信了，你信了。现在你可以向上帝表示你的虔诚，跟他讲实话吗？"

我一定又摇了摇头，因为他又一下子倒在椅子上，垂头丧气的。

接下来又是一阵沉默。只能听到文书打字的声音。他还在打着最后几句话。完成后，他伤心地望着我。

"我从没见过像你这么顽固的灵魂。"他轻声说，"所有的罪犯来到我面前，看到这个十字架，知道了我们的上帝为我们人类所受的苦难，都会痛哭。"

我正要回答因为他们都是罪犯，不过突然我意识到自己也是罪犯。然而这种想法我一直很难习惯。

预审长官站了起来，可能要告诉我审讯结束了。他很疲倦地问了我最后一个问题：我是否为自己的行为而悔恨？

思考片刻，我说，我更多是感到厌烦而不是悔恨。厌烦是再合适不过的词了。不过，他好像没听懂我的话。总之，那天的审讯终于结束了。

后来，我又到过预审长官那里好几次，但每次都有我的律师陪我一块儿去。大部分只是让我复述我之前的口供。有时候长官和律师讨论控状的罪名。随着时间的推移，他们不再关注我了，问讯的语气也变得漠不关心了。预审长官对我已经失去了兴趣，他们已经以某种方式把我的案子归档了。他在我面前再也没有提过上帝，也没再扮演狂热的基督徒形象。回想起来第一次问讯，真的是很尴尬。有时候，预审长官和律师随便聊聊时，他们就鼓励我加入他们。这样，我们的关系反倒比以前更融洽了。这段时间，这两个人从未对我表示过一丁点的敌意。一切都很和谐，我甚至有一种荒谬的感觉——我们像是一家人一样。老实说，这十一个月的审讯生活，我过的很开心。而且让我惊奇的是，这段日子里，我还感受到了有生以来少有的快乐。预审长官把我送到办公室门口，拍拍我的肩膀，很友善地说："敌基督先生，今天到此为止了。"之后，他又把我交到警察手里。

二

有些事我这辈子都不想提起。不过，在我被关进监狱后，没过多久，这段日子也是我生活的一部分。随着时间的推移，我渐渐意识到没必要厌恶那段时光，即使讨厌它也改变不了什么。实际上，开始刚来监狱时，我根本没意识到自己是在坐牢。我一直朦胧地等待一些惊喜。

直到玛丽来看我（也是唯一的一次）之后，我收到玛丽的信。信上说她不能再来看我了，因为她不是我的妻子。也就是从那天起，我才意识到监狱将是我最后的归宿。

逮捕我的那天，他们把我和几个阿拉伯人一起放到一个很大的牢房里。我进来时，那几个阿拉伯人朝我笑，问我犯了什么事。我说我杀了一个阿拉伯人，他们都傻眼了，不再说话。不过天黑的时候，他们其中一个人还教我怎么铺睡觉的褥子。把一头卷起来当做枕头。整个晚上臭虫爬到我脸上闹个不停。

后来，我被单独分到了一间牢房，我睡在靠近墙的木板上。家具只有一个便桶和一个铁盆。监狱建在高地上，透过我那小窗户，我能看到大海。有一天我趴在栏杆上，望着被太阳照耀着的大海，一位看守走进来说，有人来看我。我猜是玛丽，果然是她。

要去接待室，首先得穿过一个走廊，然后上一段台阶，再穿过另一个走廊就到了。接待室宽敞明亮，透过一个很大的窗户太阳光射进来，两道铁栅栏把房间分成三块。栅栏间的距离约三十英尺，把犯人和来探访的人隔开。我被领到玛丽的正对面，她穿了条条纹裙子。站在我旁边的犯人，大部分是阿拉伯人。玛丽旁边站的大部分是摩尔妇女。玛丽站在一个紧闭双唇的小个子老女人和一个没戴帽子边大声说话边指手画脚的胖女人中间。犯人和探访人离的太远了，我不得不提高嗓门说话。

我走进去，屋内的喧哗声透过光秃秃的墙传过来，太阳发出刺眼的白光照到屋里，我感到一阵头晕目眩。我已经习惯了牢房里的安静和黑暗，突然一下子来到又吵又亮的房间还真得过会儿才能适应。过了一会儿，在明亮的光线下，我看清了每个人的脸。

我还注意到一个看守坐在铁栅栏间通道的尽头。犯人和他们的探访者都面对面蹲下来。尽管这里很喧闹，但他们并没有提高声音，而是轻声低语，合着从他们头顶传来的说话声。我很快不再关注这些，走向玛丽。她把晒成棕色的脸紧紧贴着铁栏杆，对我很勉强的挤出一丝笑容。我觉得她很漂亮，但不知为什么我却说不出口。

她大声问我："你还好吗？需要的东西都有吗？"

"对，什么都不缺。"

我们都沉默了片刻。玛丽一直笑。她旁边的胖女人吵吵闹闹的。我旁边的犯人——大概是这个胖女人的丈夫，是一个身材高大，皮肤白皙的帅哥。

"让娜不愿意再雇用他。"她大叫。

"这就太糟糕了。"他回答。

"我跟让娜说了，你出来后会再雇用他的，可让娜不同意。"

玛丽大喊说莱蒙问候我，我说代我谢过他。不过我的声音被旁边的男高音压下去了，只听到他说："他身体还好吧？"

那个胖女人大笑："身体？当然，他身体非常好。"

同时，站在我左边的这个年轻小伙子手指细长就像女孩子的手一样。他没说过一句话，眼睛一直注视着他对面的小个子老女人。这个老女人也目不转睛地望着他。我不能再看他们了，玛丽刚刚跟我说话了，她叫我不要失去希望。

"当然不会。"我说。我看着她的肩膀，有一种想搂住她肩膀的冲动，好想摸一下那柔软的布料，我能感到，她能领会我的想法，也希望我那么做。因为她边含情脉脉地看着我边笑。

"相信一切都会好起来的，等你出来了我们就结婚。"

这时，我看到她洁白的牙齿和眼角的细纹。我说："你真这么想吗？"我只是没话找话说。

她开始讲得很快，不过声音还是很大。

"对，你一定会无罪释放的。到时候我们周末再去游泳。"

站在我旁边的那个女的还在大叫，告诉她老公她为他买了一些东西放在篮子里了，篮子就存在监狱办公室。她把之前写好的清单拿给她老公，还叮嘱他仔细核查每件东西，这些东西花了不少钱呢。

站在我另一边的年轻人还在跟他母亲伤心地望着对方。蹲在地上的阿拉伯人仍在低语。太阳光越来越强，刺得人很难受。

我感到有点不舒服，想离开。刺耳的声音还在我耳边回响。不过，另一方面，我还想跟玛丽多待一会儿。我不记得过了多久，玛丽给我讲她的工作，她脸上始终挂着笑容。这里乱糟糟的，没有片刻安静——嚷嚷声，谈话声，还有低语声等。唯一安静的是那对母子——他们还在目不转睛地望着对方。

阿拉伯人一个个都走了。第一个人走的时候，大家都不说话。那个小个子老女人脸紧贴着栏杆，这时，看守拍了拍她儿子的肩膀，示意他时间到了。他跟母亲告别："再见，妈妈。"透过铁栏杆，这位老女人不停地向她儿子挥手。

她刚走，一个男人拿着帽子走过来，占了她的位子。又一个犯人被带进来，安在我旁边的空位子上，这个犯人跟他的来访者热情地攀谈起来，不过声音并不大，整个房间也变得安静了些。看守又进来叫走了我右边的这个犯人。不过他的妻子还对他大喊："照顾好自己，亲爱的，不要做傻事。"她根本没意识到这时候再怎么叫也无济于事。

这时我也该走了，玛丽透过栏杆抛给我一个吻。我边走边回头看她，她站在那里没动，脸仍然紧紧贴着栏杆，张着嘴，笑得很不自然。

之后，我收到她的一封信。之后发生的事我永远都不想谈。我从没想过要夸大其辞，讲我受的苦比其他犯人多。然而这件事是最糟糕的也是最让我心烦的——开始来到监狱里的时间里，我有个习惯，就是总还把自己想象成一个自由人。比如，我总会突然闪过一个念头，想去海滩游泳。只要想到我用脚打着水，听着海浪的声音，跳进水里时有一种解脱感。但回到现实中，只能看到我那狭小的牢房，想肆无忌惮地做个伸展都难。

不过，这种自由人的想法只跟了我几个月。后来，我就意识到我是个失去了自由的犯人。我每天盼望着放风和我的律师来看我。其他的时间我也处理得很不错。我想着自己被迫生活在一棵枯树里，唯一能做的就是仰望天空。从某种程度上讲，我已经习惯了这种生活。我习惯了看着天空飞翔的鸟儿和浮云，也习惯了看我的律师那怪异的领带，或者说，在另一个世界里，我习惯了耐心等待周末跟玛丽做爱。不过，仔细想想，我还不算是活在枯树里，有些人比我情况更糟。我想起了母亲的话——她总说，人这一辈子，最后什么都能适应。

而且，我的问题还没有这么严重，尽管刚开始的几个月里日子很不好过。还好，我已经熬过来了。例如，我总是想女人——不过，这很自然，因为我还年轻。但我从没有特别想过玛丽。我想到的是任何一个女人，在某个场合我认识的，爱过的任何一个。她们的面孔和身影一个个仿佛出现在我面前。虽然想到这些让我很不安分，但至少可以打发时间。

慢慢地监狱长开始对我非常友善。他总是在开饭的时候跟厨房的人一块儿过来。他跟我提起了女人的话题。"女人经常是这里的犯人最爱抱怨的事。"他告诉我。

我说我跟他们一样。"这对我们不公平。"我补充说，"就像是趁火打劫。"

"说得对。"他说，"正是这样才让你们坐牢啊。"

"我不太明白。"

"自由。"他说，"你们被剥夺了自由。"

这点我从没有想到过，不过我明白了他的意思。"对啊，"我说，"否则就不是惩罚了。"

狱长点点头。"是的。你跟他们不一样，你爱动脑筋又明白事理，其他人就不行了。他们总想着出去，甚至越狱呢。"狱长说完就走了。第二天，我觉得我跟其他犯人没什么不同。

没有香烟也是一个问题。我刚进监狱时，他们拿走了我的皮带，鞋带及我口袋里所有的东西，包括我的香烟。我被转到单间牢房时，我曾要求他们还给我香烟。他们却说，这里禁止吸烟。牢里开始的日子真的很苦，其中最让我难过的是我的香烟的事。我甚至从我的木板床上撕下几块嚼嚼。那些日子，我每天都无精打采的，脾气也很暴躁。我一直在想为什么不让抽烟。这妨碍不到任何人。后来，我终于理解了这禁烟背后的深层含义——这也是一种惩罚。不过这时我已经习惯不抽烟了，这个惩罚对我来说也不再是惩罚了。

除了这些烦心事，我还不算太不幸。不过，最主要的问题是：怎么打发时间。很快，我就想到一个法子：回忆以前的人和事，这样我就再也不会感到无聊了。有时候我会想起我以前住的房子，每个角落每个细节都不放过。起初，我会花一两分钟的时间来回忆。不过，我再次回忆，时间就拉长一点。我尽力再现当时的每一件家具，每件家具上或里面的每一件物品，每件物品的每一个细节，甚至物品上镶嵌着什么东西，上面有一道裂痕或有一个缺口，颜色和木头的纹理等。同时，我还强迫自己从头到尾按次序来一点一点回忆，不要错过任何细节。几周后，为了一一列举我屋子里的每一件东西，我可以花几个小时时间。而且，我想得越多越认真，甚至原来已经快忘记的或已经认不出的东西，都又在我脑海里闪现。这样看来，好像永远有回忆不完的东西。

所以，我明白了，一个人，哪怕在外面的世界只过了一天，他就可以在监狱里度过一百年，因为他也有无穷无尽的回忆，也不会感到无聊。显然，从某种程度上讲，这也是一种补偿。

接下来谈的是睡觉。刚开始，我晚上睡不好白天更是睡不着。不过，渐渐地，我晚上睡得香了，甚至白天有时也会打盹了。实际上，最后几个月里，我甚至每天睡了十六或十八个小时。这样，一天就只剩下六个小时来打发了。吃饭，放风，回忆和捷克斯洛伐克人的故事，时间很快就过去了。

一天，掀开草垫子，我发现了一张旧报纸，几乎粘到布上了。报纸已经发黄，磨得透亮，但仍能看见字。上面讲的是一个犯罪案件。文章开头已经没了，不过我能看出讲的是发生在捷克斯洛伐克一个小村庄的故事。一个村民离开家到外面去碰碰运气。二十五年后，他发了财，带着他的妻儿荣归故里。同时，他的母亲和妹妹在这个小村庄开了家旅店。为了给他母亲和妹妹一个惊喜，他把他的妻儿放在一个旅店，自己则住在他母亲的旅店里用一个假名登记入住。吃晚饭时，他向母亲和妹妹炫耀自己有很多钱。夜里，母女俩合伙用锤子打死了他。拿了钱之后，她们把尸体丢到了河里。第二天早上，他的妻子过来了，不假思索地泄漏了他的身份。最后，他母亲悬梁自尽，他妹妹也跳河自杀了。这个故事我读了上千遍。一方面，这个故事听起来很不可思议。另一方面，又好像很合情合理。

不管怎么说，在我看来，这个男的是自讨苦吃。他不该玩这种幼稚的恶作剧。

就这样，睡觉，回忆，读旧报纸，昼夜不停地交替，时间一晃就过去了。我知道，一个人在监狱里待久了，就失去了时间观念。但这对我来说，没多大意义。之前我从没感觉日子会突然变得很长又很短。长是当然的，不过更可怕的是一天接一天，没完没了的。实际上，我从没有这样想过，只有"昨天"和"今天"对我有些意义。

一天早上，狱长告诉我，我在监狱已经待了六个月了。我相信他的话，但这个消息对我来说没什么意义。既然在监狱里，每天对我来说都一样。更何况，我每天做着相同的事。

狱长走后，我对着我的铁碗，照着自己。尽管我挤出一丝笑容，但我的表情还是很严肃。我从不同的角度观察着这个铁碗，但无论从哪个角度看，我的表情都是带着忧伤和不安。

太阳下山了。这个时候我宁愿不讲话，我把它叫做"无名的时刻"。夜晚，监狱的每层牢房里都响起了嘈杂声，我爬上铁窗，借着光线，又看了一下自己。我的表情还是那么严肃。这一点都不奇怪，我是一个把心情写在脸上的人。这时我听到一种声音，这几个月以来我还是第一次听到呢。这好像是我自己的声音，没错，的确是我自己的声音。我突然觉得这个声音好熟悉，它在我耳旁回响已经有好些日子了。原来这么久以来，我都在自言自语。

这时，我又回想起，在母亲的葬礼上，一位护士说过，不，别无出路。没有人可以想象监狱里的夜晚是怎么度过的。

<h2 style="text-align:center">三</h2>

总之，时间过得还不算慢。第二个夏天来了我才意识到第一个夏天已经过去了。天气刚刚变热，我知道我的案子又有新进展了。我的案子安排在重罪法庭最后一次开庭时审理。这次审理将于六月底结束。

开庭那天，阳光明媚。我的律师告诉我，我的案子只需要两三天。"据我所知,"他补充道,"法庭将尽快处理你的案子,你的案子不是这次审理最重要的一件。之后,还有个弑父案件等着处理,这个案子,他们得花不少时间呢。"

早上七点半时,有人来领我,他们把我放进囚车,一直送到法院。到了法院,两个警察把我带到一个很小的黑乎乎的屋里。我们坐在靠近门口的地方,听到从门缝里传来一片说话声,喊人的声音,椅子在地上移动发出的摩擦声。这些让我想起那些小镇上的"公共活动",像是演唱会结束后,大家又在大厅里跳舞。

一个警察告诉我,法官等一会儿才能过来,又递给我一支烟,不过,我谢绝了。不久,他又问我是否紧张。我说:"不紧张。"对能亲临一次审讯,我非常感兴趣。而且这还是我第一次参加这样的审讯呢。

"可能吧。"另一个警察接话说,"不过,一两个小时以后,你就该烦了。"

很快,屋里面的一个小电铃响起来了。警察给我去掉手铐,打开门,把我带到被告席。

法庭上人很多。尽管关着窗,百叶窗已经拉上了,但阳光还是能透过空隙射进来。屋里又闷又热的。我坐下来,两个警察分别站在我两旁。

这时,我注意到,我对面坐着一排人,他们都盯着我,眼神犀利。我猜他们是陪审团。我看不出他们有什么区别,只感觉到刚上电车,车上的人都盯着你看,希望能发现什么可笑的地方来取乐。当然,我知道这个比方有点荒诞。这些人不是来看我笑话的,而是来找我的罪状的。不过,在我看来,这二者根本就没什么大的区别。

这里空气很闷还有这么多人,把我整得头晕脑涨的。我仔细打量着整个法庭,却看不清人的脸。起初,我真不敢相信这些人都是为我的案子来的。我还真是头一次成为焦点人物,这对我来说,真是件新鲜事。而以前,是没人注意我的。

"这么多人啊!"我对我左边的警察说。他接话说,都是因为报纸。

他给我指了指坐在陪审团下面的桌子旁边的一群人说："他们就在那儿。"

"谁?"我问，他解释道："报社的人呀。"他还说其中一个是他的老朋友。

不久，刚刚这个警察提到的他的老朋友就朝我们走来了。他很热情地跟这个警察握手。这个老朋友是个年长的记者，虽不苟言笑，但举止很有礼貌。这时我才注意到，几乎这里的每个人都寒暄问好，还分成小组闲聊着——这情形，就像在一个俱乐部里，每个人都找到了跟自己志同道合的人，正聊得不亦乐乎，整个气氛非常自由轻松。我有一种奇怪的感觉，仿佛我是一个不速之客闯了进来。

不过，这个记者很和善地跟我说话，还祝我一切顺利。我谢过他，他又微笑着说："您知道的，我们对您的案子有一些成见。这个夏天，是报纸的淡季。除了您的案子和接下来的一个案子，就没什么有价值的值得写的东西。我想您也听说了吧，接下来的案子是一个弑父案。"

这时，他指给我他们组的一个坐在媒体席的记者，这个人又矮又胖，戴一副黑边眼镜，让我觉得像是一只黄鼠狼。

"那个人是巴黎日报特派来的记者，他不是为你的案子来的。他是负责报道那宗弑父案的。不过，他们也请了他顺便报道你的案子。"

我正要说："那他们真是太好了。"但总觉着这么说会显得我很愚蠢。他很友好地跟我挥了挥手就走开了。我们又等了几分钟。

我的律师穿着法衣，跟他的同事们一块儿进来了。他走向媒体席，跟那些记者握手。他们有说有笑，就像在家里一样，直到铃声又响了，他们才各自归位。我的律师走向我，跟我握手，还建议我尽量简洁地回答问题，不要主动发言。剩下的只要相信他，他一定会帮我的。

我听到我左边有椅子挪动发出的摩擦声，只见一个瘦高个儿身穿红色法衣，戴着框架眼镜正就座。我推断出这是检察官。传达人宣布庭长来了，现在正式开庭。同时，两个电风扇在头顶上转起来。

三个法官，两个穿黑色法衣，一个穿猩红色法衣。他们夹着公文包，直接走向大厅的高台，这高台大约高出地面几英尺。穿猩红色法衣的坐在中间的椅子上，他把帽子放在桌子上，用手帕擦了擦它那小小的秃顶，宣布审讯开始。

记者们已经准备好了水笔。他们大都带着一种既讽刺又冷漠的表情，不过，只有一个很年轻的同事例外。他身穿灰色法兰绒衣服，打一条蓝色的领带，把笔放在桌子上，正认真地盯着我。他的脸很白净也很饱满，最吸引我眼球的是他那双苍白而清澈的眼睛，显得既淡定又不可捉摸。而我还有一种奇怪的感觉，好像是我自己在瞅着我自己。也许是因为我不太熟悉法庭的规矩，所以，刚开始的程序我都不太理解，比如，陪审员抽签，庭长先向检察官，陪审团，和律师提了好多问题（每次庭长提问时，所有陪审团的头都转向他）。很快地念完诉讼书，我听出了一些熟悉的人名和地名，然后，庭长又向我的律师提问。

接下来庭长说，该传证人了。传达人念了一些名字，让我大吃一惊。这时，从这群模糊的人群中，我朦胧地看到几个人站起来，从旁边走出去，其中有莱蒙，马松，萨拉玛诺，养老院的门房，老贝莱兹和玛丽。玛丽走之前还有点不安地朝我挥手。我觉着真是奇怪，为什么刚进来的时候没有看到他们呢。我最后听到的是塞莱斯特的名字。他站起来时，我注意到他旁边是那个我在塞莱斯特的饭店见过的跟我坐一张桌子吃过饭的奇怪的小女人。她还是穿的那件短外套，表情还是那么坚定那么严肃。我感觉到她在直直地盯着我，但我没时间理会这些，因为庭长又讲话了。

他说，真正的辩论现在开始。他还说，没必要再次强调听众必须保持安静。他就是监督整个辩论的裁判员，他一定采取公平公正的态度对待整个辩论。陪审团将站在正义的立场去评判被告人。在这个过程中，任何人只要扰乱辩论秩序，都将被逐出法庭。

天越来越热了，一些听众拿着皱巴巴的报纸当扇子扇起来。庭长示意传达人给法官递三把草编扇子，三位法官立即拿它派上用场，扇起来。

对我的问讯马上开始。庭长平静地甚至还带有几分亲切地问我问题。我已经回答过关于我身份相关的问题不下九次了，所以有点厌烦，但想想看，万一把一个人误认成另一个人那问题就严重了，于是，我还是一五一十地又说了一遍。

庭长接着叙述我做了些什么。每问一两句话就停下来问我："是吗？"我就按照我律师说的，回答很简洁："是的，法官大人。"这么问了好一会儿，因为庭长叙述地非常详细，每个细节都很具体。记者也快速地记着。有时候，我能感到那个最年轻的记者总时不时地看看我和塞莱斯特饭店遇到的那个怪女人。不过，陪审团的人都望着红衣法官，这一幕让我想起来电车上的一排乘客。这时，红衣法官咳嗽了一下，翻了翻材料，边扇扇子边严肃地瞅了我一眼。

庭长说，接下来他要问一些问题，这些问题表面上看起来跟这个案子关系不大，实际上恰恰相反，它们是密不可分的。我猜他又要讲母亲了，对此，我是烦透了。他的第一个问题是："你为什么把母亲送到养老院？"我回答说，原因很简单，因为我没有足够的钱来请人在家照顾她。接着他又问，我是否对跟母亲分开感到很难过。我解释说，母亲跟我都对对方没有太大的期望，对任何人也是如此。因此，我们俩都很习惯彼此的新生活。这时庭长说，他并不是想强调这点，又问检察官有没有问题要问。

检察官斜对着我，也不朝我的方向看，问道，如果庭长允许，他想知道我当时是不是怀着杀死阿拉伯人的意图一个人回到水泉边。我说："不是。"如果是这样，那为什么还带着枪，为什么直接回到那个地方？我说这只是巧合而已。检察官用一种怀疑的语气说："很好。目前就这些问题。"

接下来的事，我有点跟不上了。只记得检察官，我的律师和庭长辩论了半天，最后，庭长宣布休庭，下午进行听取证词。

我刚意识到休庭，就有人来领我了，我被带回到监狱，在那我吃了午饭。饭后不久，我就感到非常累，不过，这时，他们又来把我领到同一个房间，面对着同样的面孔，一切又开始了。而且，屋里比之前更热了，只见陪审团，检察官，我的律师和几个记者，他们个个手里拿了一把草编扇，这真像是一个奇迹。最年轻的那个记者和塞莱斯特饭店见到的怪女人都还坐在原来的位置。他们虽然没扇扇子，但还是目不转睛地盯着我。

我擦擦脸上的汗，直到我听到传养老院的院长到证人席，我才意识到自己在什么地方。被问到我母亲是否抱怨我把她送到养老院时，他说："是的。"但这并不代表什么，养老院的人几乎有一个通病，都爱抱怨他们的亲人，说他们的坏话。庭长让他说得再具体些，又问我母亲是不是责怪我把她送到养老院。他还是说："是的。"但这次，他没有补充什么。

对另一个问题，他回答说，母亲葬礼那天，我表现得很平静让他觉得好奇怪。被要求解释一下那天的"平静"时，他低下头，瞅了瞅自己的鞋，解释说，我既不想看母亲的遗体，也没哭，甚至葬礼结束后并没有在母亲坟前默哀，而是马上离开了。还有一件事，让他觉着很奇怪，殡仪馆的人告诉他，我好像不知道母亲的年龄。接下来全场是一阵沉默。庭长又让他确认说的是不是被告。院长好像没明白庭长的意思，庭长解释说："这是法律的一个程序，我们必须按规则办事。"

庭长又问检察官有没有问题。他大声回答："没有了。我听到的答案已经足够了。"他说话的语气和表情好像是要庆祝一场胜利一样。他看我时的表情，我已经有好些年没见过了。我有一种愚蠢的想哭的冲动，平生第一次我发现这些人是多么讨厌我。

庭长又问陪审团和我的律师有没有问题之后，听了门房的证词。走向证人席时，门房看了我一眼，马上移开了。他回答某个问题时说，我拒绝最后看一眼母亲的遗体，而且在母亲遗体面前抽烟，睡觉还喝了牛奶咖啡。这时，我感到一股义愤突然充满了整个法庭。第一次我认识到我是有罪的。他们让门房重复一遍我吸烟和喝咖啡的情形。

检察官又转向我，眼神里带有一种嘲讽的光。我的律师问门房，他自己是不是也抽了烟。可检察官强烈反对这个问题，"我想知道。"他大叫，"谁是犯人？难道这种反诽谤证人的行为就能减轻这铁定的证词的威力?"尽管如此,庭长还是让门房回答了这个问题。

这老头子变得有点不安起来。"我知道,我不该这么做。"他小声嘀咕着,"这个年轻人给我一支烟的时候,我接受了,但我只是出于礼貌没有拒绝。"

庭长问我是否有话要说,"没有。"我说,"证人说得对。的确是我给他的烟。"

门房怀着感激的心情好奇地看着我。迟疑了一下,他转向左边,自告奋勇地说,牛奶咖啡是他请我喝的。

我的律师一阵狂喜,"相信陪审团一定会重视这一点的。"

然而,检察官立即接话"非常正确。陪审团一定会重视的。而且他们还将得出结论,出于礼貌,第三方可以邀请客人,也就是被告喝点咖啡,不过,在把他养大的过世的母亲的遗体面前,这种情况下,通常被告是应该拒绝的。"

之后,门房回到了原来的位子。

传托马斯·贝莱兹的时候,一位传达人必须扶着他,帮着他走到证人席。贝莱兹说,他是我母亲最亲密的朋友,但他只见过我一次,就是在母亲葬礼那天。问到我那天的表现时,他说:"你知道的,我是那天最伤心的人。我只顾得伤心了根本没在意其他人和事。我亲爱的朋友的死,对我来说,是一个致命的打击。实际上,葬礼那天,我伤心得都晕过去了。所以根本没注意到这个年轻人。"

检察官问他,有没有看到我哭。贝莱兹说:"没有。"还强调,"我相信陪审团一定会注意这点。"

我的律师马上站起来,在我看来,带有点侵略性的语调问贝莱兹:"证人,你敢发誓你看到被告没哭?"

贝莱兹说:"是的。"

这时,有几个听众笑起来。我的律师挽起他的法衣的袖子,不容置疑地说:"这就是这场官司的典型特征。一切都是真的,一切又都不是真的。"

检察官忽视这些话。他正漠不关心地拿着铅笔在他的资料里圈圈点点。

　　接下来审讯暂停了五分钟，我的律师告诉我，案子进展很顺利。然后庭长传了赛莱斯特。他说他是来为被告作证的。被告就是我。

　　赛莱斯特时不时地看看我。他讲话时手里紧握着他的巴拿马帽子。今天他穿了他那套最好的西装，平时只有周末他跟我一块儿去赛马场时才会穿这件衣服。不过，很明显他没有戴硬领，衬衣领口只是扣了个铜扣子。问到我是不是他的顾客时，他说："是的，而且还是一个朋友。"他们让赛莱斯特说说对我的看法时，他说我是一个"不错"的人。他们又让他解释一下，所谓的"不错"具体是什么意思。他说大家都知道那是什么意思。他们还问："我是一个行为诡异孤僻的人吗？""不是。"他说，"他不是那样的人。只是不爱讲废话。"

　　检察官还问他，在他的饭店，每次吃饭我是不是都按时付钱。赛莱斯特笑笑说："他通常都按时付的。不过，这是我俩的私事。"接着检察官又让他谈谈对这个案子的看法。他把手放到栏杆上，可以看得出来，他是提前准备好的。

　　"我认为这只是一个意外，是一个不幸的意外。这种不幸的事谁都可能发生，这是无法预料无法抗拒的。"

　　他还想说，但庭长打断了他。"就这样吧。可以了，谢谢你。"

　　这下，赛莱斯特顿时呆住了。他解释说他还没讲完。他们就告诉他讲得简洁些。

　　他只是重复道："这只是个意外。"

　　"这确实是个意外，"庭长说，"我们在这里的主要目的就是根据法律来审判这场意外的。你可以下去了。"

　　赛莱斯特转身望着我。他的眼眶湿了，嘴唇也在颤抖。好像对我说："老朋友，我已经尽力了。对不起，没能帮上什么忙。"

　　我站在那里一动不动，也没什么表示。但是平生以来，他是第一个我想要亲吻的男人。

　　庭长又重复了一遍，请他离开证人席。赛莱斯特回到了自己原来的座位上。接下来他一直待在那里认真地听着，不想错过任何一个环节，身体前倾，胳膊肘放在膝盖上，巴拿马帽子拿在手里。

　　下面传的是玛丽。她戴了顶帽子，依然那么漂亮，但我更喜欢她披散着头发。从我站的角度，我可以瞥见她胸部柔软的曲线。她微微噘起的小嘴一直都很吸引我。她看起来非常紧张。

　　问她的第一个问题是：她认识我多久了？自从她在我们公司干事时就认识了，她说。然后庭长问她，她跟我是什么关系。她说，她是我女朋友。回答另一个问题时，她说她承认要跟我结婚。检察官已经研究好了放在他前面的资料，很尖锐地问什么时候我们开始发生"关系"的。她说了个日期。检察官冷漠地指出，那个日期是母亲葬礼的第二天。接着他又略带讽刺地说，它是一个"敏感的话题。"他很理解年轻女孩的心情——说到这里，他口气变得强硬了，但他的职责让他不得不放开那些礼仪。

　　说完，他让玛丽详细叙述她跟我第一次发生"关系"的那天，我们都做了些什么。刚开始，玛丽不回答，但检察官很坚持，她就告诉他我们一块儿去游泳，看电影，然后来到了我的住处。检察官还说，根据玛丽预审时提供的资料，他查了一下那天影院的节目单。他转向玛丽，要她说出那天看的电影的名字。玛丽用很低的声音说，那是一部费南戴尔主演的片子。她说完，整个法庭寂静得有根针掉在地上都能听到。

　　检察官一脸严肃的表情。挺了挺身子，指向我，用一种我认为很激动的声音说："各位陪审团先生，我必须强调一下，一个男人在母亲葬礼的第二天就去游泳，跟女孩发生关系，看喜剧搞笑电影。这就是我想说的。"

　　他坐下后，法庭上又是一片死寂。直到玛丽大哭起来。她说，他弄错了，事情不是他讲的那样。他逼着她这么讲的。刚刚她说的的跟她心里面想的完全相反。她很了解我，我是不会干坏事的。根据庭长的指示，一位传达人把她领下去了。审讯继续。

　　下一个是马松。马松讲时，几乎没人听。他说我是一个有责任感的好青年。"而且，甚至可以说，是个老实人。"萨拉玛诺讲的时候也没人听，他讲了我一直对他的狗都很好。当问到我跟我母亲的关系时，他解释说，我跟我母亲几乎没什么共同点，所以我把她送到了养老院。"大家一定都理解的。"他补充说,"大家一定都理解的。"但没有一个人理解。他也被领下去了。

接下来是莱蒙,也是最后一个证人。他跟我挥手,马上说我是无辜的。庭长指责了他:

"法庭上要的是你提供证据,而不是讲你自己的个人观点。你只要回答问题就行了。"

第一个问题就是要他说明,他跟死者的关系。利用这个机会,莱蒙解释说,死者跟他,而不是跟我,有过节。因为莱蒙打了死者的姐姐。庭长问他,那死者是否有理由恨我。莱蒙回答说那天上午我又出现在沙滩只是个巧合。

"怎么个巧合?"检察官追根究底地问,"造成这场悲剧的那封信是不是被告写的?"

莱蒙回答,这也是个巧合。

检察官反驳说,正是这些"偶然""巧合"在这个案件里发挥了很大的作用。莱蒙打他情妇的时候我没有阻止,这也是巧合吗?我还敢说,莱蒙在警察局的时候,我到警察局作证,这也是偶然吗?最后,他问莱蒙是干什么工作的。

莱蒙说是仓库管理员。检察官对着陪审团说,有点常识的人都知道证人从事的工作等于是靠女人养活的,吃软饭的。他还说,而我是这种人的亲密朋友。实际上,整个犯罪过程就是最下流的勾当。更可憎的是被告的人格有问题,我就是一个根本没有丝毫道德观念的魔鬼。

莱蒙要辩解,我的律师也提出抗议。但庭长还是让检察官把话讲完。

"我的话很快就结束了。"他说,"被告是你的朋友吗?"

"当然。就像他们说的,我们是最好的哥们。"

检察官也问了我同样的问题。我认真地望着莱蒙,莱蒙也一直望着我。

我说:"是的。"

检察官又转向陪审团。

"您面前的被告不仅在其母亲葬礼的第二天就去干可耻的勾当。而且，他还无情地杀害了一个人，只是为了了结一件丢人的桃色事件。各位陪审员，我们的被告就是这样一种人。"

他一坐下，我的律师早已失去了耐心，又高高挽起他那已经掉下来的袖子，可以看到里面雪白的衬衫。

"请问我的当事人是被起诉葬了他的母亲还是杀了人？"我的律师问道。

法庭上又传来一片笑声。就在这时，检察官站了起来，整了整法衣说，他很好奇，这位直率的辩护人竟然没有看出这二者之间的重要关联。可以说，二者在心理上密切相关。"简而言之，"他用力的大声说，"我控告被告从某种程度上怀着一颗杀人犯的心葬了自己的母亲。"

这句话无论对陪审团还是听众都产生了很大的影响。我的律师只能耸耸肩，擦擦前额的汗水。显然，他本人也受到了一些影响，我感到我的情况不妙。

审讯结束了。我被领出法院坐上到监狱的囚车时，我闻到了片刻的夏天的傍晚的味道，这感觉曾经是多么的熟悉。坐在昏暗的牢房里，我意识到，我疲倦的大脑里有个回声，这声音来自我最喜欢的这个城市的某一天的我最满意的时刻。有卖报纸的报童的叫喊声，人民公园停着的鸟儿的歌声，卖三明治的小贩的叫卖声，电车在高处转弯时发出的声音，夜幕降临前，港口那片天空中的嘈杂声。这些声音在我心中又汇成了一条我入狱前的旅游线路，就像是一个盲人的旅程，走到的每个地方，走的每一步，他都熟记于心。

是的，傍晚时分——这就是很久以前我最满意的那个时刻。接下来等待我的是轻松无梦的夜晚。还是这个时刻，不一样的是：我现在是在监狱里，总盼着第二天的黎明快点到来。这下，我明白了，脑子里熟悉的夏日夜游图的路线既可以通向牢房也可以通向单纯的不被打扰的睡眠。

四

作为被告，听别人谈论自己也是件有趣的事。不过，奇怪的是，我的律师和检察官辩论的时候，主要是针对我个人而不是我的案子。

然而，无论是讨论我的案子还是我这个人，二者并没什么大的区别。我的辩护律师挽起胳膊说，我是有罪，但是事出有因，我是可以得到宽恕的。检察官也做了类似的动作，说我有罪，而且不可宽恕。

围绕这个话题辩来辩去，真是无聊透顶。他们辩论的时候，有时我真想加入，说两句。但我的律师警告我不要这么做，他说："不说话对你更有利。"我觉得，整个审讯就像是一个阴谋，我被排除在外，没有任何发言权，我的命运只能由别人来控制，而我自己却不能决定。

有时候我真想打断他们，插话说："我想知道，这里到底谁是被告。被指控谋杀，对一个人来说是一件很严重的事。我有重要的话要讲。"

但是，我又想了想，觉得无话可说。不管怎么说，很快，一个人就会对听别人谈论自己失去兴趣。检察官的辩论讲的还不到一半，我就烦了。唯一让我感兴趣的是一些只言片语，几个手势，还有几段断断续续的长篇大论。

我明白了，他讲了这么多，无非是想证明我杀人是有预谋的。我记得当时他说："陪审团先生们，我可以证明罪犯是有预谋作案的。首先，大家都知道，这个光天化日之下的犯罪行为是事实。然后是这个罪犯心理向我透露的灰暗的启示。"

他还是先从母亲死后开始，概括一系列的事实。他强调，我的冷漠，竟然不知道母亲的年龄，母亲葬礼的第二天就去跟女人游泳，一块儿看费南戴尔的喜剧影片，甚至还跟女人发生了"关系"。起初，他一直提到"我的情妇"时，我没太反应过来。对我来说，"情妇"就是玛丽。接着，他又提到了莱蒙。我不得不承认，他陈述事实的方式很狡猾。他讲的听起来都很合情合理。我跟莱蒙密谋写了这封信，把莱蒙的情人骗到莱蒙的住处，让这个"声名狼藉"的人给她点颜色看看。然后，提到了沙滩。我挑起了跟莱蒙的冤家对头的争端，让莱蒙受了伤。我还跟莱蒙要了手枪，一个人怀着利用这个武器的动机回到了沙滩。接下来，我就对着那个阿拉伯人开了枪。开了第一枪后，"为了确保那个阿拉伯人死掉，圆满完成任务"，于是我就特意冷血般地朝死者又开了四枪。

"事情就是这样，"他说，"我把一系列事情都描述出来，这些都充分说明被告是在大脑清醒的情况下杀人的。我强调这一点。因为这不是一宗无意杀人可以被宽恕的罪行，而是蓄谋已久的。各位陪审员先生请注意，被告是一个受过教育的人。你们一定注意到了他回答问题的方式。他是个聪明的人，知道什么时候该用什么样的词汇。我必须再次强调，被告犯案时他不可能不知道自己在做什么。"

我注意到他说我很"聪明"。我不理解的是，为什么一个普通人身上的优点到一个被指控的罪犯身上，就变成了不可宽恕的大罪。我正在想这个问题，下面他说的什么我就没注意了，直到我听到他大声愤怒地喊："他何曾为他自己的严重罪行表现过一丝忏悔？从来没有，各位陪审员先生。被告从未表示过一丁点儿的忏悔。"

转向被告席，他用手指指着我继续说。我真不明白他为什么死死抓住这点不放。

当然，我承认他是对的。我的确没有为我自己的行为做过多少忏悔。尽管如此，他还是说得太过火了。我真想找个机会，友好热情地告诉他，在我的生活里，我从来没有为什么事情后悔过。我总是把时间和精力花费在今天和不久的未来，而不是过去。但是现在我是被告，我不可能跟任何人用那种语气讲话的。我无权向任何人表示我的友好和善良。我尽量让自己听着辩论的内容，这会儿，检察官又开始讲我的"灵魂"了。

他说，他仔细研究过我的灵魂，但发现我的灵魂是一片空白。"各位陪审员先生，他的灵魂确实是空的。"他说，我没有灵魂，没有人性，缺乏任何一个普通人都会有的道德观念。"毫无疑问，"他接着说，"这点，我们不能责怪他。因为我们不能责怪一个人缺乏某种他根本没有能力掌握的东西。但是法院更多的应该是伸张正义的庄严的地方，而不是一味地宽容纵容一些犯罪行为。尤其是站在我们面前的像被告这样的灵魂空虚的人，将会对社会构成威胁。"下面他又开始讨论我的母亲了。他重复了他在辩论里说过的话。这时他的话比他谈论我的杀人罪时多得多，以至于我听得腻了，只感到头顶越来越热，令人窒息。

检察官停下来，沉默了片刻，用一种低沉而有力的声音说："各位先生，明天这个法庭将审理一桩滔天大罪——一宗弑父案。"他认为，这宗案子简直令人难以置信。他斗胆希望，人类的正义不因任何人任何事而有所改变，罪犯必须得到应有的惩罚。他斗胆说，这个杀父案引起的憎恶远远比不上我的冷漠引起的憎恶。

"这个人在精神上杀死了自己的母亲，同那个杀死自己父亲的人同样都不能为社会所容。实际上，前者是后者的前奏，前者也就是被告，预示了后者（杀死阿拉伯人）的必然到来。"这时，他提高了嗓门说，"我相信，你们会发现我并没有夸大其辞，特意针对被告。明天，法庭一定会让这个犯了谋杀罪的人得到应有的惩罚。判决书明天就下来。"

检察官停下来，擦了擦脸上的汗。他说，他的职责是痛苦的，但他会把它完成并且毫不退缩。他说："被告藐视社会的基本规则，对此，也没有感到丝毫内疚。而且，他是个无情的人，因此不应该要求社会的同情。我毫不犹豫地请求法庭根据法律给他最严厉的惩罚。我的律师生涯里，我的职责要求我经常请求判处罪犯极刑，我从来没有像今天这样坚决请求极刑处置被告还感到这么轻松。我不仅仅是在听取我良心的声音也是在承担一份神圣的责任，而且一看到被告那张毫无人性的无情的脸，我就情不自禁地感到愤慨。"

检察官坐下后，大厅里一阵沉默。听着让我震惊的辩论，加上被炎热烘烤着，我难受极了。庭长咳嗽了一下，用很低的声音问我是否还有话要说。我站起来，因为我很想说话，我说，我一直都想说，我没有杀死阿拉伯人的意图。庭长说，关于这点法庭会考虑的。同时，他也非常高兴，在我的律师辩护之前，先听到我自己说了我的犯罪动机。他必须承认，到目前为止，他还没完全明白我辩护的方式。

太阳好晒，晒得我讲得飞快，而且还语无伦次的。我知道我又闹笑话了，因为我听到有人在笑。

我的律师耸耸肩。下面轮到他发言了，他说，时间不早了，他请求改在下午再讲，因为他可能需要几个小时的时间。庭长同意了。

下午，电扇还在转着，搅动着大厅里混浊的空气，而陪审员们个个拿着把小扇子不停地有节奏地扇着。我感觉我的律师的辩论好像没完没了。有一阵子，我竖起耳朵听到他说："我确实是杀了人。"他继续以这种语调讲，提到我的时候他都用"我"来称呼。我听着好奇怪就朝我右边的警察弯下身子，请他解释一下。但这个警察让我住嘴。过了一会儿，他说："所有的律师都是这么做的。"对我来说，我觉得自己好像是这个案子的局外人一样，他们都拿我当空气。也可以说，我的律师取代了我。无论如何，这都不重要了。我已经讨厌法庭，讨厌这样的审讯。

而且，我觉得我的律师很好笑。他迅速以挑衅为理由，也从我的灵魂开始辩护。不过，在我看来，他的辩论才能显然不如检察官。

他说："我也仔细研究过被告的灵魂。但是并不像检察官先生所指控的那样，我发现了一些其他的东西。而且可以说，被告就像是一本打开的书，我看得很清楚。"他看到我是一个优秀的年轻人，勤勤恳恳地工作，为公司效力，而且我很受大家欢迎，心地善良，乐于助人。他还说，我是一个孝顺的儿子，尽其所能地供养着母亲。由于供养不起母亲才把她送到养老院的，在那里我的母亲会过得更舒适些。他接着说："各位先生，检察官先生对养老院的态度和看法让我很吃惊，对养老院这样的机构，我们只需要记住它是政府投资和鼓励的。"我注意到，他没有提到母亲的葬礼，在我看来，这是他辩论里的一个严重疏忽。但是，我的律师辩论词里有很多的长句子，加上他们都不停地讨论我的"灵魂"，我只感到头晕脑涨的，周围的一切都仿佛变成了灰白潮湿的水汽。

最后，我只注意到，我的律师还在发言时，我听到外面街道上卖冰块的小贩的吹喇叭的声音，这声音穿过大厅，一直传到我的耳朵里。突然我想到了过去生活的点点滴滴——夏天暖暖的味道，我最喜欢的小街，夜晚的天空，玛丽的裙子和大笑声，这种生活虽然现在已不再属于我，但至少它们曾经给我带来了最单纯最难忘的快乐。然而，现在在我周围的一切仿佛卡住了我的喉咙，让我想吐。我只想快点结束，回到我的牢房睡觉。

我只是隐隐约约地听到我的律师做最后发言："各位陪审员先生，对一个善良，勤勤恳恳工作的好青年由于一时糊涂酿成了悲剧的人，难道你们忍心不给他改过的机会直接判他死刑的？始终生活在杀人的自责和内疚中，这样的惩罚还不够吗？所以，我相信，法庭的公正判决，一定会给一个由于一时糊涂犯罪的人一个改过自新的机会，减轻他的罪行。"

法庭中止了辩论，我的律师坐下了，一脸倦容。他的同事走过来跟他握手，其中一个称赞他"伙计，辩得非常出色"。甚至还有个律师问我："很棒，不是吗？"我同意，但并不是真心实意的，因为我太累了，根本就没怎么听他辩论。

这时，天渐渐黑了，也不怎么热了。我仍然可以隐约听到街上传来的声音，我知道外面是一个很凉爽的夜晚。我们都坐在大厅等着。这里所有人等待的事其实只跟我一人有关。我打量了一下整个法庭，跟我第一天来到这里时一模一样。我的眼神跟穿灰色衣服的记者和赛莱斯特饭店碰到的怪女人的眼神正好撞上了。这倒提醒我，整个审讯过程我都没有看玛丽一眼。这并不是因为我把她忘了，只是没顾得上而已。这时，我看到她坐在赛莱斯特和莱蒙中间，她向我轻轻地挥手，好像在跟我说"终于结束了"。她在笑，但我还是看出来了，她很焦虑。但我的心这会儿就像一块石头，我甚至不能回应她的笑容。

法官们都回到了他们的座位上。有人大声地快速念着一系列的问题给陪审员听。我听到"杀人犯""预谋""减轻罪行的情节"等等。陪审员出去了，我被带到一间小屋子里，之前，我就是在那里等的。我的律师过来看我，他比以前更健谈更激情也更自信了。他让我放心，我可能只需要坐几年牢或者服几年苦役就可以出来了。我问他如果判决结果对我不利，有机会上诉没有。他说，没有。他说他的计划是不讲当事人的意见，这样可以避免陪审团对我们不利。如果没有充分的理由就很难上诉。我明白了，也同意他的看法。若冷静地看待这个问题，他也是对的，否则，诉讼就会没完没了了。"不过，"我的律师说，"要想上诉，还是可以的。但我确定判决将会对我们有利。"

我们等了好久，可以说有四十五分钟吧。然后，铃声响了，我的律师走开时，跟我说："庭长要宣读对质询的答复了。你要等到宣读审判结果时才能进去。"

我听见门响了。我听到爬楼梯的声音，但我不能确定这声音就在附近还是很远。接下来，我听见大厅里有人用低沉的声音说话。

铃声再次响起时，我回到了被告席。整个法庭顿时鸦雀无声，我奇怪地感到，这个年轻的律师这次终于移开了目光，没有看我。我也没有看玛丽。实际上我是没有时间看她。庭长用一种单调的声音正宣读对我的判决，他说，将"以法兰西人民的名义"将我在一个人民广场斩首。

这时，我觉得我读懂了这些人脸上的表情，那是一种令人尊敬的同情。身边站的警察这时对我也温和了。我的律师握住了我的手腕。刹那间，我脑袋一片空白，什么也不想。我听到庭长问我是否还有话要说。我想了想，说："没有。"然后警察就把我带走了。

五

这是我第三次拒绝见监狱牧师。我跟他没什么好说的，而且，我也不想讲话。不过，我很快又要见到他了。现在，我唯一感兴趣的是，怎么绕过这不可逆转的进程，想知道这不可避免的事情是否还有一条出路。

他们又给我换了个牢房。躺在新牢房里，除了仰望天空无事可做。一天到晚，我都在慢慢地观察天空变化的颜色。我枕着自己的胳膊，静静地望着天，等着天空变颜色。

　　我一直在想，是否曾有犯人在最后行刑时，突然绳索断了，逃掉了，躲过了那无情的，残酷的一道程序。于是，我开始不停地自责：以前怎么没有重视描写死刑的书呢。一个人应该经常关注这些问题，因为谁也无法预料会发生什么事。跟大家一样，我看过报纸上对行刑的一些报道。关于这方面的书一定还有专著，可惜我从来没想过要看看。也许在里面我还能找到关于逃跑的故事呢。那里面一定会至少有一次提到，绞刑架的滑轮突然停了，也就意味着有那么一次，哪怕仅有一次，犯人侥幸地躲过一劫，幸运逃脱。哪怕一次呢！从某种程度上讲，哪怕一次，我也心满意足了。剩下的交给我的良心来做。报纸上常常提到"对社会欠下的债"。按照他们的意思，谁欠下的债谁来还。不过，可惜这些都只是我的想象。对我说，重要的是逃跑的可能性，突然冲破那行刑的仪式，发疯似的冲向自由，至少这样跑能给我一丝希望。自然，所有的希望都是意味着在街道的一角或者在逃跑中被子弹击中。但是，我思前想后，发现自己根本不会有这样的机会，那不可逆转的行刑进程又在我脑子里不停地闪现。

　　尽管我有着这么美好的愿望，但我难以接受这咄咄逼人的残酷的事实。因为只要稍加思考就不难发现，他们依据的这个判决和这个判决宣判后起开始进行的一系列不可动摇的行刑进程是不相称的。事实是宣判时间是晚上八点而不是下午五点，如果宣判时间改一下，结果可能大不一样。它是由换了内衣的人来判决的，他们必须取得法国人民的信任。而法国人（或中国人或德国人）却是一个不确定的概念，这样看来，法庭的审判就失去了法律效力。但是，我又不得不承认，从法庭做出判决的那一刻起，它的效力便是严肃而不可侵犯的，就像我靠着的墙一样厚实有力。

　　想到这些，我记起了母亲曾告诉我关于我父亲的故事。从我出生，我就从没见过他。我知道的关于父亲的事都是母亲告诉我的。其中一件就是父亲去刑场观看一个杀人凶手行刑。一想到这些，他就肚子疼。看完回到家，他就大病了一场。听完，我的父亲让我感觉有点恶心。不过现在，我理解了他，这一切都是再自然不过的。

我以前怎么没有意识到执行死刑是最重要的事。从某个视角讲，这是唯一让一个人感兴趣的事。因此，我决定，如果我出狱了，我一定参加每一场行刑。很明显，我太傻了，竟忘了这个根本没有可能。有那么一刻，我想象自己是自由之身，站在两排警察后面——也就是站在右边，我就是一个旁观者过来看一场秀，我可以回家再呕吐，想到这些，一种荒谬的狂喜涌上心头。这样浮想联翩是很愚蠢的。因为这样想，我就马上冷得直发抖，不得不用毯子把自己裹得更紧些。但是我的牙齿还是不停地在发抖。

当然，人是不可能一直保持理智的。我还有一个荒诞的想法，就是重新拟定法律，废除死刑。我只是想要给犯人一个改过的机会，哪怕是千分之一，就算是狗还有它翻身的机会呢。可以发明一种化学药剂或者几种药剂的混合物，可以千分之九百九十九的杀死病人（我称受刑者为"病人"）。不过，得事先让受刑人知道。我经过深思熟虑，发现断头台唯一的缺陷就是没有给受刑者任何机会，哪怕是一丁点儿的机会。犯人的死刑已是不可逆转的，无法挽回的事实。如果侥幸，刀子没有划准，他们会再来一刀。因此，受刑人反而希望刀子划得准一些，免得挨第二刀。我认为这是整个系统的缺陷。从某方面讲，的确如此。另一方面，我不得不承认整个系统的效率。总之，受刑人心理上早已准备好跟行刑的人合作了，他只关心别出现什么意外，不要又挨一刀。

我不得不承认，另一件事我也想错了。我以前一直以为上断头台要一阶一阶爬到梯子上去。可能主要是受 1789 年的大革命的影响。我的意思是说，这些都是我在学校里看照片了解到的。记得一个早上我从报纸上看到一个很有名的杀人犯行刑时的照片。杀人仪器就放在地面上，比我想象得要窄得多简单得多。我觉得好奇怪，偏偏这会儿我突然很清晰地回忆起那张照片。那个杀人仪器闪闪发光，让我想起实验室里的设备。人通常对于他们不知道的事物有着夸张的想法。现在，我不得不承认，上断头台是一件再简单不过的事。杀人仪器和受刑人都在平地上，受刑人走到它跟前，就像走向一个他认识的人一样。从某种程度上讲，这也很让人失望。而爬上断头台，整个世界尽收眼底，可以说，给人留下无限的想象空间——好像掌控了一切。然而事实上是，机器掌控着一切，它们无情地，快速有效地，带有一丝耻辱地杀死你。

还有两件事是我一直在思考的：黎明和我的上诉。尽管我尽力不去想这些事，不过，我躺下来，望着天空时，还是会很认真地思考这些事。天空变成绿色时，我知道夜晚马上来了。我还想办法转移自己的注意力，听听自己的心。我简直不敢相信跟随我跳了这么久的心不久就要停了。想象力从来都不是我的强项，但我还是假想了一下，有一天我的心跳声不再传到脑子里了。然而，一切都无济于事，我还是忍不住想黎明和我的上诉。最后，我劝自己说，强迫一个人不去想一些他自己根本控制不住去想的事是很愚蠢的。

我知道他们总是黎明过来，因此，通常夜晚我都在为黎明的到来做准备。我不喜欢被突然带走。如果真有什么事情降临到我身上，我希望自己提前做好准备。这也是我为什么养成了这样一个习惯——白天睡觉，晚上耐心地等待黎明到来的那一刻。最难熬的是那个似是而非的非常朦胧的黎明时刻，但我知道，那一刻迟早要来。午夜过后，我就耐心地听着，等着那一刻的到来。之前我从没听到过这么多细小的声音。因此，从某种程度上说，我是幸运的，因为这段时间里，我从没听到过脚步声。过去母亲经常对我说，无论一个人有多么痛苦，都不应该失去一颗感恩的心。每天早上，天空变亮，阳光照到我的牢房的时候，我认同母亲的观点。因为我本该听到脚步声和自己紧张的怦怦心跳声的。即便如此，有一丁点儿的风吹草动，我就飞快地跑到门口，耳朵贴在粗糙的门板上。我非常认真地听，最后却只听到了自己深深的呼吸声，就像狗喘气一样。我的心还没有炸开，我知道我又熬过了二十四小时。

接下来的时间，我都在想我的上诉。我已经抓住了这一念头里最珍贵之处，从中我能得到最大的安慰。因此，开始我总是做好最坏的打算。我的上诉被驳回。这就意味着，我必死无疑。只能是这个结果，这是显而易见的。我又安慰自己："不过，众所周知，活着没什么意义。"从更长远的角度看，我知道一个人三十岁死，六十岁死或十岁死根本没有多大区别，因为无论是哪种情况，其他的男男女女照样这样活着，世界还是跟原来一样。我现在死跟四十岁死都一样，反正早晚都要死的。想到这些我并没有感到本该拥有的安慰，想到还要活二十年时我觉得那是可怕的飞跃。不过，想到二十年后的生活时我强迫自己把它压下去了，毕竟死神已经快召唤我了。反正都要死了，至于怎么个死法已经微不足道了。因此，要想忘掉这个所代表的推理真是困难。我应该做好上诉被驳回的准备。

我不得不说，只有这个时候我才有权利考虑另一种假设——我上诉成功了。这样问题也来了，我必须按捺住自己因一阵狂喜而奔腾的血液和肉体，把自己搞得眼花缭乱的。我一定得控制住情绪，让自己冷静下来。只有保持头脑清醒，我才更容易接受第一种假设。至少，第一种假设，让我有一个小时的安宁，无论如何，这也是很不错的。

也是在这样的一个时刻，我又一次拒绝见神甫。我躺着，望着温柔的金色天空想到夏日的夜晚马上要来了。刚刚我放弃了上诉成功的假设，现在，我觉得血液和心脏都恢复正常了。是的，我一点也不想见神甫……这么久以来，我第一次想到了玛丽。她已经好久没给我写信了。我猜，她可能是讨厌当一个判了死刑的人的女朋友。也可能她病了或死了。毕竟这种事情是可能的。毕竟我们分开后，我俩之间再也没有任何东西联结着我们，也没有任何东西让我们彼此想念了，我是怎么知道这些的呢？如果她已经死了，我再想她已没有任何意义，而且，我不会对一个死去的女人感兴趣。这样想再正常不过了，就像如果我死了也会很快被人忘记的。这并不难适应，我甚至不能说这样想就是无情的。

这时，神甫轻轻地走进来了。看到他我情不自禁地打了个寒战。他看出来了，告诉我不必害怕。我跟他说，他通常都是在另一个时间段过来的……他说，是的，这只是一次非常友好的探访。跟我的上诉毫无关系，其实，他也不知道我上诉的事。接下来，他坐在我床边，还让我坐在他身边。不过，我拒绝了——并不是因为我对他有什么成见，他的态度还是非常友善的。

开始时，他没说话，胳膊放在膝盖上，瞅着自己的手。他的手细长而有力，让我不禁想到灵巧的小动物。这会儿，他在温柔地搓手。他一直将这个姿势保持了好一会儿，我差点忘了他就坐在那儿。

突然，他抬起头，望着我。

"为什么您拒绝见我？"他问。

我说我不相信上帝。

"对此，你有把握吗？"

我说我很少想这个问题，因为信不信上帝，对我来说，一点儿都不重要。

这时，他身子侧靠着墙，手平放在大腿上。好像不是在对我说，有时候人总以为很有把握的事，实际上他们一点儿把握也没有。我没吭声，他又看着我问："您同意吗？"

我说，您说的有一定的道理。但是，尽管我不太清楚自己对什么感兴趣，我却对我不感兴趣的事非常清楚。我还说，他提的问题，我一点儿也不感兴趣。

他还是那个姿势，不过把目光从我身上移开了。他接着问我，是不是因为我感到绝望才这么说的。我说我一点儿也不绝望，只是有点害怕，不过，害怕是很自然的事。

"如果是这样的话，"他坚定地说，"上帝会帮助你的。我见过的跟您情况一样的人，最后他们都跟随了他。"

我回答，他们想那么做，那是他们的权利。不过，我根本不需要帮助，而且我也没时间做我根本不感兴趣的事。

这下，他气得直拍手。不过，很快，他挺直了身子，弄平衣服上的褶皱。整理衣服后，他又接着讲了，还称呼我"我的朋友"，他还说，并不是因为我被判了死刑他才这么称呼我的。在他看来，世上所有人都被判了死刑。

这时，我打断了他，这并不是一回事。而且，他的话一点儿也不能安慰我。

他点点头，"可能吧。即使你不是很快受刑，早晚有一天，还是会死的。都将面临同样的问题。您将怎么来度过这最后的时刻呢？"

我说，就像现在一样来面对它。

这时，他突然站起来，目不转睛地盯着我。这情形我已经很熟悉了。过去，我常用这样的眼神盯着艾玛努埃尔和赛莱斯特，十次有九次，他们都不舒服地移开了目光。我明白了，这位神父也很熟悉这个把戏，因为他一直盯着我不动。他用很平和的声音说："你心里根本没抱有希望吗？你真的认为，一个人死后，就什么也没有了吗？"

我说："是的。"

他低下头，又坐下来，说，他真为我难过，像我这样想的人，一定过着非常艰难的生活。

我开始讨厌他了，一个肩膀靠着墙，透过小窗口望着天空。尽管我没认真听他讲，但我猜到，他又要问我了。他的急迫的声音里透着一丝不安，我知道，这下，他是动情了。我便听得认真了些。

他说，他相信我的上诉会成功，但是我身上还背负着我本应该摆脱的罪孽。他认为，人类的正义不算什么，只有上帝的正义才是最重要的。我说，正是前者判我有罪。他说，是的，但是这并不能洗刷掉我的罪孽。我告诉他，我并没有感到什么"罪孽"。我知道的就是我因杀人罪而被判了刑。而且，我已经受到惩罚了，除此以外，人们不该再对我有更多的要求。

这时，他又站了起来，我感到他想在这个"袖珍"的牢房里活动活动，但是活动只能限制在选择站起来还是坐下。我看着地板，他向我移了一步，就停下来了，好像不敢再靠近我。接下来，他透过铁窗望着天空。

"你错了，我的儿子，"他一脸严肃地说，"他们对你还有其他的期望。或许，我将向你提出这样的要求。"

"您要求什么？"

"要求您看……"

"看什么？"

神甫慢慢地四周打量了一下我的牢房。我被他忧伤的声音吓了一跳："我知道，这些石墙象征着人类的痛苦。看到这些石墙时，我没有一次不打寒战。相信我，这是我的真心话。我知道，你们当中最悲惨的人就是透过这乌黑的石墙看到一张神圣的脸，这就是我要求您看的。"

这有点激怒我了，我告诉他，我已经盯了这面墙有好几个月了。什么人也没有，我对它们再熟悉不过了。也许曾有一次，我努力地想看清一张脸。但我看到的只是玛丽晒黑的充满欲望的脸。很不幸，我从没有看到过，现在我也不想放弃了。总之，透过这些冰凉的石墙，我从没看到过神父所说的那张"神圣的脸"。

神甫一脸忧伤地盯着我。现在，我背靠着墙，阳光倾泻在我的前额。他小声嘀咕了些什么，我没听清。突然，他问，他能不能吻我。我说："不。"他转身走到墙边，慢吞吞地举起手。

"你真的不爱这个世界吗？"他低声问。

我没有回答。

他就这样背对着我好久。他在这里，让我很不舒服，很恼火。我想告诉他请他走，我想一个人清静会儿。突然，他转身边挥手边很激动地说："不！不！我不相信您说的话。我相信您也一定希望有来生。"

我告诉他，我当然希望有来生。几乎每个人都有过这样的希望。但它并不比希望变得有钱，游泳游得快些，有一张更漂亮的嘴巴更重要。这些对我来说，都是一样的。我还想说，但他打断了我，说想知道我是怎么看待来生的。

我朝他大喊："来生我可以回忆我今生的生活。这就是我想要的。"我跟他说，我累了，想一个人待着。

但是，显然，他还要说关于上帝的事。我走近他，跟他解释，我剩的时间不多了，不想再浪费时间在上帝上。

于是，他又尽力改变话题问我为什么不叫他"父亲"，而叫"先生"。这话再次惹恼了我，我说，他不是我的父亲。他爱当谁的就去当谁的，别惹我就好。

"不！不！我的儿子。"他拍拍我的肩膀说，"我是您的父亲，尽管您还没有意识到这点，因为您的心是糊涂的。但我依然会为你祈祷。"

然后，我不知道为什么，我身体里好像要裂开一样。我冲他大声嚷嚷，甚至说了带有侮辱性的话。我叫他不要为我浪费时间祈祷。我终于忍无可忍了，揪住他的长袍的领子，有一股喜怒交加的冲动，把对他的不满全都发泄出来了。你看到了，他的神情不是那么确信无疑。然而，他的确信无疑还不如女人的一根头发。他活着，简直是行尸走肉，甚至不敢确定他活着。我好像是两手空空。不过，我对自己很有把握，对一切事情都很有把握，对我现在的生活和来生比他有把握。这是毋庸置疑的。但，至少这点我抓住了真理——就像真理抓住了我一样。我过去是对的，现在是对的，将来也是对的。我以某种方式生活过，如果我喜欢，也可以换一种方式生活。我做过的，没有做过的，我做过这件事，没有做过那件事，这又意味着什么呢？我一直都在等这一时刻，等待着今天，明天和后天的黎明来证明我是无罪的。什么都不再重要了，我明白。这点，他也很清楚。我度过的这段黑暗的日子里，一股阴冷的气息穿越遥远的未来慢慢地不断向我袭来。这股气息所到之处，让人们给我的对即将到来世界的建议都变得毫无差别。未来的生活并不比我过去的生活更真实。他人的死，对母亲的爱，还有上帝对我来说，又有什么区别啊！一个自认为是选择了自己的生活的人，实际上却不能控制自己的命运。而其他成千上万幸运的人同样也被命运控制着。这些人，像他一样，自称是我的兄弟，他们的命运再好，又与我何干？每个人都是幸运的人，世上的人，都是幸运的人。每个人都可能某一天被判死刑。神甫也有可能某天被控杀人。被控杀人，因为母亲下葬时没哭，可二者又有什么关系呢？对萨拉马诺来说，他的狗就相当于他的妻子。那个机器人似的小女人，马松婆的巴黎女人，还有玛丽她们都是"有罪的"。跟赛莱斯特比起来，莱蒙远远不是我可以信赖的好朋友，这又有什么关系呢？这时，若玛丽亲吻她新交了的男朋友又有什么关系？我这个判了死刑的人，实在是控制不住自己，从我未来的深处，把压在心底已久的怒火一一大声喊出来了。

我喊了这么久，差点喘不过起来。这时，狱警冲了进来，把神甫从我手里抢走了。其中一个好像要打我，神甫劝他们不要发火，望着我好久没有说话。我看到了他满眼泪花。然后，他转身离开了我的牢房。

他一走，我就安静下来了。刚才那么激动耗尽了我的力气，我沉重地躺在床上。我一定睡了好久，因为我醒来时，看到了天上的星星在闪烁。乡村里传来的声音，凉爽的夜晚，混着泥土和盐的气味，给我带来阵阵凉意。这沉睡的夏夜的无比的安静，像潮水一样打湿着我。即将破晓时，我听到了汽笛声。看来，有人已经开始出发旅行了，他们要去一个从此以后与我无关的世界。入狱的这几个月以来，我第一次想起了我的母亲。现在，我明白了，她为什么在晚年还要找一个"未婚夫"了。为什么她又玩起了重新开始的游戏。那边也一样，养老院里一个人即将西去时，整个夜晚会弥漫这一股悲伤的气息。母亲即将断气的时候，她一定感觉像重获自由一样，准备开始新的生活。任何人都没有权利为她哭泣。现在，我也感到要重新开始生活了。刚才的愤怒和希望已经洗去了，留下的是清静和空灵。望着黑暗的天空里充满星星，第一次我向这个冷漠的世界打开了心窗。此刻，我感到这个世界是这么像我，让我意识到，我过去是开心的，现在仍然是开心的。为了把一切圆满结束，为了减轻我的孤独感，我还是希望在我行刑的那天，有好多人来看我。他们一定冲我喊出雷鸣般的仇恨声。

入狱的几个月以来，我第一次想起了我的母亲。

"名家音频讲播版"：听名家讲名著

★著名作家+知名学者+一线名师倾情打造，权威、专业
★提纯名著精华，跟随名家半小时读完一本书
★音频讲播，多元体验，带您品味文学名著的不朽魅力

局外人	马　原	知名作家
红字	马　原	知名作家
神曲	欧阳江河	诗人、批评家
日瓦戈医生	刘文飞	翻译家、中国俄罗斯文学研究会会长
普希金诗选	刘文飞	翻译家、中国俄罗斯文学研究会会长
月亮和六便士	朱宾忠	武汉大学英语系教授
静静的顿河	周　露	浙江大学外语系副教授
傲慢与偏见	周　露	浙江大学外语系副教授
少年维特的烦恼	梁永安	复旦大学中文系副教授
了不起的盖茨比	唐建清	南京大学文学院副教授
源氏物语	王　辉	湖北大学日语系副教授
红与黑	梁　欢	湖北大学法语系副教授
包法利夫人	邓毓珂	湖北大学日语系副教授
巴黎圣母院	程红兵	语文特级教师
羊脂球	李镇西	语文特级教师
一千零一夜	肖培东	语文特级教师
老人与海	柳袁照	语文特级教师
小王子	孙建锋	语文特级教师
名人传	张文质	教育学者
海底两万里	罗　灼	语文教师
悲惨世界	谌志惠	语文教师
格列佛游记	宋丽婷	语文教师
基督山伯爵	黎志新	语文教师
呼啸山庄	樊青芳	语文教师
高老头	孟兴国	语文教师
钢铁是怎样炼成的	李　秋	语文教师
欧也妮·葛朗台	刘　欢	语文教师

扫码听马原讲
《局外人》